유목의 전설

오래된 기억의 순례

"이제 우리는 아주 오래된 기억을 지니고 살아가야 한다."

─ 칭기즈칸의 안다(의형제)였던 자무카가 칭기즈칸에게 남긴 마지막 말

몽골 가는 길

　　몽골에 가면 모래가 사람을 삼킨다는데 조심해라.

　　툭하면 몽골로 떠나는 내게 노모가 말했다. 요즘 들어 티브이와 현실을 구별하지 못하는 노모가 어느 사막의 모래 수렁을 보신 모양이다.

　　모래 수렁에 삼켜지지 않았지만 허리가 부러져 돌아와 이 글을 적는다. 여행을 마치는 날 느닷없이 눈물이 쏟아졌다. 슬퍼할 일도 딱히 없었고 부러진 허리는 러시아 진통제 덕에 그리 눈물을 흘릴 만큼 아프진 않았다. 목이 무언가에 졸리듯 메어오고 눈물이 쏟아졌다. 여러 사람이 둘러앉은 자리에서 느닷없이 흘러나오는 눈물은 여간 민망한 일이 아니었다. 슬프기보다 당황스러웠다. 그런데도 눈물은 어쩔 수가 없었다. 내 것이 아닌 어떤 슬픔에 목이 메어왔다.

　　석 달 동안 갑옷처럼 생긴 보조기라는 걸 두르고 누워지내며 이 글을 쓰다 보니 문득 그 눈물이 생각난다. 그건 누구의 눈물일까. 내 눈물이 아니라고 여겼는데, 지금 생각해 보니 내가 모르는 내가 흘린 눈물인지도 모른다는 생각이 든다.

몽골은 그렇게 나를 내게서 풀어내는 공간이었다. 아무도 없는 곳에 혼자 서 있으면 내 안의 성채에 갇혀 있던 무엇이 검은 양탄자를 펼치고 날아오르는 걸 느꼈다. 그것은 불모의 언덕에 잎도 없이 말라가던 고비의 자끄나무로 서기 도 하고, 영원히 푸른 하늘에 걸린 한 장의 생뚱맞은 구름이 되었다.

말하자면 이 글은 내가 나를 떠나 만난 나의 여행기다. 불모와 무화의 공 간에서 비로소 조우한 나의 또다른 세계였다. 광활한 고비에 놓인 돌멩이가 오 래도록 그 자리에서 기다리며 내게 들려준 이야기다. 아. 나는 고비의 작은 모 래알이었다. 까끌거리는 입자들에 둘러싸여, 움켜쥐면 미끄러져 손가락 사이 로 흘러내리는 수렁이라고나 할까. 나이든 어머니의 눈에는 그것이 보였던 것 이다.

돌멩이가 자라서 싹을 틔우도록 물을 주고, 밤마다 별을 건너는 이야기를 들려준 몽골의 형제 버드러와 볼로르마에게 감사하다.

하늘로 날아간 호수

"샤워실이 어디예요?"

몽골 여행자들이 가장 많이 묻는 말이다.

유목민은 초원을 손가락으로 가리킨다. 아무리 둘러봐도 샤워실은 보이지 않는다. 허리 높이의 기둥이 서 있을 뿐이다. 유목민은 거꾸로 매달린 페트병의 마개를 돌려 똑똑 떨어지는 물방울로 얼굴과 손을 닦는 시늉을 한다. 이른바 '초원 샤워기'다. 당황하는 여행자에게 유목민은 몇 개의 물방울로 머리 감는 시범도 해 보인다. 바람에 옷을 말리고, 눈에 얼려 털어 입고, 모래로 머리를 감는 고비의 유목민들에게 물은 신이나 다름없다. 신은 거룩하나 자주 만날 수 없다. 얼굴을 찡그리는 문명인들이 있다면 그리 오래 묵지 않은 지난날을 되짚어 볼 필요가 있다. 다니엘 푸러의 『화장실의 작은 역사』란 책에는 1951년에 진행된 설문조사에서 프랑스 여성들 가운데 25퍼센트가 한 번도 이를 닦아본 적이 없으며, 39퍼센트나 되는 사람들이 목욕을 한 달에 한 번꼴로 했다는 내용이 실려 있다.

몽골 서단의 바양울기를 여행할 때의 일이다. 유목민 게르를 전전하다가 모처럼 여행자 숙소(Tourist Ger camp)에 들렀을 때 온수로 샤워를 할 수 있다는 말에 환호했다. 얼음이 듬성듬성 남아 있는 개울에서 목욕을 하다가 모기떼에 뜯긴 뒤로 일주일 넘게 씻지 못했다. 별도의 이용료를 내야 한다는 말은 귀에 들어오지도 않았다. 쥬게르, 쥬게르!

부푼 마음으로 옷을 벗고 욕실에서 한참을 기다려도 수도꼭지에선 온수가 나오지 않았다. 나가보니 주전자를 든 여인이 샤워실 지붕으로 올라가고 있었다. 차 한잔 끓이기도 벅차 보이는 작은 주전자를 든 여인은 가파른 사다리를 위태롭게 오르내렸다. 사정을 알아보니, 난롯불로 주전자 물을 데워 물탱크를 채우는 중이었다. 그녀가 가파른 사다리를 수백 번이나 오르내릴 것을 생각하니 아찔했다. 그 냥 모기에 뜯기는 편이 나았다. 그만두라고 말렸지만 주전자 배달은 멈춰지지 않았다. 제발, 돈을 낼 테니 물은 더 끓이지 마시오. 뜨거워 죽겠소!

맑은 개울을 만나기도 한다. 모래바람을 뒤집어쓰고 땀투성이가 되어 만나는 개울은 소리부터 반갑다. 매화마름이 잔잔히 깔린 개울은 풀 속에 숨겨진 보석과 같다. 개울을 만난 유목민의 태도는 성지에 이른 순례자를 연상시킨다. 아무리 목이 말라도 개울가에 쪼그리고 앉아 손으로 물을 움켜쥐어 이마를 적시며 신에게 감사부터 표한다.

유목민에게 물은 어머니의 피다. 지모신(地母神) 에투겐은 '사브다그'라는 흙의 주인과, '로스'라고 하는 물의 주인으로 신격화된다. 유목민들은 물이 솟는 샘에 돌을 쌓아 오워를 만들고 희고 푸른 천(하닥)으로 축복한다. 홉스골 주변에 사는 차탕족이나 드르브드족은 아이가 태어나면 호수의 물을 입에 떠먹인다. 그러면 아이가 어른이 되어서도 홉스골을 잊지 않고 돌아온다고 믿기 때문이다.

'물 쓰듯이 한다'는 말은 유목민에게 경외스러운 행위를 뜻한다.

유목민들이 세수하는 동작은 특이하다. 물을 한 움큼 떠서 씻은 뒤에 손에 남은 물기를 쥐어짠다. 얼마나 야무지게 쥐어짜는지 돌멩이에서라도 물이 나올듯하다. 그것은 인색함과는 다르다. 그 가치를 소중히 여기며 제대로 쓰는 것을 말한다.

유목민들은 물을 길러 한두 시간이나 말을 타고 간다. 맑은 물이 솟는 샘은 경건히 섬겨지고, 말라버린 강바닥이라도 그곳에서는 용변을 보지 않는다.

물에 대한 경외심은 물을 구하러 가는 거리와 비례한다. 물이 귀한 사막이나 고산지역의 유목민들에게 순례라는 풍습이 있는 것이 우연이 아니다. 물이 넘쳐나는 곳의 인간들은 신보다 자신을 섬긴다. 자신이 전부이기 때문에 모자랄수록 행여 남이 쓸까봐 서둘러 쓰기 바쁘다.

고비는 물이 귀하다. 한여름의 고비는 불타오른다. 영상 40도를 훌쩍 넘는 한낮엔 어쩌다 내리는 비마저 땅에 이르기 전에 말라버린다. '유령 비'라고 한다. 지상에 무사히 도착한 빗방울들도 달구어진 땅을 담금질할 뿐이다. 고비에서도 가장 뜨거운 바양자크의 점토들은 손으로 두드리면 쇳소리를 낸다. 대지는 쩍쩍 소리를 내며 해독 불가한 갑골문들로 갈라진다.

고비의 연강우량은 100밀리에 불과하다. 우기에 집중하여 내리는 비는 한바탕 쏟아붓고는 깔끔하게 사라진다. 그런 고비에 온종일 비가 내리는 날이 늘었다. 지구 온난화의 영향이라고 한다.

2019년의 여름은 시작부터 비가 따라다녔다.

앞에는 햇빛이 눈부신데, 등뒤로는 먹구름이 비를 내리퍼부으며 쫓아왔다. 차를 달리다가 돌아보면 화창하던 초원이 아련히 비에 지워져갔다. 아무리 속도를 높여도 비는 최신형 내비게이션을 달았는지 길을 잃지 않고 끈덕지게 뒤를 밟아왔다. 숙소에 도착하여 짐을 풀기 무섭게 비가 쏟아졌다. 오랜 가뭄에 시달리던 유목민들은 비를 몰고 온 여행자들을 '감사하다!'며 반겼다. 그 환대를 어떻게 받아들여야 할지 몰랐다. 우스갯소리로, 여행이 아니라 대민 봉사를 온 분위기였다.

유목민들은 몸속에 측후소를 하나씩 지니고 있다.

그들은 바람의 방향을 보고 날씨를 감지한다. 여름철에 등뒤에서 부는 바람은 맑은 날씨를 예고하고, 맞바람은 이튿날 내릴 비를 예고한다. 앞뒤의 기준은 언제나 유목민 게르의 문이다. 앞이라면 정남이고, 등 뒤는 정북이다. 밤새 바람이 세차게 불면 이튿날은 맑다. 천둥과 뇌우가 요란하고, 주먹만한 우박을 쏟는 비는 오래가지 않는다. 하늘이 흐리며 바람도 없이 추적추적 내리는 비는 온종일 이어진다.

비는 초원의 기름이다. '기름지다'라는 뜻의 '터송'이란 단어는 지명에도 쓰인다. 항가이의 풍성한 초지와 이리저리 구부러져 흐르는 강을 품고 있는 터송 쳉겔 마을이 있다. 비는 초원의 풀을 기름지게 하고, 가축들을 살찌운다. 유목민에게 비는 축복이다.

고비에서 비를 만나면 3년 동안 재수가 좋다는 말도 있다.

아무리 재수가 좋더라도 여행자에게 비는 반갑지 않다. 천상의 풍광도 비가 오면 지옥으로 변한다. 기온은 급강하고, 차는 수렁에 빠지고, 하늘은 별들을 숨긴다. 여름 한철에 내리는 고비의 비는 여행자들과 겹친다. 불타는 사막과 쏟아지는 별들을 찾아온 여행자들은 비에 젖은 게르에 갇혀 지내게 된다.

사막에서 듣는 빗소리는 촉각적이다. 소리보다 먼저 피부에 와 닿는다.

게르는 비를 전혀 대비하지 않은 집이다. 못한 게 아니라 안 한 것이다. 텡그리(천신)가 드나드는 천창은 폭우가 쏟아지지 않는 한 덮지 않는다. 덮는다 해도 양털을 눌러 만든 모전(毛氈) 덮개가 비를 막지는 못한다. 온종일 내리는 비는 양털 속으로 스며 게르 안으로 툭툭 떨어진다. 정주국에서 온 여행자들은 게르 안으로 최초의 빗방울이 떨어짐과 동시에 비명을 지른다. 소금으로 만들어진 인간처럼 공황 상태에 빠진다.

유목민들은 그런 나그네들의 소동을 신기한 눈으로 바라본다.

그들은 한 방울의 비도 허투루 떠나보내지 않는다. 그릇마다 채워서, 그 물로 몸을 씻고, 빨래를 하고, 음식을 끓인다. 꼭지만 돌리면 수돗물이 쏟아지는 정주민의 비와, 유목민의 비는 정신적 염기서열이 전혀 다르다.

비에 젖은 게르는 후줄근해지고 양 냄새가 진동한다. 여행자들은 다시 비명을 지른다. 아무래도 양을 길렀던 우리인 듯하다며, 사람이 그 안에서 지낼 수 없다고 항의한다. 양의 털가죽으로 지은 게르에서 꽃향기가 날 수는 없다. 게르를 통째 세탁할 수도 없는 유목민은 게르 바닥에 고인 빗물만 연신 닦아낼 뿐이다. 소동은 오래가지 않는다. 비가 그치고 해가 나면 모든 게 해결된다. 언제 비가 왔느냐는 듯 게르는 보송보송 마르고, 냄새는 사라진다. 여행자들은 고비가 펼치는 마법에 울고 웃다가 시나브로 양털 냄새에 익숙해진다.

고비의 척박한 땅에 뿌리를 내린 풀들도 처음엔 그리 아우성쳤을 것이다. 풀들에게 비는 생존의 모든 것이다. 갈증으로 불타던 풀들은 빗소리만 들려도 빛깔을 바꾼다. 과장되게 말한다면, 눈앞에서 산과 초원의 빛이 바뀌는 걸 보게 된다. 웅크리고 있던 풀들은 자동우산처럼 일제히 꽃을 펼친다. 허브로 덮인 고비 알타이의 바위산들은 빗방울 소리와 동시에 연록으로 바뀐다.

기다린다고 비가 늘 찾아오는 것은 아니다. 여름마다 볼강의 대초원을 뒤덮던 야생 부추들이 꽃도 피우지 못한 채 가을을 맞기도 한다. 그래서 고비의 풀들은 다년생이 많다. 이번 여름에 비를 만나지 못하면 다음 여름을 기다리며 꽃을 숨겨둔다.

어느 해인가 지독한 가뭄이 들었다. '강(ган)'이라 불리는 가뭄은 겨울부터 시작된다. 얼어붙은 땅에 뿌리박은 풀들을 덮어주고, 수분을 제공하는 눈이 내리지 않으면 봄이 되어도 초원은 불모지다.

돈드고비의 첫인상은 붉음이었다. 아침부터 저녁까지 차를 달리는 동안 반구의 대평원은 풀 한 포기 찾을 수 없는 불모지였다. 풀이 없으니, 가축도 없고, 그를 기르는 유목민의 게르도 보이지 않았다. '아무'란 말의 의미를 실감하는 순간이었다. 아무것도 없고, 아무 말도 필요하지 않았다. 가도 가도 끝이 없이 붉은 사선이 그어진 지평은 차의 요동마저 소멸시켰다. 가는 것도 없고, 오는 것도 없이 막막할 뿐이다. 우주를 달리는 '은하철도 999'는 이따금 스치는 별이라도 보일 것이 아닌가. 붉은색이 그리 쓸쓸하고 황량한 색감인지 처음 알게 되었다.

이듬해, 다시 그곳을 찾았다. 아무리 가도 붉은 불모지는 나타나지 않았다. 길을 잘못 든 줄 알고 운전사에게 사방 300km의 붉은 황야로 가자고 졸랐다. 운전사는 같은 길이라고 했지만, 그곳은 지난해 보았던 불모의 땅이 아니었다. 나중에야 그 붉은 불모지가 야생 부추들로 뒤덮였다는 걸 알게 되었다. 모든 것이 말라죽었다고 여긴 불모지가 새벽부터 황혼까지 부추꽃으로 이어졌다. 그다음해에는 부추꽃은 사라지고, 보랏빛 쑥부쟁이로 아득하게 뒤덮였다. 이 모든 게 비의 마술이었다.

비는 기억도 바꾼다. 지명이 익숙하지 않던 초기에 이따금 나타나는 호수를 이정표로 삼아 길을 기억해두었다. 그것이 부질없다는 것을 깨닫는 데는 그리 오랜 시간이 걸리지 않았다. 고비의 호수는 물이 아니라 바람이 고인 둠벙이었다. 고비의 표피는 점토로 덮여 있다. 비는 나노 단위의 미세한 점토 속으로 스미지 못한 채 낮은 곳으로 모여 호수를 이룬다. 비가 만든 호수들은 얼마 가지 않아 하늘로 날아간다. 중앙아시아에는 떠도는 호수도 있었다. 서기 300년경 누란을 떠나 남쪽으로 떠난 롭 호수(Lop nur)는 1934년에 누란으로 다시 돌아왔다. 탐험가 스벤 헤딘은 이를 '방황하는 호수'라고 불렀다 한다.

고비의 호수는 바람에 날아다닌다.
비를 타고 내려왔다가 바람 수레에 실려 하늘로 올라간다. 바람이 만든 하늘 호수는 그리스 신화의 서사와 만난다. 아프로디테가 사랑한 아도니스는 사냥을 나갔다가 멧돼지에게 죽임을 당한다. 아프로디테는 슬퍼하며 아도니스를 꽃으로 환생하게 했다. 아도니스가 죽어서 피어난 아네모네 꽃은 그리스어로 '바람'이란 뜻이다. 바람 속에 피었다가 바람 불면 지는 아네모네처럼 고비의 호수는 바람 속에 오고 간다.

호수가 눈에 띄면 걸음을 멈춘다. 말라가는 호수의 언저리에는 누군가 벗어놓은 진흙 신들이 남아 있다. 때를 지어 물을 찾아온 양과 염소, 호수에 들어가 구수회의를 하는 말들, 가까운 마을에서 물놀이를 온 아이들의 목소리들이 남겨놓은 발자국들이다. 화석처럼 굳은 족적 속에 손가락을 넣으면, 어느 게르 앞에 쪼그리고 앉아 있을 바람의 음성이 만져진다.

영원한 것은 없다.
모든 것은 하늘에서 내려와 하늘로 돌아가고 있었다.

바람의 문으로 들어갔다

몽골의 중북부인 자브항 쪽을 여행했을 때의 일이다.

8월 말이니 한국으로 치자면 더위가 채 가시기 전이지만 초원은 벌써 금빛으로 물들고 있었다. 긴 낮을 든 유목민들이 풀을 베는 초원에서는 향긋한 냄새가 풍겼다.

쳉헤르의 호텔에 도착한 것은 짧은 해가 기운 뒤였다. 울타리가 둘러쳐진 마당에 들어서자, 저녁 준비를 하던 아주머니가 맞는다. 몸을 뉠 침대 하나가 전부인 방은 캄캄하다. 전등이 고장이 나서 수선공을 불러야 한다고 했다. 수선공은 봄이 되어야 올 것이었다. 손재주 좋은 버드러가 전등의 소켓을 풀어 나무젓가락을 쪼개어 끼자 이내 불이 들어온다. 몽골의 운전사들은 야전의 정비 능력이 대단하다. 카센터가 없는 오지에서 차가 고장나면 돌멩이든, 나무토막이든, 심지어 다마시고 난 음료수 통이나, 속에 입은 셔츠까지 벗어서 자동차를 구르게 한다. 몽골에서 카센터나 만물 수리센터를 차릴 생각은 하지 말아야 한다.

자브항의 하르 노르에 도착하자 9월이 시작되었다.

호숫가에 자리잡은 캠프는 철수할 준비를 하고 있었다. 사정하여 하룻밤을 묵게 되었다. 식당에서 생선요리를 먹고 있는데, 창밖으로 비가 비쳤다. 비는 이내 진눈깨비로 변하더니 금세 주변이 눈발에 덮여갔다. 옥색 호수며, 그 속으로 모래시계처럼 잠긴 금빛 사구들이 지우개로 문지르듯 하얗게 지워져갔다.

첫눈이라고 했다. 밤이 깊어가며 눈발이 굵어졌다. 남은 여행이 걱정이었다. 턱수염을 기른 서양 여행자가 도착했다. 울리아스타이에서 왔다는 그의 운전사는 내일 신지트 하드로 간다고 했다. 일정을 지키지 않으면 수당을 받지 못해 눈이

와도 무조건 간다는 것이다. 엄청나게 큰 바퀴를 단 그의 랜드크루저를 따라가기로 했다.

눈이 녹으면 길이 진창이 되어 일찌감치 새벽에 나섰다.

밤새 내린 눈으로 세상은 별천지가 되었다. 비틀거리는 차로 눈 덮인 산들을 가까스로 넘었다. 신지트 하드로 오르는 산은 가파르고 높았다. 기세 좋게 앞서 오르던 랜드크루저가 멈춰 섰다. 버드러가 삽을 꺼내들고 올라갔다. 잠시 멎었던 눈이 다시 퍼붓기 시작했다. 산이 눈발에 덮여 멀어져갔다. 삽질을 하는 버드러가 점처럼 작아졌다. 다음에 오를 푸르공[1]이 걱정되었다. 돌아가기도 어렵다. 주변을 둘러보아도 게르 한 채 뵈지 않았다. 눈발 속으로 시커먼 물체가 어른거렸다. 두 마리로 뵈는 검은 짐승은 걸음을 멈추고 이쪽을 바라보고 있었다. 늑대가 벌써 냄새를 맡고 찾아온 듯했다. 영물인 늑대는 다치거나, 수렁에 빠진 먹잇감을 알아보는 뛰어난 후각을 지녔다.

다행히 랜드크루저가 다시 산을 올라갔다. 차로 돌아온 버드러에게 늑대가 나타났다고 말했다. 시력이 좋은 그가 말했다. 검은 말이네요.

앞선 차의 바큇자국을 따라 푸르공이 산을 올랐다. 노구의 푸르공은 가파른 산길을 이리저리 휘청거리며 시난고난 오른다. 차체가 기울어질 때마다 반대편으로 체중을 싣느라 이편저편을 분주히 오갔다. 잘 오른다 싶던 푸르공이 멈추었다. 굉음을 울리며 안간힘을 써보지만 차는 헛바퀴를 돌리며 비틀거렸다. 차체가 뒤로 밀리는 것이 아니라 옆으로 미끄러졌다. 까마득한 골짜기로 구를 수 있는 상황이었다. 랜드크루저가 되돌아와 줄로 매어 끌었다. 눈이 미끄러운데다 산이 가팔라 랜드크루저도 미끄러졌다. 몇 걸음을 올라가다 미끄러지고, 다시 끌기를 반복했다. 두세 시간을 소진했다.

---

1 러시아산 미니밴으로, 정식 명칭은 UAZ-452. 러시아에선 '우아직'으로 불린다. 군용차량 제작 업체에서 1958년 생산한 UAZ-450을 시작으로 식빵 같은 외관을 그대로 지켜오며 오지가 많은 중앙아시아 각국에서 운행중이다. 수륙양용 전차의 DNA를 이어받은 이 괴기스러운 승합차는 완벽한 차체로 힘을 발휘하도록 제작되었으나, '사람이 그 안에 탈 것을 깜박 잊고 만들었다'는 전설이 전해온다.

용케 기다려준다 싶던 서양 여행자가 운전사를 불러 항의했다. 비싼 여행비를 치른 그가 뜻지도 않은 푸르공 때문에 마냥 기다릴 수는 없을 것이다. 미끄러진 랜드크루저를 건져준 은공 때문에 그나마 기다려주었던 것이다. 랜드크루저 운전사는 아내와 나, 가이드인 볼로르마를 제 차로 태워다주겠다고 했다. 푸르공에 실려 있던 짐들을 끌어내 옮겨 싣기 시작했다.

　　푸르공과 함께 남겨진 버드러에겐 물 몇 통과 식빵 한 덩어리가 주어졌다. 베개만한 식빵엔 푸른곰팡이가 군데군데 나 있었다. 가파른 산길을 되돌아 내려가는 건 쉬운 일이 아니었다. 산중턱에서 밤을 새우는 것은 더 어려운 일이었다. 해가 지면 기온은 급강할 것이다. 히터를 틀고 밤을 지샐 연료도 모자랐다. 여행 시즌이 끝난 산속의 눈길을 지나갈 차가 있을 턱이 없었다.

　　발이 떨어지지 않았다. 아내는 랜드크루저보다 앞서 산 위에 올라가 있었다. 관절이 좋지 않아 산행을 꺼리던 아내가 눈 덮인 산을 그리 민첩하게 오른 사실에 경악했다. 행여 랜드크루저를 놓칠까 싶던 아내는 내려오라고 불렀지만 단호히 고개를 저었다.

　　버드러와 남기로 했다. 마지못해 내려온 아내는 멀어지는 랜드크루저를 하염없이 바라보았다. 이제 눈 덮인 산중에 동그마니 던져졌다. 아내는 그때 한 가닥 남은 희망의 한 올이 툭 끊어지는 소리를 분명히 들었다고 했다. 아무리 그래도 혼자 갈 수 있느냐는 말에, 아내는 사랑한다면 자신을 보내주었어야 한다고 원망했다. 사랑이 그리 차가운 것임을 알게 되었다.

　　버드러는 쌓인 눈을 삽으로 파헤치며 어떻게든 산을 넘으려 했다. 그에게 돌아가자고 했다. 눈이 녹은 길이 수렁이 되어 갈 수 없다고 했다. 쥬게르! 어떻게 되겠지. 빠질 때 빠지더라도 돌아가자고 했다.

　　눈 덮인 산길을 되짚어 내려오는 푸르공은 비틀거리며 온몸을 떨어댔다. 쇠로 만든 차도 무서움을 느낀다는 걸 알게 되었다. 가래 끓는 소리를 내며 사력을 다하는 푸르공과 함께 온몸에 힘이 들어갔다. 차와 한몸이 되는 순간이었다. 버드러가 푸르공에게 말했다.

　　"친구, 힘내!"

버드러의 친구는 무사히 초원으로 귀환할 수 있었다.

이듬해 다시 찾아갔다. 눈은 오지 않았으나 비가 왔다. 길을 나설 때만 해도 맑던 하늘이 산에 이르자 비바람이 몰아쳤다. 가까스로 산을 넘어 신지트 하드에 이르렀다.

산마루에 오르자 평탄한 고원이 펼쳐졌다. 하늘 아래 초원이었다. 광활한 풍경이 내려다보이는 산등성이는 나무 한 그루를 찾아볼 수가 없었다. 세찬 바람 속에 기괴한 형상의 바위들만이 버티고 서 있었다. 하늘에서 뚝 소리를 내고 떨어진 듯 덩그마니 놓인 기암괴석은 한가운데에 구멍이 뚫려 있었다. 차 두 대가 지날 만큼 널찍한 구멍의 맞은편으로 맑게 갠 하늘이 내보였다. 바위를 사이에 두고 두 개의 세계가 마주하고 있었다. 이정표는 없었지만 무릉도원으로 들어서는 입구 같았다. 바위 문을 지나자 꽃이 피고 새가 울었다. 산의 뒤편은 향기로운 풀꽃들이 군락을 이루어 천상화원을 이루었다. 붉은 술패랭이와 은빛 솜다리, 노란 양귀비와 파란 절굿대들이 한데 어우러진 산길 너머로 모래강을 숨긴 모하르트가 금빛으로 펼쳐져 있었다. 이런 길을 차에 실려 갈 수는 없었다. 삼십 분이면 내려간다는 말에 차를 앞서 보내고 느긋이 걸었다. 두 시간이 걸렸다.

초원에서 해초 비빔밥으로 점심식사를 했다. 가야 할 사막에서 비구름이 몰려왔다. 어찌할까 고민하는 중에 친절히 비가 답을 일러주었다. 기마병처럼 달려온 빗방울들이 머리를 마구 두드렸다. 사방이 어두워지며 앞이 보이지 않게 검은 비가 쏟아졌다. 주먹만한 우박이 차창을 깨뜨릴 듯이 때렸다. 천상화원은 순식간에 수렁이 되었다. 조금 전에 느꼈던 감흥이 꿈같았다. 빗속에 산길을 내려갈 생각에 뒤를 돌아볼 겨를도 없었다.

간신히 산을 내려오자 하늘은 언제 비가 왔느냐는 듯이 보송보송했다. 산 위에서는 시커먼 머리를 산발한 비구름이 우릉거리며 을러대고 있었다. 서둘러 달아났다. 다행히 따라오지는 않았다.

하르 노를 떠나던 날, 신지트 하드 쪽을 돌아보았다. 하늘은 쾌청하고 산은 고요했다. 그런 산을 쨰려보았다. 그리고 얼마 가지 않아 풀에 숨은 구렁텅이에 차가 튀는 바람에 허리가 부러졌다.

유목민에게 산은 성역이다. 높이는 위기와 고난으로 다가온다. 산은 가축의 이동을 가로막을 뿐만 아니라, 폭우와 눈을 몰아오고, 타르박(Tarbagan marmot)의 구멍으로 말을 넘어뜨리며, 늑대나 눈표범을 숨겨 가축들을 빼앗는다. 바람처럼 달리는 말도, 사막을 항해하는 낙타도 그곳에서는 맥을 쓰지 못한다.

산이 두려움의 공간만은 아니다. 겨울에 내린 눈을 얹고 있다가 봄이 되면 맑은 물을 흘려 보낸다. 매몰찬 겨울바람을 막아주고, 떼 지어 몰려오는 적의 걸음을 막아주기도 한다.

유목민에게 산은 경외와 숭배의 대상이다. 그리하여 수많은 금기를 만들어냈다. 늑대와 눈보라와 폭우와 금기의 방벽을 쌓아 산은 인간의 가벼운 입으로부터 자신을 숨긴다. 보이지 않으나 힘을 지닌 존재를 신이라 한다. 몽골고원의 산들은 신이 살고 있어 흰 젖을 바쳐 제사를 지낸다.

칭기즈칸이 어린 시절을 보냈으며, 그곳에 묻혔으리라 짐작되는 헨티산맥의 '부르한 할둔'은 거룩한 산이다. 오논강과 케룰렌강, 톨라강이 시작되는 이 산의 정확한 어원은 밝혀지지 않고 있다. 우리의 '북한산'의 명칭이 이 '부르한(Бурхан)'에서 비롯되었다는 설도 있다. 육당의 불함론에서도 거론이 되었지만 '밝다'와 '붉다'라는 의미와 연관된 듯하지만 정확한 어의는 몽골인들도 잘 알지 못한다. '할둔(Халдун)'도 마찬가지다.

버드러는 '할둔'은 산을 가리키는 '할흥'이라는 말이 변한듯하다고 했다. 부르한 할둔이 하나의 '성역'이란 뜻으로 쓰이며, 발음도 변하고 어휘도 원래의 뜻에서 분리된 듯하다. 유목민들은 '할흥'을 산이라고도 하지만, 신성하게 여기는 뱀을 돌려 말하는 데에도 쓰기 때문이다.

유목민들은 산의 이름을 함부로 부르지 않는다. 산이 듣지 못할 만큼 멀리 지나서야 조심스레 일러준다. 그 까닭을 볼로르마에게 물었다. 한참 머리를 숙여 생각하던 그녀가 말했다. "한국 사람들도 아버지의 이름을 함부로 말하지 않지요?" 아버지의 이름도 함부로 부르지 않는데, 하늘이나 산의 이름을 함부로 부를 수 없다는 것이다.

이름은 불리기 위해 있는 것이다. 그러나 신은 불려지는 존재가 아니다. 스스로 있을 뿐이다. 그리하여 몽골의 산들은 이름 대신에 '밝은(부르한, 부르칸)', '성스러운(보그드)', '사랑스러운(할흥)', '높은(운드르)'과 같은 형용사로 대치될 뿐이다. 명사를 버리고 형용사로만 존재하는 산은 인식의 경계를 넘어 존재한다.

몽골의 유목민들은 이름에 특별한 힘이 있다고 생각했다. 이름은 단순한 문자를 넘어 그 존재의 근본이라고 믿었다. 몽골인의 속담 중에 '뼈를 부러뜨릴 수는 있어도 이름을 더럽힐 수는 없다'는 말이 있다. 이름의 의미를 각별하게 여기는 것은 칭기즈칸도 마찬가지였다. 그는 포로로 잡은 적장의 이름마저도 허투루 보아 넘기지 않았다.

『몽골비사』[2]에 따르면 서하(탕구트)의 알로코 부르한을 처형하려 할 때, 그가 성스럽게 여기는 부르한이라는 이름을 쓴 것이 기분 나빠, '시도르고(정직)'이라는 이름으로 바꾸게 한 뒤에 죽였다. 그리고 칭기즈칸은 살아서 부르한 할둔으로 돌아오지 못했다. 거기 어딘가에 묻혔으리라는 전설만이 남았다.

산은 높든 낮든 사람을 엎드리게 한다. 그것은 인간의 오만을 경계하기 위한 높이로 신이 만들어 놓은 차단기인지도 모른다. 비록 허리를 다쳐 누워지내는 동안 산정에서 만난 바위들이 생각났다.

아무것도 없는 산정에 그 바위들은 무엇을 하기 위해 서 있는 것일까. 어디에서 그것은 왔으며 장차 어디로 갈 것인가. 수다한 물음들에 둘러싸인 채 그 웅장한 바위는 여전히 뻥 뚫린 가슴으로 오가는 바람들을 맞고 있었다. 아, 그건 바람의 문이었다. 나도 그 문을 지나가는 한 올의 바람이었다.

---

2 유원수 옮김, 사계절, 2004.

불은 막내아들이 지키라

8월 초에 항가이산을 넘다가 길을 잃었다. 해는 저물고 기온은 급속히 떨어졌다. 멀리서 개 짖는 소리가 들렸다. 게르의 불빛이 보였다. 하룻밤 신세를 지게 되었다. 아침에 일어나니 게르 밖에 내어놓은 물이 꽁꽁 얼어 있었다.

몽골의 중북부는 한여름에도 불을 피워야 한다. 불이라면 벽에 붙은 버튼을 누르는 것밖에 모르는 정주국의 여행자에게는 쉬운 일이 아니다. 화구가 가득 메워지도록 나무를 집어넣고 부채질까지 한다. 불은 붙지 않고, 게르 안이 연기로 가득차 너구리들은 비명을 지르며 뛰쳐나간다.

유목민이 불을 붙이는 법은 화로에 가득 찬 장작을 빼내는 것으로 시작된다. 이쑤시개만하게 쪼갠 나무에 불을 붙인다. 그 위에 젓가락 굵기의 나무를 얹고 본격적으로 타기 시작하면 장작 두어 개를 얹는다. 바람이 드나들 길을 내는 게 중요하다고 했다. 불도 숨을 쉬어야 산다는 것이다.

불은 유목민에게 살아 있는 존재였다. 중앙아시아 유목민들 사이에 널리 퍼진 배화교와 함께 불은 신성을 갖는다. 고기를 조리하기 전에 기름덩어리를 잘라 불에게 먹인다.

몽골의 고대 설화에서 불은 '갈라이항 에흐(불 어머니)'라는 여신으로 등장한다. 할하족은 12월 24일에 '갈딩 텡게르 에흐(불의 하늘신 어머니)' 여신에게 제사를 지낸다. 헤로도토스의 『역사』에 등장하는 스키타이족도 '헤스티아'라는 화덕의 신을 섬겼다. 물론 여신이다.

불의 여신은 쇠와 돌의 부모에게서 태어난다. 단군신화에도 그와 비슷한 이야기가 전해진다. 단군의 셋째 아들인 부소가 쇠와 돌을 쳐서 불을 만들었다고 한다. 부싯돌은 '부소의 돌'이라는 말에서 유래되었다.

유목민 여성의 덕성 가운데 하나가 불을 잘 피우는 솜씨다. 화롯불 피우기 대회도 있다. 안주인은 불을 지킨다는 독수리의 날개를 본떠 두 갈래의 헤어스타일을 한다. '난로를 지킨 머리'라는 설화에 그 사연이 전해온다.

평화롭게 사는 유목민 마을을 차지하려는 왕이 있었다. 왕은 사자를 보내어 어둠의 왕국을 지키는 까마귀들에게 힘을 빌리기로 했다. 까마귀들을 만나 사자가 하는 이야기를 엿들은 까치가 마을 사람들에게 왕의 흉계를 알려주었다. 고심 끝에 마을 사람들은 까마귀를 쫓아내기 위해 머리 모양을 새의 왕인 독수리처럼 만들었다. 풀을 발라 독수리 날개처럼 만든 여인들의 머리를 본 까마귀가 놀라서 달아났다. 사람들은 까마귀들을 몰아내고 마을과 난롯불을 지켜냈다. 그 후로 몽골의 여인들은 독수리가 날개를 편 모양으로 머리를 하게 되었다.[3]

자식이 결혼하여 살림을 날 때, 불씨는 부모의 난로에서 댕겨간다. 이후의 불씨는 며느리의 몫이 된다. 혼례 첫날에 신부가 하는 첫 일이 화로에 불을 붙이는 일이다. 난롯불을 꺼뜨리는 건 가운이 쇠하는 것으로 여겨 안주인은 불을 관리하는 소임을 무엇보다 중시하게 되었다.

칭기즈칸의 몽골계 부족은 불을 각별한 수호신으로 섬겼다. 라시드웃딘의 『집사』에는 초원으로 진입하려던 몽골계 부족들이 에르구네 쿤이라는 협곡에 가로막혀 진퇴양난에 빠진 이야기가 실려 있다. 이때 70마리의 소와 말의 가죽으로 풀무를 만들어 석탄에 불을 붙여 철광석으로 된 산을 녹여 길을 뚫었다고 한다. 그 후로 섣달그믐에 풀무와 화로로 불을 피우는 의식을 치르게 되었다.

---

3 독수리 대신에 금시조가 등장하기도 한다

화로는 불의 사원이다.

신성하게 여긴 만큼 금기도 많다. 불은 부정한 것을 태우고 소멸시키는 정화의 신이다. 그런 불을 모신 화로에 쓰레기를 태우거나, 부젓가락으로 쑤셔서 불을 괴롭혀서는 안 된다. 화로를 향해 발을 벋어도 안 되고, 타넘어도 안 된다. 아무리 술이 취해도 난로에 오줌을 누어서는 안 된다. "불에 오줌을 누는 자는 사형에 처한다." 칭기즈칸이 내린 법령 제4조다. 무슨 법이 툭하면 사형이냐고 하겠지만, 행군할 때 동료가 떨어뜨린 물건을 주위주지 않아도 사형이었다. 칭기즈칸의 말이 곧 법이었는데, '자삭(jasaɣ) 튀르크어로 야사(yāsā)라고도 알려진 이 말은 '사형'과 동의어로 쓰였다. 까막눈이었던 칭기즈칸이 거대한 제국을 경영할 수 있었던 비결은 아주 단순하면서도 엄한 법이었다.

화로는 막내아들의 몫이었다. 화로와 관련된 '오트곤'이나 '오트치겐'이라는 이름을 가진 몽골 남자라면 막내가 틀림없다. 이는 '말자 상속제'와 관련이 있다. 유목민의 자식은 15세에 이르면 혼례를 치르고 가축을 나누어 받아 분가한다. 맏아들은 가장 멀리 떨어진 초지를 나눠 받는다. 칭기즈칸의 장자인 주치도 가장 멀리 떨어진 킵차크 초원의 땅을 받았다.

말자 상속은 늙은 부모의 봉양을 위한 관습이다. 자식들을 떠나보내고, 늙어버린 부모 곁을 지킨 막내가 게르와 가축을 물려받는다. 그 가운데는 신성하게 여기는 화로도 포함된다. 막내가 물려받은 부모의 초지를 '화로의 땅'이라 한다. 이런 전통은 왕가의 경우에도 다르지 않았다. 칭기즈칸이 막내아들에게 지어준 '툴루이'란 이름은 화로를 받치는 세 받침돌이라는 뜻이다. 그의 별호는 '오트곤(불의 왕자)'이었다.

화로는 이사를 가서도 가장 먼저 집터의 중심에 놓는다. 화로의 불씨는 '아버지의 불'이라 부르며 한 가정의 상징체로 인식된다. 무슨 불이 어머니의 것이었다가 아버지의 것이었다 하느냐고 불평하지 마라. 『시경』의 '아버지 나를 낳으시고,

어머니 나를 기르시니(父兮生我 母兮鞠我)'라는 경구가 그냥 있는 것이 아니다. 불은 아버지의 것이로되, 그것을 기르고 살피는 것은 어머니의 것이라는 말씀이시다.

화로에는 사랑의 불꽃도 담긴다.

남편과 가족을 잃고, 홀로 남은 비운의 왕비 만두하이에게 카사르계의 우네볼로드 장군이 보낸 청혼 편지에도 화로가 등장한다.

"내가 당신의 화로에 불을 붙여 드리겠습니다."

정주민들의 러브레터에는 장미꽃이 등장하지만, 유목민은 화로에 사랑을 담아 보낸다. 뜨거운 사랑의 열기가 느껴지지 않는가. 난로의 불은 이처럼 한 가문의 운명을 담보하는 상징체였다.

'톨가'라고도 불리는 고대 유복민의 화로는 뚜껑이 없있다. 세 개의 다리로 세워놓고 게르 안에서 불을 피웠다. 풀을 먹고 자란 가축의 똥을 땔감으로 삼았기 때문에 연기는 향기롭고, 벌레를 쫓아내는 효용을 지녔다.

유목민의 불은 뜨겁지 않다. 난롯불은 게르 안의 냉기를 가실 정도로 유지한다. 화끈한 것을 좋아하는 한국의 여행자들은 장작을 꾸역꾸역 집어넣고 난로가 시뻘게지도록 달군다. 잠시 후엔 덥다고 아우성치며 뛰쳐나온다. 빨리 더워진 불은 빨리 식는 법이다. 불길이 세니 난로 안의 땔감이 얼마 못 가 다 타버린다. 밤새도록 "춥다! 뜨겁다! 장작 없다!"를 반복하며 게르를 들락거린다.

차강 노르의 민박집에서도 그러했다. 장작을 잔뜩 집어넣은 난로가 벌겋게 달궈졌다. 너무 덥다고 난로에 넣은 장작을 꺼내다가 연통을 쓰러뜨렸다. 달려온 주인은 불같이 화를 냈다. 조금 전의 다정하던 모습과는 전혀 다른 사람이었다.

나중에서야 연통이 텡그리가 드나드는 통로라는 걸 알게 되었다. 난로의 연통을 쓰러뜨린다는 것은 신과의 단절을 뜻하며, 그 집안의 쇠망을 뜻했다. 굴뚝으로 드나드는 산타클로스의 서사가 그냥 나온 것이 아니다. 양을 기르는 유목민의 신화와 루돌프라는 순록이 등장하는 북구 유목민의 그것은 잇닿아 있었다.

남의 화롯불을 끈다는 것은 멸문의 도전이며, 사생결단의 결투를 피할 수 없다. 유목민 가장이 전쟁이나 멀리 여행에 나서게 되면 집에 남는 자식이나 형제에게 '화로를 지키라'는 당부를 잊지 않았다.

내버려두라

남고비의 홍고린엘스에는 뿔 달린 낙타가 서 있는 여행자 숙소가 있다.

그곳에는 낡은 테라스가 있다. 기념품점이었던 건물의 추녀에 달아낸 테라스는 한낮이면 성근 그늘을 늘어뜨렸다. 사나흘 그곳에 머무는 동안 내 일과는 주로 회칠이 벗겨진 벽에 기대어 미지근한 맥주를 비우는 것이었다. 다리가 부실한 의자에 앉아서 할 것은 거의 없다. 아무것도 않은 채 사막의 일부가 되어갈 뿐이다. 지나가는 여행자들이 묻는다. 거기서 뭐해요?

무얼 해야만 한다. 아무것도 안 하는 걸 하는 건 쉽지 않다. 아무리 부지런한 인간이라도 그곳에 앉으면 하품과 기지개를 멈출 수가 없다. 세상의 근면, 검소, 절제, 성실, 이런 선동적인 구호들은 맥을 쓰지 못한다. 한낮의 홍고린엘스는 권태가 헬륨가스처럼 충만하다. 요즘 세상에서 권태란 얼마나 사치스럽고 우아한 단어인가. 나태를 가르치는 여름의 사막은 세상의 어떤 평화조약보다 강력하다. 하품을 하며 싸울 수는 없지 않은가. 이 빠진 널판과 다리가 부실한 의자가 삐걱거리는 목소리로 말한다. 분발하지 말라.

그날도 테라스에 앉아 사막의 풍경들을 바라보고 있었다. 모래바람이 사구들을 지우자, 가까이 있는 기둥들에 눈길이 닿았다. 그것들은 오래전부터 그 자리에 서 있었다. 너무 가까워서 보이지 않았던 기둥들은 칠이 벗겨지고, 목질이 갈라졌다. 기둥의 속살을 찬찬히 들여다보았다. 당연한 일이지만, 그 기둥이 한때 살아 있는 나무였다는 생각이 들었다.

불모의 산과 모래만 깔린 고비에서 이런 기둥을 얻기는 쉽지 않다. 말을 타고 몇 시간을 달려 바람에 쓰러진 나무를 끌고 왔을지도 모른다. 북부의 삼림지대에서 베어낸 이깔나무들이 열차에 실려 왔을 가능성이 많지만, 그 사실을 외면한다. 적어도 이 나른한 사막에 기둥으로 서 있을 나무라면 이 황량한 땅을 모태로 하여야 한다. 가난하고 쓸쓸한 삶의 나이테들이 고화된 그 견고한 고독에 뿌리를 내려야 한다.

적어도 고비에서는 사실보다 상상에 의지하는 편이 옳다.

여기저기 틈이 벌어지고, 이가 성글게 빠진 널판들이 드리운 그늘 아래 앉아 사실보다 더 설득력 있는 나무의 이야기를 듣는다. 그것은 분발하는 귀에는 잡히지 않는 주파수로 전달되는 이야기였다. 권태야말로 많은 것과 이야기를 나누게 한다. 세상의 모든 것들은 이야기를 지니고 있다.

사람은 얼마나 멀리 볼 수 있을까. 산이나 가로등이나 자동차 소리에 걸림이 없이 인간의 시력은 얼마나 먼 거리까지 다다를 수 있을까. 사람이 살면서 어떤 것에도 방해받지 않고, 아무것도 하지 않고 있을 시간의 총량은 얼마나 될까. 그것은 '순간'이 될지도 모른다. 시도 때도 없이 울려대는 SNS의 알림 소리, 실시간으로 전 세계를 보여주는 유튜브나 CNN 뉴스가 아니더라도 정주민들은 홀로 존재할 수가 없다. 빈방에 혼자 있어도 그것들은 잠시도 머릿속을 비워두지 않는다.

"그림자 말고는 친구가 없고, 꼬리 말고는 채찍도 없다."

고립무원에 처한 칭기즈칸이 한 말이다. 너무 외로워 자신의 발자국이라도 보려 뒷걸음질을 했다는 오르탕스 블루의 〈사막〉이라는 시도 있다.

고비는 이렇게 말한다.

외로운가. 외로우라. 불행한 것은 외로움마저 느끼지 못하고 산다는 사실이다. 고비를 홀로 걸어본 사람들은 그 지루하면서도 막막한 공간이 가져다주는 대화를 기억할 것이다. 비어서 충만해지는 고비의 화법이다.

학교폭력 문제도 고비는 단숨에 해결한다. 사이가 나쁜 학생들은 고비를 걷게 하라. 미워할래야 미워할 사람이 없고, 무시할래야 비교할 사람이 없는 고비에선 사람의 온기가 그리워진다. 일부러 말을 타고 사람을 찾아가서 미워할 수는 없지 않은가. 따돌리려면 자신이 먼저 따돌려져야 하는 게 고비의 교제술이다.

고비에는 사막이 숨어 있다. 사막은 치명적인 아름다움으로 여행자를 홀린다. 그래서 사막에는 귀신들이 산다는 전설이 흔하다. 바실리스크도 그 가운데 하나다. 보르헤스의 『상상 동물 이야기』에 소개된 바실리스크는 사막에 사는 괴물이다. 괴물의 다리가 스치기만 해도 과일이 썩고 강물이 중독된다. 독기가 얼마나 강한지 괴물의 시선이 닿으면 돌이 부서지고, 초원이 불탔다. 그런 바실리스크도 수탉의 울음소리를 들으면 죽었다. 사막을 건너는 중세의 여행자들은 수탉을 한 마리씩 데리고 다녔다 한다. 쳐다만 봐도 돌을 부서뜨리고 초원을 불태우는 눈빛은 어떠할까. 매혹적인 아름다움을 지녔을 듯하다. 아름나움은 인제나 두려움이라는 면포로 얼굴을 가렸다.

고비는 불모지에 가깝다. '황량하고 거친 땅'이라는 뜻의 '고비(говь)'는 유감스럽게도 한국어에는 바꾸어 쓸 단어가 없다. 한자를 빌려 '황막(荒漠)'이란 말로 바꾸어보지만, 고비를 온전히 전하기에는 부족하다. 굳이 바꾸어 본다면, '황황하고 막막하다'로 겹쳐 써야 할 것이다.

고비를 바라보는 눈길은 다양하다.

몽골의 3분의 1에 달하는 광활한 땅을 맥없이 버려두는 것을 한심하게 여기는 사람들도 있다. 좁은 땅덩이에 울타리를 치고 사는 정주민들은 이 광활한 땅을 고작 300만 명의 유목민들이 차지하는 게 불만스럽다.

그런 이들은 며칠 동안 머리를 싸매고, 이 땅을 어떻게 활용할 것인가를 고심한다. 이쪽으로 수로관을 묻고, 비닐하우스를 짓고, 스프링클러를 설치하고, 목장과 농장을 결합하고, 저기에 호텔을 짓고, 36홀짜리 골프장을 부대시설로 두고,

승마장과 야생화 단지를 만들고……

그들에게는 땅을 땅처럼 가만히 놓아두는 건 죄악이다. 당장 투자자들을 모아서 고비를 통째로 사들일 기세다. 아메리카 원주민의 땅을 빼앗은 것으로도 모자라, 더 넓은 땅을 사들인 미국의 일화는 그들에게 경전이나 다름없다. 1803년 4월 30일, 미국 공사 로버트 리빙스턴은 나폴레옹 1세의 외무장관 탈레랑에게 1만 2천 달러를 주고 루이지애나주를 사들였다. 1867년에는 미국의 국무장관 윌리엄 수어드가 720만 달러를 주고 러시아의 알래스카를 샀다. 1에이커(약 1224평)에 2센트 꼴이었다.

이런 일화에 안타까워하거나, 열 받지 말라. 땅에 관한 경전으로 말하자면, 톨스토이의 〈사람에게는 얼마나 많은 땅이 필요할까〉라는 단편이 있다. 모든 부동산업자와 투기꾼과 강남 복부인들이 읽어야 할 필독작품이다.

땅이라면 사족을 못 쓰는 바흠이라는 농부가 있었다. 바시키르족의 촌장이 땅을 판다는 소리를 듣고 바흠이 달려갔다. 촌장은 하루에 걸은 만큼의 땅을 1000루블에 판다고 했다. 한 가지 조건은 해가 떨어지기 전까지 돌아와야 한다는 것이었다. 바흠은 하루종일 한 걸음이라도 더 차지하려고 죽어라고 걸었다. 그는 어찌되었을까. 마지막 책장을 펼쳐보자.

> "바시키르 사람들은 혀를 차며 그를 불쌍히 여겼다. 하인은 삽을 집어 들고 바흠을 묻을 수 있도록 3아르신(약 2미터)의 땅을 팠다. 바흠은 그 구덩이에 묻혔다."

하루종일 걸어도 끝이 없는 땅은 흔하다. 그러나 아무것도 안 하고 나무처럼 가만히 서 있을 수 있는 땅은 드물다. 온종일 해가 뜨고, 그 해가 지는 걸 한자리에서 고요히 바라볼 수 있는 용도만으로도 고비는 존재할 필요가 충분하다.

고비를 어찌할 것인가. 이런 쓸데없으며 오지랖 넓은 물음에 대한 답은 이것이다.

내버려두라!

운명의 모래시계가 이끄는 대로, 바람이 실어가는 대로 어딘가에 누워 적멸의 모래바다 속으로 침몰하게 하라. 그 위에 또다른 삶이 켜켜이 쌓여가도, 초원에 누워 속삭이던 꿀풀 같은 속삭임도 조개 화석처럼 뉘어질 것이니……

렛 잇 비! 가만히 내버려둘 것은 비틀즈의 노래만은 아니다.

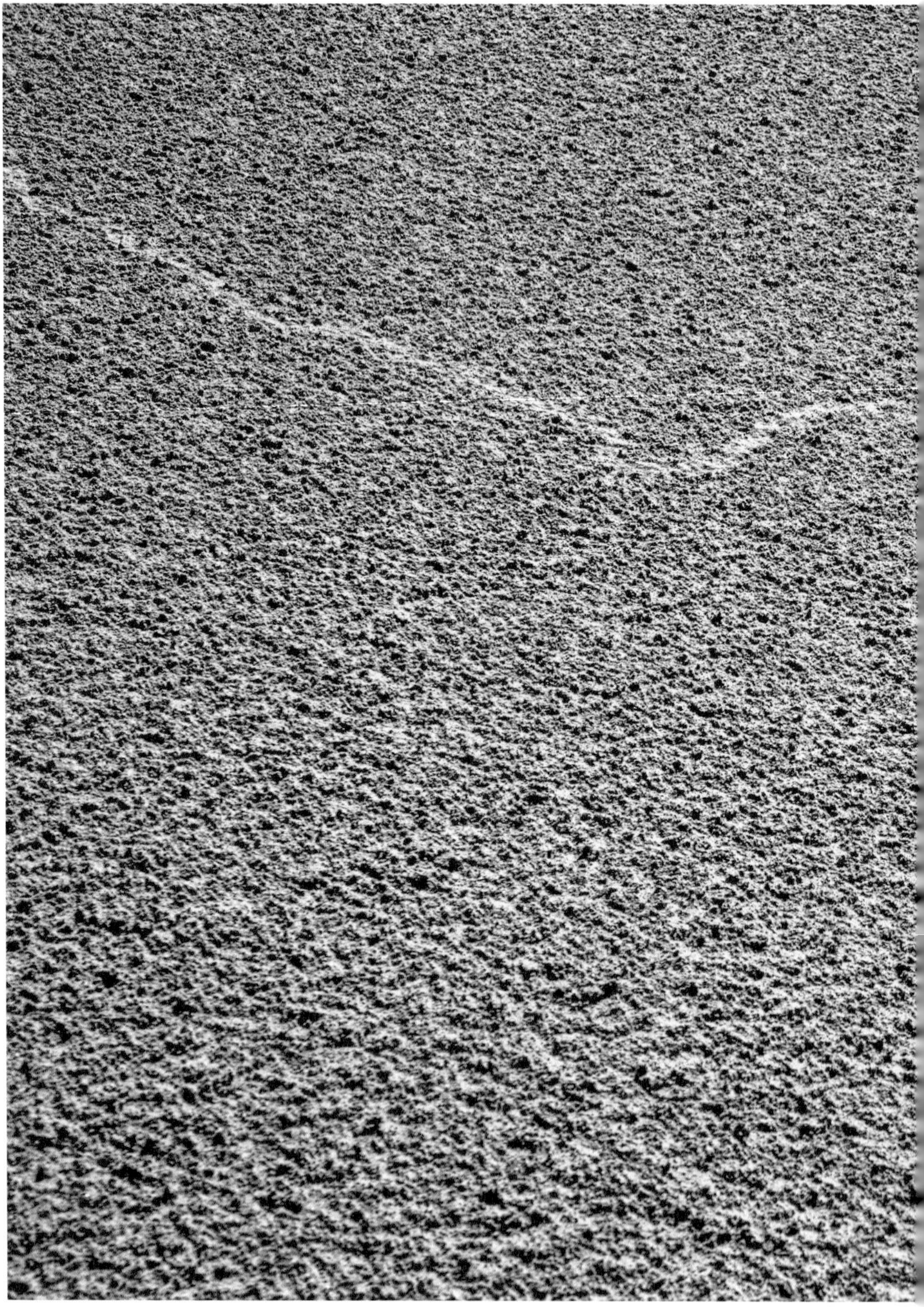

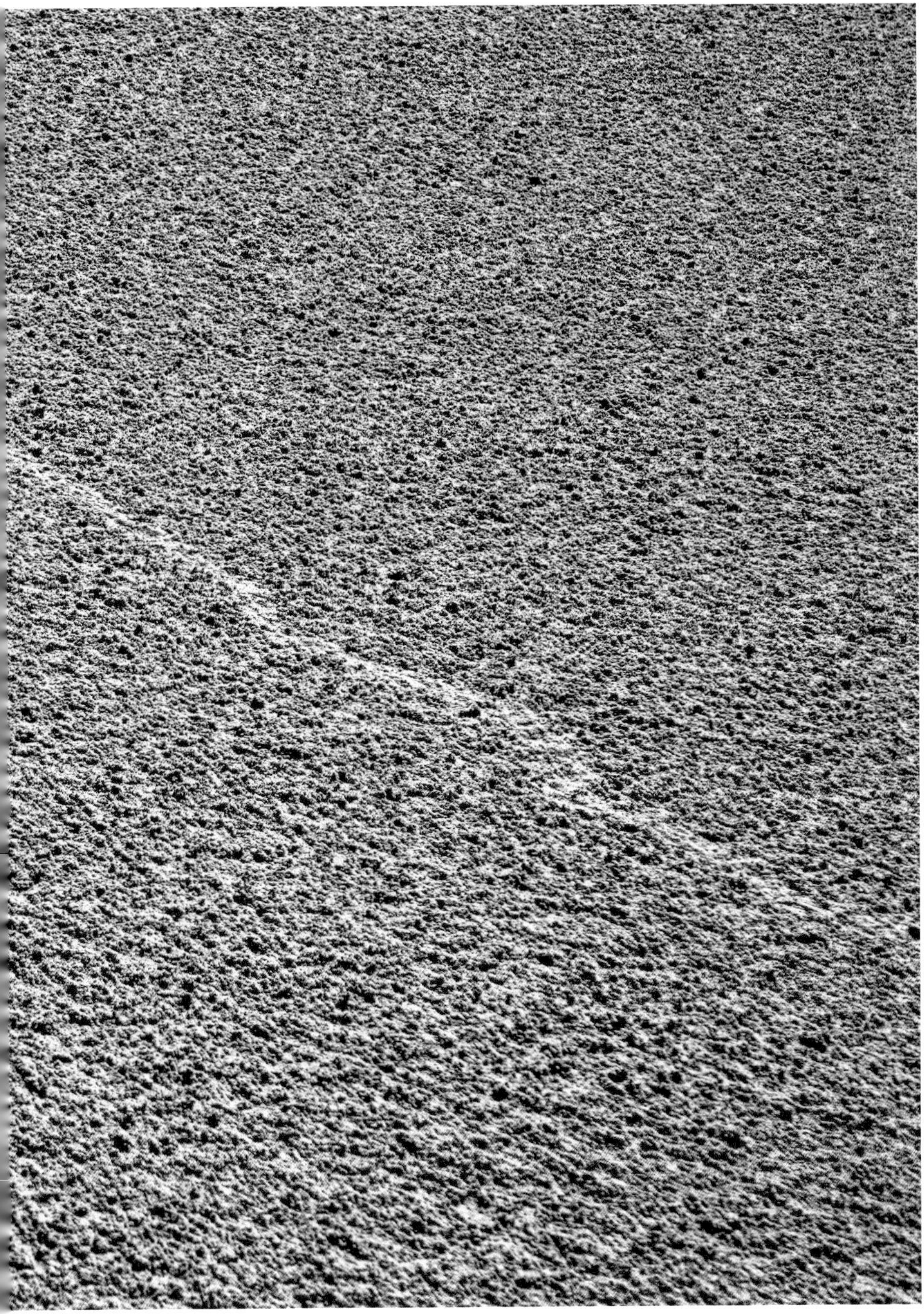

모래강

사막에서 전시회를 하고 싶었다.

그 이야기를 들은 이한구 사진작가의 눈이 빛났다. 누가 보러 오느냐고 물었다. 근처의 양이나 낙타가 볼 것이라고 말했다. 그의 눈빛에 실망감이 감돌았다. 지나가는 바람도 보고……

바람을 위한 전시라는 말에 그가 무릎을 쳤다.

'하지요! 멋진데요.'

그 이야기를 시인들에게도 했다. 비현실적이고 몽롱한 영혼을 지닌 그들은 단번에 찬성했다. 모래언덕에 전시된 사진과 시화를 지켜보는 바람이 눈앞에 보였다. 그리고 바람이 낭송하는 시구들이 손풍금 소리처럼 들려왔다.

몽골에는 적잖은 사막이 있다.

고비알타이산맥을 끼고 240km나 이어지는 홍고린엘스를 비롯하여, 산과 초원 사이로 틈입한 엘승타사르하이, 몽골 중북부에 들어앉은 몽골엘스……

통관만 된다면 작은 사막 하나를 수입하고 싶다. '사막 수입업자'라는 직업도 괜찮을 법하다. 머리가 아프거나, 견딜 수 없는 슬픔에 잠긴 이들에게 '무거운 짐 진 자들아, 다 내게로 오라'는 위로의 말을 들려주는 사막이 있으면 좋겠다. 사막은 그런 설교를 하지 않아도, 무거운 짐을 질 수도 없고, 쉬지 않을 재간이 없는 곳이다. 크지 않아도 좋다. 〈어린 왕자〉의 별처럼 한번 들어가면 길을 잃어 뱅글뱅글 맴돌 수 있다면 축구공만한 사막이라도 좋겠다.

그곳의 모래 위에 적으면, 살아오면서 남긴 어지러운 말들과 부끄러움과 죄와 만용들을 만능지우개처럼 지워버리는 그런 사막이 있으면 얼마나 행복할까.

'나'라는 존재도 지워져 다시 돌아올 수 없다면, 그곳에서 서슴없이 앞을 보며 걸어가고 싶다. 인생이란 어차피 '다시 돌아올 수 없는 사막'이 아니던가.

수많은 탐험가들이 사막을 건넜다. 돌아오지 못한 이들도 있었다. 오죽하면 사막의 이름을 '돌아오지 못하는 땅(타클라마칸)'이라고 명명했겠는가. 그러나 그런 이름이야말로 수많은 탐험가들을 끌어들이는 마력을 지닌다.

서기 412년에 인도를 다녀온 동진의 법현스님은 타클라마칸 사막을 "아무리 둘러보아도 망망하여 가야 할 길을 찾으려 해도 어디로 가야할지를 알 수가 없고, 오직 언제 이 길을 가다 죽었는지도 모르지만 그 죽은 사람의 고골만이 길을 가리키는 지표가 되어준다"고 했다.

아라비아의 대상들은 공작의 꼬리털과 페르시아 카펫과 몰약을 팔기 위해 사막을 건넜다. 최초로 이 길을 오간 장사꾼들에게는 어떤 힘이 있었을까. 비단과 번쩍거리는 황금의 유혹도 컸지만 미지의 세계에 대한 환상이 힘이있을 것이다. 상상력이야말로 사막에 널려 있는 죽음의 알갱이들을 황금으로 변화시키는 연금술이다.

사막이 지루하다고 말하는 사람들은 사막에서 하루를 지내보지 않은 사람이다. 끝없이 펼쳐진 사막은 막막하지만 지루하지는 않다. 해가 지나며 변하는 빛에 따라 펼쳐내는 사막의 다양한 변신은 깊고 오묘한 변주를 보여준다. 그 계조를 깊게 하며 그러나가는 풍광은 어떤 색의 마술보다 화려하다. 칼날 같은 모래톱이 바람에 깎여 눈앞에서 꿈틀거리며 기어가는 장면은 하늘에서 풀어놓은 거대한 뱀을 닮았다. 비늘을 사각이며 부드러운 곡선으로 사행하는 모래들, 그 속에 뿌리를 내린 풀들은 동그란 음표들을 그린다. 사막에 가면 그 음표를 연주하는 바람의 노래를 들을 수 있다. 바람은 여행자들이 남긴 발자국과, 누군가 적어놓은 이름을 흔적도 없이 지운다.

유목민들은 사막에 적어놓은 이름의 주인이 그곳을 찾아오게 된다고 한다. 그곳에 남겨진 발자국과 사연들을 바람이 배달한다고 믿는다. 사막 우체국에는 우표가 없어도 송달되는 바람의 엽서가 있다.

바람은 모든 것들을 무너뜨린다. 하늘에 닿을 만한 산들과, 그 위에 우뚝 섰던 바위를 작은 돌멩이로 구르게 하고, 손가락 사이로 흘러내리는 모래로 만든다. 모래는 바람에 실려 하늘의 새가 된다. 바람은 모든 삶들을 모래로 만든다. 〈미이라(The Mummy)〉와 같은 영화 속에서 전설적 존재들을 풍비하는 모래로 만드는 메타포는 황당한 상상이 아니다. 모든 걸 무로 돌려보내는 무량수의 모래알들과 그 위에 남겨진 족적도 정엄하다.

고비의 끝에는 사막이 누워 있다. 고비알타이의 지맥인 고르왕사이흥산을 넘은 모래들은 긴 비행을 마치고 수백 킬로미터의 사구에 기착한다. 이렇게 만들어진 모래언덕이 홍고린엘스다. 주황의 모래라는 뜻을 지닌 홍고린엘스는 오래된 사막의 공항이다.

홍고린엘스의 높은 사구는 전생을 보여준다. 세 발을 내디디면 두 걸음을 밀어내며, 기어코 네 발로 기어가게 만든다. 규사처럼 달구어진 모래알들은 실족의 발바닥을 지지고, 가증스러운 말들을 뱉어낸 입을 다물게 한다. 언어를 벗고, 네 발로 기며, 젖을 찾아 울음을 터뜨리는 존재에 이르면 전생의 풍경을 만나게 된다.

처음 사구를 올랐을 때였다. 천신만고 끝에 깎아지른 모래톱에 이르렀다. 한 걸음만 올려 놓으면 그 위에 설 터인데, 발가락 하나 움직일 힘이 없어 그 자리에 쓰러졌다. 그때, 칼날 같은 모래톱에 앉아 있는 파리 한 마리가 눈에 들어왔다. 바람은 쉼없이 모래톱을 갉아대며 뿌연 먼지를 일으키는데, 파리는 너무도 고요하게 앉아 있었다. 파리는 어디에서 왔을까. 무엇 때문에 모진 바람을 견디며 사구 꼭대기에 앉아 있는 것일까.

경이로운 눈으로 바라보고 있자, 파리는 천천히 모래 위를 기어가기 시작했다. 서두름 없이 걷는 파리는 모래 위에 상형문자 같은 족인을 남기며 모래의 칼날 위를 걸었다. 어디로 가느냐는 물음도 부질없어 보였다. 모든 물음은 그 걸음

앞에 무의미해졌다.

　모래산이 울기 시작했다. 발끝으로 전해진 울음이 몸 전체를 흔들어댔다. 모래산의 깊은 곳에서 번져나오는 울음소리는 경이로웠다. 그때 알았다. 모진 바람을 견디며 모래산 위에 앉아 있던 파리의 무게가, 고요히 모래 위를 기어가던 파리의 걸음이 거대한 모래산을 울게 하였음을 알게 되었다.

　사막은 그 모든 것들을 모래로 변환한다.

　제국의 궁궐에 켜켜이 쌓아올려진 검은 벽돌이며, 초원에 버려진 짐승들의 흰 뼈, 돌무덤 의 석비에 적힌 이름들, 검은 판석에 새긴 암각의 아이벡과, 밤마다 들려오던 말발굽 소리들 ― 모든 것은 모래로 돌아간다.

　'지농(황금 왕자)'으로 불리던 바얀 뭉케는 무너진 보르지긴가의 몽골제국을 되살리려다가 음모와 계략에 쫓겨 고비에서 어떤 시종이나 신하도 없이, 사막에서 홀로 죽음을 맞는다. 황금 왕자의 허망한 최후를 잭 웨더포드는『칭기스 칸의 딸들, 제국을 경영하다』란 책에서 이렇게 묘사하고 있다.

　"많은 꿈들이 호랑이의 해에 그 사막에서 끝이 났다. 아름다웠던 그는 어떤 왕자였는가? 그의 어머니가 아들의 목숨을 구하기 위해 음경을 일부러 감추었고, 그다음에는 똥 더미 아래 무쇠솥에 숨어 연명했고, 말을 탄 기수가 활 끝으로 요람 속의 어린아이를 건져 올려 공중에 내던짐으로써 간신히 목숨을 건졌고, 무명의 가난 속에서 성장하여 끝내는 칸과 함께 나란히 옥좌에 앉는 공동 통치자가 되지 않았던가. 대칸은 그를 황금과 비단으로 장식했고 그가 장래 언젠가 세상을 정복할 것이라고 말하지 않았던가. 그는 몽골 제국의 영원히 상승하는 황금 왕자, 바얀 뭉케 볼쿠 지농이 아니었던가. 그런 그가 허리띠와 목숨을 빼앗긴 채 황금실로 무늬를 놓고 다람쥐 모피로 안감을 댄 비단 델을 입고서 고비 사막에 누워 있었다."

　유목민들은 사막이 거대한 모래강이라고 생각했다. 살아 있는 모든 것들이 흐르다가 어느 둔덕에 걸려 잠시 머무는 것이 이생이고, 다시 바람이나 물살에 밀러 떠내려가는 게 죽음이었다. 왕자도, 비명도, 파리도 예외 없이 모래알로 흐르는 거대한 강이었다. 낙타가 사막을 건너는 배라 하는 이유가 있었다. 물기라곤 찾아볼 수 없이 모래만이 깔려 있는 사막을 강으로 여긴 상상의 원형은 무엇일까. 무엇이 그 막막한 공간을 소리 내어 흐르게 했을까. 수피즘의 한 우화가 생각난다.

어느 강물이 있었다. 깊은 골짜기에서 흘러나와 높은 산을 에돌고, 까마득한 폭포에 몸을 던진 끝에 멀리 바다가 보이는 곳에 이르렀다. 바다로 향하는 강물 앞에 모래와 자갈로 된 사막이 놓여 있었다. 안간힘을 다해 보았지만 사막에 이른 강물은 흔적도 없이 모래 속으로 빨려들어가고 말았다. 어떻게 하면 사막을 건널 수 있을까. 고민에 빠져 있을 때, 사막에서 이런 목소리가 들려왔다.

네 자신을 증발시켜 바람에 네 몸을 맡겨라.
바람은 사막 저편에서 너를 비로 뿌려줄 것이다.
너는 다시 강물이 되어 바다에 들어갈 수 있을 것이다.

유목민들이 지닌 현자의 돌

턱소라는 몽골인 운전사가 새 푸르공을 끌고 왔다. 아버지가 큼지막한 금을 캐어 푸르공을 사 주었다고 했다.

이런 이야기는 사람들의 가슴을 흔들어놓기에 충분하다. 사막이 늘며 일자리를 찾아 도시로 떠나는 유목민들이 늘고 있다. 도시라고 일자리가 기다리고 있는 것은 아니다. 변두리에 지은 게르에서 술로 세월을 보낼 뿐이다.

이런 처지에 누군가 주먹만한 금덩이를 캐어 아파트를 샀다는 이야기는 귀가 번쩍 뜨일 만하다. 너도나도 삽을 둘러메고 금을 찾아 몰려간다. 이 불법 재굴자들은 금광 근처의 산자락에 달라붙어 땅굴을 파고 금을 찾는다. 플라스틱 함지박을 메고 땅굴을 드나드는 모습이 애니메이션 〈닌자 거북이(Teenage Mutant Ninja Turtles)〉를 연상시켜 이들은 '몽골 닌자'라고 불린다.

땅굴로 기어들어 흙을 파내는 작업은 힘들고 위험하다. 이따금 매몰 사고가 나서 목숨을 잃기도 한다. 파낸 흙을 체로 걸러서 얻는 금의 양도 보잘것없다.

그렇게 모은 금은 읍내의 구멍가게에서 식자재나 술과 바꾼다. 구멍가게 주인은 그걸 모아 울란바토르의 매집 업자에게 넘긴다. 큰 가방에 현찰을 가득 담아 들고 다닌다는 매집 업자는 앉아서 큰돈을 번다. 매집 업자는 싸게 사들인 금을 모아 중국으로 팔아넘긴다. 물론 이 모든 것은 불법이다.

몽골 닌자들은 은밀하다. 어디에서 금을 캤는지, 얼마나 캤는지 물어도 대답을 하지 않는다. 금은 말보다 빠르다. 금이 나온다는 소문은 초광속으로 사람들을 불러모은다. 발 없는 말보다, 소리 없는 금이 더 멀리 간다. 90년대 사회주의 정권이 무너지면서 정부가 독점하고 있던 금광에 대한 정보가 새어나가 대대적인 골드러시가 일어났다는 말도 있다.

　요즘은 몽골 닌자들의 장비도 현대화되었다. 중국산 금속탐지기로 금을 찾는다. 주로 알타이 산자락에 많은 금맥은 흰 띠가 그어진 바위산에 묻혀 있다고 한다.

　금은 몽골 유목민들이 말하는 아홉 가지 보석 가운데 으뜸이다. 에르덴이라고 불리는 아홉 가지의 보석은 알트(금), 뭉그(은), 어유(터키석), 너믄(청금), 탄(자개), 슐(산호), 지스(구리), 강(철), 숍드(진주)를 말하는데, 몽골의 지명이나 사람들의 이름에도 널리 쓰인다.

　고대부터 금(金)은 유목민과 붙어 다녔다.

　금세공술로 명성을 떨친 스키타이의 이동이 금 때문이라는 설도 있다. 금을 찾아 동진하다가 금이 많이 묻힌 산을 발견하였다. 알타이산맥이다. 알타이는 '금(金)'이라는 뜻이다. 카자흐스탄의 알마티 부근에 있는 이식 고분(Issyk kyrgan)에서 발견된 '황금 인간'은 스키타이의 찬란한 황금기를 보여준다.

　여진족은 아예 자신들의 국호를 '에케 알탄(大金國)'이라 불렀다. 몽골고원을 지배했던 흉노의 왕족들이 중국에 귀화하며 얻은 성씨도 '금(金)'이다. 김일제를 비롯한 흉노의 일파가 이입된 신라의 고분에서도 황금빛 신화는 이어진다. 신라의 금관은 멀리 흑해의 스키타이 고분부터 아프가니스탄 북부 틸리야 테페의 고분과 잇닿아 있다.

　금은 중동의 유목민들에게도 예외가 아니었다. 해를 숭배한 이집트의 파라오들은 황금을 신의 옷이라고 여겼다. 스스로 신의 자손이라 믿었던 파라오들은 황금으로 된 마스크를 쓰고 피라미드 안에 누워 부활을 꿈꾸었다. 사이토 다카시의 『세계사를 움직이는 다섯 가지 힘』에 따르면, 이집트 신화에서 황금은 '신의 살'로 여겨졌으며, '황금의 호루스'라는 칭호를 가진 파라오가 죽으면 황금으로 된 육체를 가진 신이 된다고 믿었다 한다. '라', 또는 '레'로 불린 이집트의 태양신은 '무리를 이룬 별 중의 황금'으로 칭송받았고 비석에는 '처음에 레가 말했다. 나의 피부는 순금이다'라고 새겨져 있다 한다.

그에 비해 정주국가인 중국은 옥을 귀히 여겼다. 중국의 『예기』에는 인의예지의 덕목까지 들어가며 옥을 예찬하고 있다. 진나라가 화씨벽(和氏璧)이라는 옥을 사들이기 위해 열다섯의 성채와 바꾸려 했다는 이야기는 유명하다. 중국의 왕실은 옥이 생명의 정기를 북돋으며 불사의 힘을 지녔다고 믿어 수의로 썼다. 한무제의 형인 유승의 부부 무덤에서 발굴된 금루옥의는 4,658개의 옥돌을 1.8kg의 금실로 꿰어 만들었다.

금은 동복(銅鍑)과 더불어 유목민의 강력한 고고학적 단서가 된다. 유목민은 왜 금에 집착했을까. 정주민들과의 교역이 필수적이었던 유목민들에게 금은 가장 가볍고, 어디에서나 통하는 고가의 대용화폐였다. 곡식이나 생필품을 바꾸기 위해 수백 마리의 양과 염소를 끌고, 산을 넘을 수는 없지 않은가. 금은 옥보다 가볍고 세공노 편하고, 결정적으로 유목민의 근거지인 중앙아시아의 산지에 집중되어 있었다.

유목제국은 금으로 합체된 조직이다. 여러 부족이 합쳐진 유목제국은 언제든 모래알처럼 흩어질 위험을 태생적으로 지녔다. 이들을 하나로 뭉치게 하는 것이 전리품이고, 그걸 얻기 위해 끝없이 전쟁에 나설 수밖에 없었다. 전리품 가운데 가장 가치 있는 것이 금이었다.

그러나 유목민들은 금을 위해 살지는 않았다. 마르코 폴로와 아르메니아 연대기 기록자 아칸츠 그리고르는 1255년경 훌라구가 칼리프를 꾸짖은 일화를 이리 소개하고 있다.

"칼리프여, 생각건대 그대는 재보에 눈이 먼 모양이군, 그렇다면 이것을 그대에게 주어 먹도록 하리라."
이리하여 훌라구는 칼리프를 끌어다 그 탑 속에 가두어 명을 내려 일체의 음식물 공급을 금한 뒤에 말했다.

"칼리프여, 자아, 마음 놓고 실컷 그대의 재보를 먹도록 하라."

탑 속에 갇힌 칼리프는 나흘째 되는 날 마침내 그 속에서 굶어 죽고 말았다.

초원에서 살아가는 데 전혀 필요할 것 같지 않은 금이 유목제국과 강력하게 결합된 또다른 이면이 있다. 금은 욕망이라는 화학적 결합을 통해 유목적 연금술의 판타지를 지닌다. '연꽃 속의 보석'이라는 뜻을 지닌 '옴마니파드메훔'의 진언 속에도 식물과 광물의 메타포가 숨어 있다. 흉노, 돌궐, 위구르족이 번갈아가며 제국의 수도로 삼은 하르호린에는 에르덴조 사원이 있다. '풀 속의 보석'이라는 뜻을 지닌 이 사원의 이름에도 연금술적 상상력이 담겨 있다.

식물과 광물의 이종교배는 유목적 상상을 일구어낸다. 보르헤스의 『상상 동물 이야기』에는 황금빛 양털을 지닌 '폴리포디움 보라메츠'라는 '식물성 양'의 이야기가 나온다. 이 풀을 자르면 양피가 흐르는데, 늑대들이 즐겨 핥아먹는다고 한다.

금에 대한 욕망은 연금술의 환상을 불러일으켰다. 중세의 암흑이 역설적으로 황금의 불꽃을 일으켜, 납을 금으로 변화시키려는 시도들이 수은 연기 가득한 골방에서 이어졌다. 그리고 중세의 상상력은 금을 만들어내는 '현자의 돌'을 출산했다.

초원의 유목민에게도 '현자의 돌'이 있다. 하늘의 신과 영적으로 결합하게 하는 힘을 지닌 '자다'라는 돌이다. 고대의 샤먼들은 그 돌로 바람을 부르고 비를 내리게 했다고 전해진다. 비슷한 듯하면서도 두 돌은 질적으로 차이가 있다. 하나는 금을 만들고, 하나는 비를 부른다. 하나는 소비재이고, 하나는 생산재다.

'현자의 돌'이 만들어낸 금은 중세의 사원과 왕실의 은밀한 금고를 거쳐, 현대에 이르러선 월스트리트와 첨단 보안장치가 된 은행의 비밀금고 속에 감금되어 있다. 볼모가 된 금은 엄청난 몸값으로 환산된 지폐와 어음으로 찍혀 불철주야 소비의 연자방아를 돌리고 있다. 그것은 쌀 한 톨도 기르지 못하며 끝없이 소비를 부추길 뿐이다. 영국의 경제학자 케인스가 '소비가 미덕이다'라고 한 말만큼 자본주의의 진면목을 보여주는 것도 없다. 그것은 비를 불러 풀을 자라게 하고, 양을 살리게 하는 '자다'라는 돌과 본질적으로 다르다. 유목민이 생각하는 '현자의 돌'은 욕망에 대한 경계와 절제의 상징물이다.

    운석에 조예가 깊은 여행자가 있었다. 고비의 평원에 떨어진 운석을 주워들고 그가 들려준 바에 따르면 그것이 금보다 더 비싸다고 했다. 운석은 대기를 통과하며 고열에 검게 탄 흔적이 있으며, 크기에 비해 월등히 무겁다고 했다. 그 후로 모든 검은 돌이 운석으로 보였다. 한동안 여행자들이 땅만 보고 다녔다.

    누군가가 검은 돌을 주워 왔다. 순도 높은 흑색을 띤 돌은 예사롭지가 않았다. 운석 전문가에게 자신의 돌을 보여주는 손이 미세하게 떨렸다. 그걸 집어들고 들여다보던 운석 전문가가 '석탄 덩어리'라며 내던졌다. 그 말에도 불구하고, 그는 팽개쳐진 석탄 덩어리를 주워 주머니에 담았다. 그걸 주운 이는 누가 빼앗기라도 할까봐 손수건에 싸서 가방 속에 깊이 넣어누었다. 누가 뭐래도 그에겐 이 세상에서 가장 소중한 운석으로 여겨졌다.

    금이건 운석이건 석탄 덩어리이건, 그것에 매겨진 가치는 결코 화폐의 숫자로는 환산될 수 없다. 하룻밤에도 쉴 새 없이 고비 벌판에 낙하하는 별똥들이 누구의 주머니를 채우기 위해 떨어지는 것은 아니다. 그것은 황금보다 소중한 만남을 위해 우주를 날아오는지도 모른다.

똥꽃이 피었습니다

몽골의 초원에는 화장실이 있을까.

변소를 찾는 여행자에게 몽골인 가이드는 초원을 가리키며 '네이처!'라고 대답했다.

나무 한 그루 없는 대평원에서 평균 시력 5.0의 몽골인 눈을 피할 곳은 없다. 여성 여행자들은 양산이나 돗자리로 가리고 용변을 해결한다. 황당할지 몰라도 유럽에서 얼마 전까지 애용하던 방식이다. 19세기 중반까지도 유럽에서는 이동식 화장실 업자가 돌아다녔다. 용변이 급한 사람은 그가 펼쳐주는 망토로 몸을 가리고 양동이에 볼일을 보았다. 프랑스어로 망토의 천을 뜻하는 '투알(toile)'이 지금의 화장실인 '투알레트(toilette)'의 어원이다.

유목민들은 따로 변소를 두지 않았다. 한곳에 변을 쌓아두지 않고, 넓은 초원에 여기저기 볼일을 보았다. 초원에 배출한 분뇨는 상쾌한 바람과 순도 높은 햇빛, 습기가 없는 대기의 협동작업에 의해 어떤 정화조나 비데보다 친환경적으로 처리된다. 온갖 가축들의 똥과 더불어 그것들은 척박한 초원을 비옥하게 하는 거름이 되어 풀을 자라게 하고, 자연으로 돌아간다. 가이드가 일러준 '네이처!'라는 말의 함의가 깊다.

자본주의의 병폐는 정주된 공간에 쌓는 데서 시작되었다. 수세식 화장실이 겉보기에는 깔끔해도 쌓인 분뇨를 처리하기 위해 엄청난 물을 낭비하고, 환경을 오염시키고 있다. 지저분한 것을 드러내어 보이지 않을 뿐이다. 이동범의 『자연을 꿈꾸는 뒷간』이라는 책에 따르면, 수세식 화장실에서 한 사람의 용변을 처리하려면 날마다 물이 1.8리터짜리 페트병으로 60여 통이 필요하다고 한다. 페트병

한 통의 물로 온 가족이 세수를 하는 유목민에게 한 사람의 용변을 위해 소비되는 60통의 물은 끔찍한 낭비다.

유목민들은 어떻게 뒤처리를 했을까. 풀이나 나뭇잎을 썼는데, 심지어 돌로 닦기도 했단다. 얼마 전까지 한국의 농촌에서도 호박잎이나 짚을 썼다. 변소도 따로 구덩이를 파지 않고, 측간 바닥에 볼일을 본 뒤에 재로 덮어 거름으로 썼다. 도시에서는 주로 신문지를 썼다. 당시의 신문들은 인쇄 질이 좋지 않아 시커먼 잉크가 번졌다. 공중목욕탕에 가면 사람들 엉덩이에 시커멓게 잉크가 묻어 있었다니, 풀이나 나뭇잎을 쓰는 유목민들을 비웃을 일이 아니다.

실제로 문명 선진국을 자처하는 유럽인들의 화장실 문화도 일천하다. 신사의 나라라는 영국을 비롯하여 프랑스, 이탈리아 등 중세 유럽은 밤새 요강에 담긴 분뇨들을 창으로 쏟아버려 길을 걸을 수가 없을 지경이었다 한다. 오물로 덮인 거리를 걷기 위해서 굽이 높은 하이힐을 신어야 했고, 아무 데서나 볼일을 보기 위해 부인들은 긴 드레스를 입었다 한다. 다니엘 푸러 『화장실의 작은 역사』에는 1184년 마차를 타고 파리 시가를 지나던 필리프 2세가 길에 버려진 오물의 악취에 숨이 막혀 잠시 기절했다는 일화가 나온다.

바가가즈링 졸로의 유목민 게르에는 돌로 쌓은 측간이 있었다. 지붕은 하늘이고, 대문은 초원이며, 삼면만을 허리 높이로 돌을 쌓아올린 변소. 처음에는 자세를 어찌할지 몰라 당혹스러웠다. 전면이 훤히 뚫려 치부를 드러낸다는 것이 께름칙하여 뒤로 돌아앉았는데, 안 보이는 게 더 불안해 다시 돌아앉았다. 막상 그리 앉자 탁 트인 초원의 풍경이 상쾌했다. 삼면에 쌓아올린 돌무더기 속에선 어린 새가 조잘거리며 노래를 불렀다. 쭈그리고 앉으면 머리가 돌담 위로 솟구쳐 멀리서도 '사용중'임을 알 수 있는 유비쿼터스 시스템이다.
몇 해 전에 돌무지 변소가 사라졌다. 널판으로 사방을 둘러막고, 지붕까지 얹은 변소가 그 자리에 들어섰다. 탁 트인 초원의 풍경도, 돌 틈에서 조잘대던 어린 새들도 사라졌다. 옹색한 변소에 쭈그리고 앉으면 파리들이 엉덩이에 새카맣게 들러붙었다.

앞이 트였다고 모든 게 상쾌한 것은 아니었다. 쳉헤르의 허름한 호텔 변소는 마당에 있었다. 지붕도 있고, 줄입문도 달려 있었다. 문제는 엉성하게 널판을 댄 변소 문의 아래가 뚫려 있었다는 점이다. 쭈그리고 앉으면 얼굴은 가려졌지만 둥글게 뚫린 구멍으로 하반신만 노출되었다. 얼마 지나지 않아 말을 탄 사람이 지나 갔다. 사람은 보이지 않고 말의 다리만 보였다. 변소에 앉아 말의 네 다리가 지나가는 걸 지켜보는 기분은 묘했다.

돈드고비의 유목민 민박집에는 좌변기가 있었다. 굵은 철선을 구부려 다리와 둥근 좌판을 만든 것이었다. 엉성해 보이지만 궁둥이가 닿는 부분에는 헝겊이 동여매어 있었다. 쇠의 차가운 감촉을 막아주려는 세심한 배려가 느껴졌다. 철사로 된 좌변기 밑에는 얕은 구덩이가 패어 있었다. 구덩이가 차면 흙으로 덮고 다른 곳으로 옮기는 이동식 변소인 셈이다. 지켜보니 유목민 가족들은 아무도 그걸 사용하지 않았다. 이따금 들르는 여행자들을 위해 마련한 좌변기였다. 생텍쥐페리의 'B612 행성'에 있음직한 변기였다. 이상한 망토를 쓴 금발의 '어린 왕자'가 무릎이 쪼그려질 리가 없지 않은가.

창의성이 돋보이는 변기는 오트곤 텡게르의 민박집에도 있었다. 낭떠러지 끝에 세워진 변소에는 놀랍게도 양변기가 놓여 있었다. 어느 잡지에서 히말라야를 오르는 서양 등산객들의 짐꾼들이 양변기를 짊어지고 오르는 사진을 본 적이 있다. 그곳까지 변기를 나르게 하는 소행을 비난했지만, 그들의 접히지 않는 무릎의 한계를 알게 되면서 이해하게 되었다. 그런 서양 여행자들을 위해 민박집 주인이 울란바토르까지 가서 구해 온 것이었다. 양변기는 밑이 뚫려 있어 낭떠러지가 시원하게 내려다보였다.

유목민에게 똥은 더러운 오물이 아니다

똥은 나무가 귀한 유목민들에게 땔감이며, 귀한 약재다. 울란바토르의 고급 식당이나 화장실에도 말똥을 얹은 접시가 있다. 말똥을 태우면 풀향기가 향긋할 뿐만 아니라, 파리나 모기 같은 해충을 쫓아내기 때문이다. 희귀한 약효를 지닌 허브들을 뜯어먹고 사는 가축들의 똥은 약으로도 쓰인다. 말이 병나거나 허약할 때 말린 고기(보르츠)를 소똥(아르갈)으로 태운 연기를 마시게 하여 치료한다. 서양 의학자들은 몽골 가축의 똥에서 사람에게는 해롭지 않은 살충 살균 성분을 발견했다고 한다.

오트곤 텡게르에서 있었던 일이다. 야영을 하려다가 날이 추워서 유목민의 게르를 찾아갔다. 두 채를 빌렸다. 몽골인처럼 보인다며 민박비를 서양 여행자의 절반으로 깎아주었다. 문제는 난로에 불이 없었다. 해발 3000m가 넘는 고산인데다가 비바람이 불어 게르 안에서도 추웠다. 밖에 쌓아둔 아르갈이 비에 젖어 불을 피울 수가 없다고 했다. 주인이 조리용으로 남겨놓은 아르갈을 좀 나눠주었지만, 짚풀 같은 아르갈로 피운 불은 오래가지 못했다. 추위를 견디다못해 주인을 찾아가 통사정을 했다.

"똥 좀 주세요! 똥 좀 더 주세요."

똥이 귀하다는 걸 처음 알게 되었다.

유목민들에겐 똥마다 이름이 따로 있다.

말똥은 '허멀'이라 불리는데, 금세 불이 붙어 불쏘시개로 사용하고, 주로 소의 똥인 '아르갈'을 땔감으로 삼는다. 양이나 염소, 낙타의 똥은 '허르걸'이라고 한다. '허르걸'은 작은 알갱이라 우리에 가둔 양이나 염소의 발굽에 밟혀 굳어지면 벽돌 크기로 잘라 여름내 말려 겨울에 사용한다. 이렇게 말린 것을 '후르쯩'이라고 한다.

풀을 먹고 자란 가축들의 똥은 손으로 부스러뜨리면 마른 풀을 뭉쳐놓은 듯하고, 코에 대고 맡아보면 풀냄새가 난다. 이것저것 먹는 개나 돼지의 똥은 땔감으로 쓰지 않는다.

가축들의 똥은 그 크기와 모양이 다르다. 소똥은 굵으면서 아이스크림처럼 똬리를 틀고 올라간다. 물기와 중력의 작용으로 옆으로 넓적하게 펼쳐진다. 어느 여행자가 꽃 사진을 찍으며 버섯처럼 넓적한 똥을 발견했다. 바람과 햇볕에 건조된 똥은 회백색을 띠고 있어, 멀리서 보면 에델바이스를 닮았다.

"이 똥꽃의 주인은 누구인가요?"

그렇다. 똥은 초원의 꽃이다. 유목민 여자는 용변을 보러 갈 때, '꽃 따러 간다'고 한다. 남자들도 변소를 직접 거론하지 않는다. 말 보러 간다고 한다. 이러한 완곡어법은 한국인에게도 낯설지 않다. 변소를 뒷간이라고 돌려 말하고, 얼마 전까지 '말 보러 간다'는 표현을 쓴 기록이 남아 있다. 대소변을 몽골어로 '모리'라 하는데, 이 단어에는 '말(馬)'이라는 뜻도 있다. 고려 말엽에 들어와 우리말에 쓰인 흔적이 도처에 남아 있다.

똥은 '물'이라고도 일렀다. 『역어유해』에서 피똥을 '발근 물'(상 161) 물찌똥을 '믈근 물'이라 새긴 것이다(상 61). 그리고 똥은 '큰물' 오줌은 '져근물'로도 불렸으며, 이를 누는 일은 '말보다' 또는 '말보기'였다. 1459년에 나온 『월인석보』의 내용이다.

차바 눌 머거도 자연히 스러 물보기를 아니ᄒᆞ니(1;26)
물 보기를 ᄒᆞ니 남진 겨지비 나니라(1;43)
머근 후에아 물보기를 ᄒᆞ니(1;43)

다음은 비슷한 시기에 나온 『목우자수심결』의 내용이다.
옷 니브며 밥 머글 끠오직 이리로 물보며 오줌 눌 끠오직 이라코(27)[4]

말이 사라지면서 '말 보러 간다'는 표현도 사라진 듯하다. 똥을 꽃이라 부르는 마음이라도 남아 있기를 바란다.

---

4 김기선, 『한·몽 문화교류사』, 민속원, 2008, 268쪽.

나무는 왜 서 있을까

고비알타이의 지맥인 고르왕사이흥 산자락에 깊숙이 들어앉은 여행자 숙소가 있다.

그곳의 식당 앞에는 보기 드물게 푸른 잎들을 단 나무들이 임립해 있다. 바람에 흔들리는 나뭇잎 소리도 청량하지만 해가 기울면 돌아와 지저귀는 새들도 인상적이다. 방울을 흔드는 듯한 새소리는 나뭇잎보다 조밀하다. 온종일 무료히 늘어져 있던 나뭇잎들도 그 소리에 생기를 찾아 몸을 흔든다. 저녁이면 어김없이 찾아오는 새들은 소리만 낭자할 뿐 모습은 보이지 않는다. 신기하다. 낭창거리는 가지를 지닌 작은 나무들 틈으로 그 많은 새들이 어떻게 깃털 한 장 내보이지 않고 숨을 수가 있을까.

환청일지 모른다는 생각이 들었다. 새는 보이지 않고, 쉴새없이 들려오는 그 소리는 얼핏 바람 소리 같기도 하고, 유목민 소녀가 흰 조약돌을 손안에서 조몰락거리는 소리와도 같다. 이리저리 목을 빼고 나뭇가지들을 살펴보아도 그 소리의 정체는 뵈지 않는다. 어느 시인이 그리 깊이 뜻을 숨겨 소리를 지을 수가 있을까.

식당의 의자에 앉아 나뭇잎 사이로 전해오는 그 소리를 듣자면, 새들이 보낸 하루가 고스란히 귀에 와닿는다. 녹음 속의 새소리를 두고 "이것은 내 날아가고 날아오는 글자이고, 서로 울고 서로 화답하는 글이로다"라던 연암의 '답경지지이 (答京之之二)' 구절이 실감났다.

새들이 사람이 드나드는 식당 문 앞에 떼를 지어 찾아드는 것도 기이하다. 매나 독수리 같은 맹금류를 피해 사람의 곁을 찾는 것일까. 여행자 숙소 안에는 무너진 집터가 있는데, 기둥이 섰던 주춧돌마다 소의 꼬리를 닮은 '우구르 아톰'이

61

라는 쥐가 살았다. 그 쥐도 매보다는 사람 곁이 안전하다는 걸 알고 있었다. 돈드 고비의 게스트하우스에도 쥐들이 울타리 안에 굴을 파고 모여 살았다. 쥐들은 철 망의 경계를 정확히 구분하여 여우나 새들이 들어오지 않는 안쪽에 구멍을 팠다. 불과 10센티 거리를 두고 철조망의 안과 밖을 구별하는 쥐들이 지혜롭다.

이런 설명에도 불구하고, 날이 저물면 소리로만 찾아오는 새들은 여전히 신 비롭다. 나무가 있어 새가 찾는 것이 이치에 맞겠지만, 보이지 않는 새의 소리를 듣다보면, 새가 있어 나무가 거기 선 듯하다. 새소리가 있어 나뭇잎도 흔들리고, 세상은 이치보다 이러한 모호함으로 움직였다. 어스름 속에서 들려오는 새의 울 음처럼……

나무는 무엇으로 새를 불러모을까.

그 답을 알지는 못하지만, 새가 없는 나무를 생각할 수는 없다. 나무는 고대 신화의 중요한 아이템이다. 세계의 창조와 잇닿은 나무는 고대부터 신성하게 여 겨졌다. 북유럽의 신화에 우주수로 등장하는 물푸레나무를 비롯하여 시베리아의 자작나무, 일본서기에 등장하는 삼나무, 북아시아의 전나무는 우주와 세계를 버 티는 기둥이며 하늘로 통하는 연결통로다. 하늘에서 환웅이 무리 3천을 이끌고 내려온 곳도 태백산의 신단수다.

나무가 귀한 중앙아시아의 초원에서는 더욱 신성하게 여겨졌다.

그 가운데서도 유목민들은 버드나무를 성스러이 섬겼다. 물이 귀한 황막에 서 버드나무는 수맥을 알려주는 역할을 했다. 수맥을 찾는 이들이 지금도 버드나 무 가지를 이용하는 것도 이와 무관하지 않다. 지하에 숨어 있는 수맥을 감지하고 뿌리를 내린 버드나무는 가축들의 용수를 구하는 유목민들에게 신과 같은 존재로 여겨졌다. 생명수로 여겨진 버드나무가 풍요와 다산의 상징물로 환치되며, 버들 잎은 여성적 성징으로 신화에 등장한다. 왕건이나 이성계처럼 나라를 창업한 왕 들과 관련된 버들잎도 예사롭지 않다. 고구려 시조인 동명성왕 주몽과 관련된 유 화부인의 서사도 버드나무와 연결되어 있다. 오워에 꽂는 버드나무는 유목민의 신화에도 등장한다. 멀리는 스키타이의 점술가들이 버들개지로 점을 쳤다는 이야기가 헤로도토스의 『역사』에 실려 있다.

나무는 하늘로 높이 자라는 성질로 인해 예부터 지상과 하늘을 연결하는 통로로 여겨졌다. 스키타이족을 비롯하여 돌궐족이나 시베리아 극동의 에벤키족, 신라의 고분들 속에도 나무로 만든 관이 묻혀 있다. 이는 잉글랜드의 민담 '잭과 콩나무(Jack and the beanstalk)'처럼 하늘로 높이 올라가는 나무가 하늘로 이어지는 통로라는 믿음에서 시작되었다. 그런 믿음은 지금까지 이어지며 무덤 앞에 영산홍 한 그루라도 심고 싶게 한다.

하나의 씨앗에서 나무의 운명은 결정된다. 허허벌판에 홀로 서서 삭풍을 견디는 고목이 되기도 하고, 열사의 불모지에 뿌리를 박고 선 채로 화석이 되기도 하고, 어느 허름한 게르의 기둥이 되기도 하고, 말을 매어두는 추립(하마목)이 되기도 한다.

몽골 유목민들은 허허벌판에 혼자 서 있는 나무를 보면 하닥을 매어 경의를 전한다. 그가 견뎌온 풍상의 세월에 대한 경의이며, 그늘을 늘어뜨리기 위해 햇볕에 그을리는 헌신에 대한 감사이기도 하다. 나무는 감사와 경의를 전하는 텡그리의 전신주다.

초원을 달릴 때마다 만나는 새가 있다.

참새처럼 생긴 새는 어디선가 나타나 길잡이라도 하듯 차의 앞을 아슬아슬하게 앞서 달린다. 어디에서 나타나 어디로 가는지 알 수 없지만, 그 작은 새가 차가 갈 길을 한 치의 어긋남도 없이 앞서 나는 게 신기했다. 나무 한 그루 없는 고비에서 그 새가 어디에 앉아 쉴지 궁금했다. 그리고 보니 그 새가 앉거나, 우는 소리를 들어본 적이 없었다. 그 작은 새는 존재보다 먼저 나타나 소리를 앞서 날아갔다. 차 앞을 나는 새를 보며 어디선가 서 있을 나무의 바람 소리가 들렸다. 나무는 새를 위해 이 세상에 뿌리를 박고 서 있는 운명이었다.

돌멩이에 관한 명상

첸겔은 돌의 성지다.

'잔치'라는 뜻의 첸겔은 타왕복드의 설산으로 가는 길목이다. 첸겔에 가면 색색의 터번을 두른 채 엎드려 있는 돌들의 순례 행렬을 만나게 된다. 그 많은 돌들이 어디에서 왔는지 묻지는 말자. 돌도 모르고 신도 모른다. 끝없이 널려 있는 돌멩이들은 어느 하나 같은 것이 없다.

황막한 돈드고비는 자디잔 조약돌들로 덮여 있다. 돌들의 색깔은 다채롭고 모양도 제각각이다. 그 가운데는 어느 별에서 날아온 운석도 섞여 있다. 반구를 채운 여름별들이 쉴새 없이 사선을 그으며 낙하하는 유성우를 볼 때마다, 외계를 날아 지구에 다다른 비행을 생각하게 된다. 어떤 섭리가 그 별 조각을 이 황량한 지상에 다다르게 했을까. 세상의 수를 다 동원해도 모자랄 만큼 많은 밤하늘의 별들이 어떻게 작은 돌멩이로 이 불모의 땅에 눕게 되었을까.

눕지 않는 돌도 있다. '선돌'이라 한다. 돌 위에 돌이 선다는 것은 사람의 흔적이다. 고대의 유목민들은 돌을 세워 죽음을 기억하였다. 무덤 앞에 돌로 된 사람(훈 촐로)을 세워 바람에 지워지지 않는 삶을 지키게 했다. 바람에 흔들리는 풀꽃처럼 짧은 초원의 삶을 살아가는 유목민에게 돌은 불변의 신물이었다. 시집을 가는 딸에게 유목민 어미는 돌을 들어 이리 당부한다.

"돌은 있는 곳에서 흔들리지 않는다. 여자는 가는 곳에서 떠나지 않는다"

유목민들은 돌 위에 돌을 쌓아 사람이 있다는 것을 알렸다. 오워의 기원이다. 때로 그것은 사람에 의해 무너진다. 사랑하는 손자를 잃은 칭기즈칸은 모진 보복을 하며 성채를 무너뜨렸다. 1221년 호라즘왕국을 정벌하러 나선 중에 바미얀을 공격하던 칭기즈칸은 사랑하는 손자 무투겐이 독화살을 맞아 죽자 분노에 차 이렇게 명령했다. "돌 위의 돌이 서지 않게 하라."

바위들로 천연의 요새를 이룬 바가가즈링촐로는 한때 흉노와 돌궐의 군사들이 머무르던 주둔지였다 한다. 말발굽 소리와 창검이 부딪치는 소리가 울리던 그곳엔 이제 비스듬히 기운 고분의 선돌만이 바람에 마멸되고 있다.

바위산으로 둘러싸인 대분지는 한여름에도 서늘하다. 오랜 세월을 두고 바위는 모래바람에 쓸리고, 틈새로 스며든 비가 얼고 녹으며 톱으로 켠 듯이 갈라졌다. 용암이 식으며 형성된 주상절리와는 다르게 가로로 나뉜 바위들은 '햄버거 바위'라고도 불린다. 한 덩어리였던 바위가 무수한 세월의 주름으로 서로를 베고 누운 장면은 화엄의 이사무애법계(理事無礙法界)와 사사무애법계(事事無礙法界)의 진경을 보여준다.

몽골의 유목민들은 기(氣)라고 하는 영적 에너지를 중히 여긴다. 몽골에는 기가 모인 곳이 있는데, 그 중의 하나가 바가가즈링 촐로다.

전해오는 이야기에 따르면, 이곳에는 장님의 눈을 뜨게 한 약수 바위가 있다. 실명하게 된 이곳의 유목민이 약수를 눈에 바르고 시력을 찾았다. 소문을 듣고 찾아온 사람들이 약수를 찾아 일대를 샅샅이 뒤졌지만 빈손으로 돌아갔다. 약수가 샘솟는 바위는 신이 허락해야 모습을 드러낸다고 한다.

전설은 요즘도 이어진다. 몇 해 전, 염소를 찾으러 동굴로 들어간 유목민 소녀가 일주일 만에 우문고비의 달란자드가드로 나왔다고 한다. 그곳까지의 거리는 대략 440km에 달한다.

요즘 들어 '팩트'란 말이 유행한다. 팩트를 따진다는 것은 그만큼 거짓이 횡행한다는 증거다. 팩트를 중히 여기는 여행자를 위해 수도자들이 머물던 동굴들이 기다리고 있다.

초원의 미켈란젤로라 불리는 자나바자르도 이곳에서 은거한 적이 있으며, 고승 자와담딩이 수행하던 동굴도 남아 있다. 스탈린의 종교탄압은 이곳에도 몰아쳤다. 승려들은 동굴에서 쫓겨나고 염소들이 그 자리를 차지했다. 신성한 수행 터를 더럽힌 염소들은 떼죽음을 당하고, 마을의 청년들이 그곳에 집을 지으려 했지만 지붕이 무너지고, 방바닥에서 나무가 자라나 실패했다. 1959년에 짓다가 포기한 집터가 그대로 남아 있고, 신비한 나무들이 하닥을 맨 채 사원을 지키고 있다.

유목민들에겐 컬렉션이라는 취미가 없다. 물건을 수집하는 취미는 정주민에게 많다. 우표부터 관절 인형, 지폐나 동전에 이르기까지 평생을 두고 모은 수집품들은 '오타쿠'의 방을 가득 채운다. 신지도 않을 운동화를 사기 위해 새벽부터 백화점 앞에 줄을 지어 서고, 희귀한 문양을 지닌 수석을 찾기 위해 땡볕이 내리비치는 강가를 뒤지고 다닌다. 유목민은 생존에 꼭 필요한 짐만을 챙긴다. 마차 한 대에 집까지 싣고, 가축들을 몰아 산을 넘기도 한다. 취미가 끼어들 틈이 없다.

그런 유목민들의 유일한 컬렉션이 오워다.
오워의 기원은 분분하다. 유목민의 적석묘에서 비롯되었다는 장의설부터, 달리는 말의 다리에 채이면 사고를 낼 수 있어 한군데로 돌멩이를 모았다는 실용설, 민가나 마을의 입구를 표시하는 경계설, 하늘에 무사안녕을 기원하는 사당이었다는 제의설까지 다채롭다.
유목민들은 오워를 그냥 지나치지 않는다. 해가 움직이는 방향으로 왼편으로 세 바퀴를 돌며 두 손을 모으고 조약돌이라도 얹는다. 자동차를 모는 운전사는 경적이라도 세 번 울리고 지나친다. 언덕의 오워를 향해 속력을 내어 오를 때마다 맞은편에서 오는 차와 부딪칠까봐 걱정이 되었다. 그러나 몽골의 차들은 오워의 왼편으로 지난다. 그것은 거의 본능에 가깝다. 이는 티베트불교의 초르텐을 지날 때의 법도와 다르지 않다. 중앙아시아의 유목민들은 해의 움직임을 따라 왼편으로 움직이는데, 백경훈의 『마지막 은둔의 땅, 무스탕을 가다』에는 이를 두고, 시계 반대 방향으로 도는 신을 만나기 위해 왼편으로 돌아야 한다는 대목이 나온다.

오워는 감사의 공간이다. 자신이 타고 다니던 말의 머리뼈나, 다친 다리를 도와준 목발, 외로움을 달래준 술병까지 바쳐진다. 거기에는 지폐도 끼어 있다. 아무리 가난한 유목민이라도 그 돈은 손을 대지 않는다. 쓰이지 않는 지폐의 용처는 무엇일까. 바람에 날려 가난한 사람에게 전해진다고 한다. 믿어지지 않으면 가난해져라. 그러면 바람이 배달한 오워의 지폐를 받게 될 것이다.

무엇보다 눈을 끄는 것은 지폐를 눌러놓은 돌멩이다. 오워의 돌멩이들은 거기 바쳐진 모든 기도들 위에 바람 우체국의 소인을 찍는다. 어딘가에 엎드려 있던 작은 돌멩이들이 모여 지나는 이들의 절을 받는 인연도 가볍지 않다. 다음 세상에선 작은 오워의 돌멩이로 만나도 좋지 않겠는가.

물싸리꽃 베개

여름에 몽골을 여행하다 보면 차가 수렁에 빠지는 일이 잦다. 우기의 초원은 비가 내리면 습지로 변하고, 산길은 수렁으로 바뀐다. 차가 미끄러지거나 수렁에 빠지면 언제부턴가 볼로르마의 눈치를 살피게 된다. 샤머니즘을 신봉하는 그녀는 차가 수렁에 빠져도 돌멩이 하나를 받치지 못하게 했다. 제 자리에 있는 돌멩이를 함부로 건드려 옮기는 걸 불경스러워했다. 그녀는 텡게르의 노여움을 사기보다는 수렁에 빠진 차에서 새우잠을 자는 편이 낫다고 믿었다.

유목민에게 대지는 어머니다.

땅을 어머니로 여기는 것은 여러 신화에 등장한다. 반고가 천지를 개벽하고, 여와라는 여신이 나타나 흙으로 사람을 만들었다는 중국의 창조신화도 지모신의 원형을 지닌다. 유대인들의 성서에도 여호와가 흙(adamah, 아다마)으로 사람(Adam, 아담)을 빚으니, 대지는 어디에서나 창세의 어머니다.

이러한 신화 구조는 몽골의 유목민들에게도 다르지 않다. '인간이 벌거숭이가 되고, 개가 털을 가지게 된 이유'라는 몽골 설화에는 진흙으로 남자와 여자의 형상을 만들고, 그들에게 생명을 주기 위해 영생수를 가지러 가는 신의 이야기가 나온다. 『베르나르 베르베르의 상상력 사전』을 보면 하나님이 땅에 사람 모양의 구덩이를 파고 천둥비를 내려 진흙으로 메웠는데, 비가 그치고 볕에 마르자 진흙이 굳어 사람으로 튀어나왔다고 한다. 땅이 사람을 만들어낸 어머니라는 원형은 다르지 않다.

대지를 인격화한 '에투겐'의 어의는 '어머니의 배'다. 대지는 젖과 피인 물을 흘려 사람과 가축과 풀을 자라게 하는 어머니의 자궁인 셈이다.

유목민들은 어머니인 땅을 파거나, 피로 더럽히는 것을 불경스럽게 여겼다. 칭기즈칸의 안다인 자무카는 초원의 헤게모니를 놓고 여러 차례 싸움을 벌이다가 칭기즈칸에게 포로로 잡힌다. 그간의 반목을 털고 화해하자는 제안을 받지만 자무카는 하늘에 두 개의 태양이 있을 수 없으며, 자신은 칭기즈칸 앞을 가로막는 돌멩이밖에 될 수 없는 존재가 될 것이라며 죽음을 자청한다. 죽음을 두려워하지 않는 자무카도 한 가지 간청을 한다. 피를 흘려 어머니인 대지를 더럽히는 처형을 피하게 해 달라는 장면이 『몽골비사』에 실려 있다.

"형제가 허락하여, 나를 빨리 떠나게 하면, 형제의 마음이 편안하다. 형제가 허락하여, 죽일 때 피가 안 나오게 죽여라! 죽어 누우면, 나의 유골이라도 높은 곳에서 영원히 그대의 후손에 이르기까지 가호하여 주겠다."

유목민에게는 죽음보다 두려운 것이 어머니 대지를 더럽히는 일이었다.

풀은 대지의 어머니가 짠 초록 옷삼이다. 풀은 솜(綿)이라는 의미의 몽골어 '올'과 그 어원을 함께한다. 벌거벗은 초원처럼 처량한 것이 없다. 농경민은 '기름지다'라는 형용사를 곡식을 기르는 농토에 빗대지만, 유목민은 그 어휘를 풀에게 바친다. 중동의 유목민이었던 유대인들의 경서에도 풀은 빠지지 않는다. 시편 23장 2절의 "그가 나를 푸른 초장에 누이시며 쉴 만한 물가로 인도하시는도다"가 그걸 말해준다.

유목민은 풀을 아낀다. 가축을 먹여 기르는 풀이 없다면 유목은 유지될 수 없다.

이런 전통 때문인지 초원은 물론이고 수도인 울란바토르의 관청 마당에도 더부룩이 자란 풀들이 방치된다. 겨울 추위가 강하고 눈이 많이 내리는 중북부의 유목민들은 가을 무렵에 풀을 베어 말린다. 자루가 긴 낫으로 벤 풀들은 조드가 오면 가축들의 먹이가 된다.

이럴 경우가 아니라면 풀은 자신에게 주어진 수명대로 자라고 시든다. 알타이 쪽의 오리앙카이족이나 카자흐족 유목민들은 게르 안의 풀도 베지 않는다. 카펫을 깔고 누우면 풀 냄새가 코에 닿아오고, 풀잎 사이로 기어다니는 풍뎅이도 보인다. 엉기강이 흐르는 여행자 숙소의 마당에는 허리까지 자란 풀들이 무성하여, 종종 그 안에 숨은 뱀들이 여행자들을 놀라게 하지만 여전히 벨 생각이 없다.

만년설에 덮인 오트곤텡게르산에는 '완샘부르' '알랑 혼다가' '혼치르' 등의 희귀한 약초들이 자란다. 이런 약초나 식생들은 독특한 의례로 섬겨진다. 산비탈에 엎드려 모진 바람을 견뎌내는 향나무는 손을 대기 전에 손뼉을 치고, 무릎을 꿇어 하늘에 절을 하는 의식을 치른다. 눈이 덮인 바위틈에서 자라는 완샘부르는 '하늘꽃'이라 불리는데, 제사를 지내는 날이면 천으로 덮어 하늘에 보이지 않게 하고 개가 입으로 물어오게 한다.

홉스골의 이깔나무 숲에는 여름이면 잔잔한 들꽃들이 보석처럼 깔린다. 바양 울기의 설산에는 채 녹지 않은 눈을 비집고 핀 꽃들이 사진가들을 유혹한다. 여름이 떠날 무렵의 톱 아이막은 연보랏빛 쑥부쟁이들이 때아닌 설경을 연출하기도 한다. 후지르트의 초원을 뒤덮은 보랏빛 라벤더 군락도 잊을 수가 없다. 그러나 꽃들이 모든 여행자에게 기회를 주는 것은 아니다. 꽃은 비와 함께 찾아온다. 비에 발이 묶인 여행자들을 위로하듯 초원은 천상화원을 연출한다.

'흐뭇'과 '탄'이라 불리는 야생 부추는 볼강의 대평원을 뒤덮는다. 붉었다가 자라면서 희어지는 야생 부추는 식용으로 쓰인다. 유목민들은 줄기가 동글동글하고 여린 잎을 따다가 호쇼르(튀김만두)를 빚어 먹는다. 향신채에 가까운 야생 부추는 여름에 많이 먹으면 체열을 높이고 혈압을 올려, 소금에 절였다가 추운 겨울에 주로 먹는다.

타왕복드의 포타니 빙하로 가는 길에는 야생 파의 군락이 있다. 해발 3000여 미터에 달하는 설산의 습지에 자란 파들은 생김새나 그 맛이 우리에게 익숙한 파와 조금도 다르지 않았다. 혹독한 알타이의 추위 속에서도 자라는 파를 보면 강인한 생명력에 탄복하게 된다. 파가 강정제로 꼽혀 사찰의 식단에서 제외된 까닭이 그 왕성한 생명력에 있음직하다.

또다른 향신채로는 '곰마늘'이 있다. 명이나물로 알려진 '곰마늘'은 시베리아와 몽골고원에 널리 자생한다. 단군신화에서 웅녀가 먹고 사람이 되었다는 마늘이 바로 '곰마늘'이라는 주장도 있다. 북부의 초원에서 자라는 '할리야르'는 양파 맛을 내어 고기 요리에 양념으로 쓰인다.

허브로 알려진 캐모마일이나 라벤더뿐만이 아니라 초원의 풀들은 저마다 향기를 지니고 있다. 바람에 묻어오는 초원의 풀향기는 상쾌하기만 하다. 그러나 이 강한 향들이 초식동물들로부터 자신을 지키려는 풀들의 자구책이라 한다.

'자라방'이라 불리는 야생 캐모마일은 꽃봉오리를 끓는 물에 우려내어 양칫물로 쓴다. 편도선이나 기관지염에 좋다고 한다. 북쪽의 산간에서 자라는 차차르간은 비타민 나무로 알려져 있다. 혹독한 추위 속에서 열리는 열매니만큼 그 영양가도 높다. 야채와 과일이 귀하여 육식을 주로 하는 유목민에게 차차르간은 귀중한 비타민 공급원이다.

'고비 함흘'이라는 풀이 있다. 고비에 서식하는 덤불류의 관목이다. 나무가 드문 고비에서 고비 함흘은 개울 주변에 군집하여 자란다. 수형은 공처럼 둥근데, 기온에 따라 여러 색으로 물든다. 함흘이 붉은빛이나 보라색으로 물든 모습은 요즘 한국에서 인기를 끌고 있는 핑크뮬리를 연상시킨다.

고비 함흘은 겨울이 되면 공처럼 바람에 굴러다니다가 봄이 되면 물기가 많은 곳에 자리를 잡고 뿌리를 내린다. 거칠고 메마른 고비에서 비가 내려주기를 기다리지 않고 스스로 물을 찾아 이동한다는 점이 유목적인 식물이다. 물을 찾아 마른 풀로 이리저리 굴러다니며 사는 '함흘'은 몽골어로 '제멋대로 하는 성격의 사람'을 가리키기도 한다.

가축들이 모든 풀을 먹는 것은 아니다. '할가이'라는 풀은 독특한 화학물질을 내뿜어 통증을 일으킨다. 익모초나 쑥대처럼 생긴 할가이의 어린잎은 유목민들이 머리를 감을 때 쓴다. 머리털이 윤나며 탈모를 막는 효과가 있다 한다. 그 때문인지 몽골인들은 대머리가 적다. 이 점을 이용해 몽골의 식물로 만든 탈모방지약이 요즘 인기를 끈다. 그런데 유심히 보면 몽골에도 대머리가 있다. 공교롭게도 정치인들은 대머리가 많았다.

헤로도토스의 『역사』에는 페르시아인과 이집트인의 두개골에 관한 이야기가 나온다. 두 나라의 전사자 유골을 비교해보니, 이집트인의 두개골이 돌로 두드려도 부서지지 않을 정도로 단단하다고 했다. 그 이유는 어려서부터 머리를 삭도로 밀고 햇볕을 쬐어 두개골이 단단해졌기 때문이란다.

햇빛으로 치자면 몽골만큼 무진장한 곳이 있겠는가. 게다가 이마로 내려오는 배냇머리만 남기고, 주변 머리를 삭도로 밀어버린 변발 스타일은 고대 이집트인들의 그것과 흡사하다. 유목민들의 두개골과 모발이 건강할 만하다.

다시 초원의 꽃으로 돌아오자.

장미목의 물싸리꽃은 유목민에게 삶의 기억을 저승까지 전한다. 바위틈에 노랗게 핀 물싸리꽃은 고대 유목민들의 무덤 속에 넣어졌다. 영면에 든 시신의 머리를 받쳐주는 베개로 쓰였다. 『강인욱의 고고학 여행』이라는 책에는 이에 대해 소상히 소개되어 있다.

파지릭인들에게 이 물싸리는 중요한 의미를 지녔다. 파지릭 고분의 무덤은 주로 초가을에 만드는데 물싸리는 여름이 시작할 때 꽃을 피운다. 파지릭인들은 봄에 조상들의 무덤을 찾아가 무덤 근처에 물싸리꽃이 피면 따서 따로 모아두었다. 그리고 그해 조상의 곁으로 돌아가는 가족이 있으면 그의 무덤에 헌화했다. 꽃은 세계 각지에서 부활을 의미하는 상징이다. 파지릭인들에게 바로 이 물싸리가 부활의 상징이었을 것이다. 파지릭인들은 관에 황금으로 꽃장식을 수놓았는데, 이 물싸리의 꽃을 형상화한 것이다.

꽃이 죽은 이에게 바쳐진 것은 네안데르탈인의 무덤까지 거슬러 올라간다. 이라크 샤니다르의 동굴에는 7만 년 전의 것으로 추정되는 유골이 뉘어 있다. 그 곁에는 들국화와 접시꽃, 엉겅퀴꽃이 놓여 있었다 한다.

홉스골 가는 길에는 베개를 파는 유목민들이 있다. 초원의 온갖 풀꽃들을 말려 속을 채운 베개다. 그걸 베고 자면 짧은 여름에 만난 풀꽃들이 꿈속에 보일 법하다. 몽골고원의 꽃들은 살아서나, 죽어서나 유목민들의 머리를 받쳤다.

풀은 초원의 가장 오래된 침구다. 유목민들은 틈만 나면 풀에 눕는다. 여행자에게도 바람에 흔들리던 초원의 풀들은 오래도록 기억된다. 그것은 아름다움을 넘어 슬픔마저 느끼게 한다.

김형수의 장편소설 『나의 트로트 시대』에는 "풀들이 저러코 바짝 엎져 있을 때가 나는 질 슬퍼"라는 말이 나온다. 풀은 벼와 다른 정서를 지닌다. 농사를 짓기 시작한 시기보다 더 오래된 풀에 대한 감성이 내면에 숨어 있음을 알게 된다.

풀들이 바람에 엎드려 있을 때가 가장 슬프다는 말을 쓴 김형수 작가는 몽골을 드나드며 『조드』라는 두꺼운 소설을 쓰고야 말았다. 모든 건 '벼'라는 단어가 들어오기 전에 우리 안에서 흔들리고 있던 풀이 일찌감치 정해놓은 운명이다.

초원에 두고 온 오카리나

여행을 하다 보면 무언가를 잃어버리는 일이 있다. 숙소에 선글라스를 두고 오기도 하고, 콘센트에 꽂아놓은 보조배터리를 챙기지 못하기도 한다. 이런 일이 반복되다 보니, 여행은 뒷전이고 물건 챙기기 바쁘다. 무엇을 잃지 않으려 떠나는 게 여행일까.

어느 티브이 방송에서, 외부와 차단된 공간에서의 생활을 체험하는 프로그램이 있었다. 며칠 동안 방안에서 지내는 것인데, 얼핏 쉬어 보였지만 적잖은 사람들이 중도에 포기하고 말았다. 방안에 갇혀 지내야 한다는 것, 그 가운데서도 핸드폰을 사용할 수 없는 상황을 가장 힘들어 했다. 청소년을 대상으로 한 어느 설문조사에서, 고립된 섬에 들어가 생활할 때 가지고 가고 싶은 물건 가운데 첫째가 핸드폰이었다. 정보 강국의 일면을 보여주는 증례라고도 할 수 있겠지만, 무언가 뒷맛이 석연찮다.

그런 핸드폰도 몽골 여행 중에는 무력해진다. 도시를 벗어나 오지로 들어서면 최신 스마트폰도 꿀 먹은 벙어리가 되고 만다. 그런 와중에도 정보 강국의 여행자들은 핸드폰을 잠시도 손에서 떼지 않았다. 그러다 보니 핸드폰을 잃어버리는 일들이 종종 벌어진다. 꽃 사진을 찍다가 초원에 두고 오거나, 잠깐 들른 식당의 식탁에 놓고 오기도 했다.

남고비의 평원을 지날 때였다. 속이 편치 않은 여행자가 달리는 차를 급히 세웠다. 눈에서 뵈지 않을 만치 멀리 걸어간 그는 덤불 뒤에 쪼그리고 앉아 무사히 볼일을 마쳤다. 차가 한참 달린 뒤에야 그는 핸드폰을 잃어버린 걸 알게 되었다. 연료가 모자랄지 몰라 난감해하는 운전사를 설득해 왔던 길을 되돌아갔다. 그는 핸드폰을 떨굴 만한 곳을 다 찾아보았지만 빈손으로 돌아왔다.

이듬해, 다시 그 길을 가게 되었다. 몽골 운전사가 차를 멈추고 막막한 벌판을 손가락으로 가리켰다. 작년에 여행자가 핸드폰을 잃어버린 곳이라고 했다. 사방을 둘러보아도 그곳이 그곳 같은 벌판이었다. 미심쩍은 얼굴로 운전사를 따라 얼마쯤 가자, 가시덤불에 걸린 휴지조각이 바람에 너풀거리고 있었다. 그 주변을 한참 살펴보았지만 핸드폰도, 여행자가 남긴 생리적 소산도 흔적을 찾을 수가 없었다. 몇 해가 지난 뒤에도 그곳을 지날 때마다 운전사가 "핸드폰!"이라며 손가락으로 막막한 벌판을 가리켰다.

여성 여행자가 접이형 컵을 잃어버렸다. 접었다가 펼치면 컵이 되는 고무제품이었다. 주머니에 넣고 다니며 요긴하게 쓰던 그 컵을 어딘가에 떨어뜨린 것이다. 아끼던 물건이라 여행자는 몹시 서운해했다. 이태가 지나, 볼강 솝의 게르 식당에 들러 식사를 하고 나오는데, 식당 주인이 무언가를 집안에서 꺼내와 건네주었다. 여행자가 식당에 두고 간 접이형 컵이었다. 잃어버린 컵을 찾은 것도 반가웠지만, 그때껏 장롱 속에 컵을 보관하고, 스쳐 지나간 이년 전의 여행자를 기억한다는 게 놀라웠다.

사람이나 물건을 허투루 흘려버리는 것은 그것이 너무 흔한 탓인지도 모른다. 사람이 드문 곳에서는 사람이나 물건을 오래도록 기억한다. 바쁘다는 이유로 사람이나 물건을 등 돌리기 무섭게 잊어온 그간의 행각들이 대못처럼 가슴을 찔러왔다.

몽골 여행 짐을 꾸릴 때 약간의 선물을 준비한다. 유목민의 게르에 들렀을 때 아이들에게 줄 장난감이나 문구류들이다. 온갖 신기한 게임기와 전자오락에 빠져 지내는 아이들이라면 거들떠보지도 않을 물총이나 고무인형이지만 아이들은 몹시 즐거워했다. 여자아이들은 소꿉놀이 장난감이나 예쁜 인형을 좋아하고, 남자아이들은 물을 넣고 쏘는 워터건을 반겼다. 이런 선물을 전하며 개운찮은 느낌이 들었다. 남을 겨누는 총을 아이에게 쥐어 주는 것이 바람직한 일인가. 장난감이라 해도 무기가 선물이 되는 게 편치 않았다.

그 후로 오카리나를 준비했다. 생소한 선물에 아이들은 어리둥절한 얼굴이었다. 손에 쥐어 주고 떠나면서 아이가 그걸 어떻게 익힐지 궁금했다. 입으로 부는 시늉은 해 보였지만, 혼자서 익히기는 쉽지 않은 일이다. 몇 번 해보다가 팽개쳐서 모래 속에 묻힐지도 모르고, 줄에 매어 염소 목걸이로 쓸지도 모른다. 그러면서도 귓가에는 벌써 오카리나 소리가 들려왔다. 언제가 될지는 모르지만, 구름처럼 떠도는 아이를 어느 길에서 다시 만나 오카리나 부는 소리를 듣게 되기를 기다려본다.

유목민과의 만남은 모래에 적은 이름처럼 기약이 없다. 스치고 지나가는 유목민에게 다시 만나자는 인사말처럼 아련한 것이 있을까. 바람처럼 흐르고, 구름처럼 떠도는 아이를 이 생의 어디에선가 다시 만나는 것은 무엇보다 아름다운 선물이다. 아이가 스스로 익힌 오카리나 소리를 상상하는 것만으로도 행복해진다.

아이는 입술이 부르트도록 낯선 악기를 불고, 손가락을 이리저리 움직이며 소리를 익혔을 것이다. 선생도 없이, 악보도 없이, 음악 학원도 없이, 홀로 그 악기에 숨겨진 소리들을 하나씩 불러냈을 것이다. 지치기도 하였을 것이다. 손가락으로 더듬거려 짚어도 제대로 나지 않는 소리에 실망하여 게르 지붕에 던져두었을지도 모른다. 그리고 그것을 쥐어 주고 간 길손도 잊었을 것이다. 그 악기의 이름도 아련히 지워져 갔을 것이다.

어느 날, 게르 지붕에 던져둔 오카리나가 울었다. 지나가던 바람이 소라껍질 같은 오카리나의 구멍 속을 드나들며 버려진 소리들을 살려냈으리라. 초원의 들꽃들이 흔들리듯 감미롭고 잔잔한 소리에 이끌려 아이는 오카리나를 집어들었을 것이다. 그리고 바람이 들려주는 소리들을 악보 삼아 아이는 그것을 불기 시작했다. 그 소리는 세상의 어느 악보에도 없는, 누구도 연주한 적이 없는 아이의 노래일 것이다.

해마다 오카리나를 이름 모를 아이들의 손에 쥐어 준다. 초원의 어디에선가 민들레 홀씨처럼 들려올 오카리나 소리들을 기다려본다. 기다리는 것만으로도 가슴이 설레어 온다. 바람처럼 스치고 지난 사람과 물건들을 기억하는 것, 오래도록 가슴의 서랍 속에 쟁여 두고 다시 만날 것을 기다리는 것, 그것은 초원이 내게 주는 아름다운 선물이었다.

다른 세상의 달

몽골의 초원이 목가적이라는 말을 흔히 쓴다. 한여름에도 항가이나 알타이의 산에 오르면 물이 얼기도 하지만, 고비의 여름은 영상 40도를 오르내린다. 초원을 지나다보면 웃옷을 벗은 채 풀밭에 누워 햇빛을 쬐는 몽골인들을 보게 된다. 구리빛으로 번질거리는 맨몸을 틈만 나면 고스란히 볕에 내어놓는 그들이 의아하다. 일조량이 부족한 북구도 아니고, 온종일 순도 높은 햇빛이 내리쬐는 몽골에서 일광욕이란 게 난해하다. 7월에 시작되어 8월 중순이면 가을 냄새를 풍기는 초원의 여름은 노루 꼬리보다 짧다. 그 짧은 여름을 그냥 보내기 아쉬운 탓일까.

몽골의 겨울은 길고 매섭다. 유목민들은 겨울을 아홉 고개로 나누었다. 첫 겨울이 되면 증류한 술이 언다. 그다음 겨울은 재증류한 술이 언다. 그다음은 세 살배기 암소의 뿔이 언다. 그다음은 네 살배기 수소의 뿔이 언다. 그다음은 밖에 내놓은 쌀이 얼지 않는다. 그다음은 선 같은 길이 보인다. 그다음은 언덕이 갈색으로 변한다. 그다음은 진창이 깔린다. 그리고 완전히 따뜻해진다.

쇠뿔을 얼려 부러뜨린다는 초원의 겨울은 목가적 분위기와 거리가 멀다. 9월부터 내리는 눈은 5월까지 이어진다. 겨울은 가축과 유목민 들에게 혹독한 시련의 시기다. 한 해의 절반을 넘는 겨울은 막막하고 쓸쓸하다. 싱그러운 풀이 자라던 초원은 하얗게 눈에 덮이고, 느닷없이 찾아오는 조드가 모든 걸 얼려버린다. 허허벌판에 동그마니 놓인 게르에서 모진 겨울을 견뎌야 하는 유목민들의 삶은 고달프고 고달프다. 양이나 염소는 쌓인 눈을 헤쳐 풀을 찾아 먹어야 한다. 눈은 모든 걸 사라지게 한다.

옥탈 솜의 유목민 게르에서 백모풍을 만났다. 장릉의 『늑대토템』이란 책에 등장하는 '백모풍'은 쌓인 눈들을 허공에 날려 모든 세상을 하얗게 뒤덮는다. 떠날 때만 해도 눈발이 얼비치더니 이내 바람이 요란스레 불며 주변이 금세 흰색으로 덮였다. 길이며 게르며 높고 낮은 언덕이며 모든 것들이 하얗게 보였다. 예전에 쓰던 도스 명령어로 말하자면 백모풍은 세상을 단숨에 지워버리는 'CLS'다. 그것은 칠흑에다 비유하는 한밤의 어둠과는 또다른 막막함을 준다. 보이면서도 아무것도 분간할 수 없게 하는 청맹과니의 경험이다.

앞서가던 차가 눈보라에 묻히고, 후미등을 보고 따라가던 몽골 운전사도 길을 가늠하지 못한다. 바람에 날린 눈발은 와이퍼가 주체하지 못할 정도로 두텁게 차창을 덮는다. 차창을 열고 들러붙은 눈을 치우는 손이 당장 얼어붙는다. 운전사는 창밖으로 목을 빼고 길을 더듬어 차를 몰아간다. 행여 이런 길을 걷다간 선 채로 얼어붙을 것 같았다.

날이 저물면 더욱 길을 찾기가 어려워 필사적으로 백모풍을 헤지고 차를 몰아나갔다. 얼마나 하얀 길을 지났을까. 멀리서 어스름히 게르들이 보이기 시작했다.

이런 눈발에 덮여 목숨을 잃는 목부들이 있다고 한다. 겨울이면 먹을 것이 부족한 늑대들이 가축들을 물어 가는 일이 종종 일어난다. 늑대를 잡기 위해 가축들과 초원에서 밤을 새우는 경우가 있다. 대개 사고는 추위가 어느 정도 풀리는 늦은 겨울에 일어난다. 푸근한 날씨에 내린 비나 진눈깨비에 온몸이 젖은 가축이나 목부가 해가 져서 날이 추워지면 그대로 얼어버리는 것이다.

겨울의 초원은 살벌한 공간이다. 한겨울을 무사히 나기 위해 가축이나 늑대나 사람이나 필사적이다. 거기에는 어떤 낭만도, 관용도 끼어들 여지가 없다. 굶어 죽지 않으려면 늑대는 양이나 말을 잡아먹어야 하고, 양은 두텁게 쌓인 눈을 헤쳐 주둥이가 꽁꽁 얼도록 시든 풀을 뜯어야 하고, 그 틈바귀에서 살아가는 사람도 사력을 다한다. 거기에는 박하 냄새를 풍기는 여름볕도, 향기로운 들꽃들도 끼어들 틈이 없다. 죽느냐 사느냐의 팽팽한 긴장만이 놓여 있다.

폭설이 내리고, 추위에 발이 묶인 유목민들은 긴 겨울 동안 게르에 갇혀 지낸다. 무료함을 달래기 위해 그들은 양이나 소의 뼈를 갈아 바늘을 만들고, 가죽을 마름질해 옷이나 신발을 짓는다. 유목민들의 손재주는 놀랄 만한 수준이다. 알프스의 긴 겨울을 집안에 갇혀 지내는 스위스인들이 명품 시계를 만들어냈듯이, 몽골고원의 유목민들은 뛰어난 은세공품과 뿔공예품들을 만들어낸다.

암소와 수소의 뿔을 모두 얼려 부러뜨린 겨울은 차강사르에 이르러 한풀 누그러진다. 음력 1월 1일에 시작되는 차강사르는 우리의 설날에 해당된다. 아직 봄은 멀었지만 마음은 무사히 견뎌낸 겨울을 자축한다. 멀리 떠나 있던 가족들이 돌아오고, 친척들을 찾아보고, 겨울을 이겨내도록 축복해준 조상에게 감사한다. 양을 통째로 잡아 만두를 빚고 고기를 삶는다. 밀가루를 빚어 기름에 튀기고, 모처럼 단맛을 내는 사탕이나 과자를 차린다. 겨우내 안주인이 틈틈이 지은 새 델을 차려입고 이웃과 어른들을 찾아 세배를 다닌다. 공식적으로는 1월 1일부터 1월 3일까지이지만, 유목민들은 1월이 다 가도록 차강사르를 즐긴다.

'인디언 달력'이라는 게 있었다. 재미없는 숫자로만 표시되는 서양력에 비해, 자연 속에서 교감하는 삶을 담아낸 북미 원주민들의 달력은 감동적이다. '마음 깊은 곳에 머무는 달(아리카라족의 1월)', '한결같은 것은 아무것도 없는 달(아라파호족의 3월)', '머리맡에 씨앗을 두고 자는 달(체로키족의 4월)', '오래전에 죽은 자를 생각하는 달(아라파호족의 5월)', '말없이 거미를 바라보게 되는 달(체로키족의 6월)', '다른 모든 것을 잊게 하는 달(쇼니족의 8월)', '물이 나뭇잎으로 검어지는 달(크라크족의 11월)', '모두 다 사라진 것은 아닌 달(아라파호족의 11월)' ......
숫자가 아니더라도 그 달력들의 시간을 생각하면, 어느 결에 '머리맡에 씨앗을 두고 자는' 농부의 모습이 생생히 그려진다.

몽골의 유목민들에게도 그런 달력이 있을 만하다.

아내가 찍은 몽골의 사진으로 달력을 만들었다. 무언가 허전한지 여백에 문구를 적어 달란다. 노상 책이나 붙들고 글이나 끼적거리는 남자와 살아온 여인의 청을 차마 거절할 수가 없었다. 5분 동안 눈을 감고 초원을 생각했다. 그리고 몇 자 적었다.

1월 : 별들이 파랗게 떠는 달

2월 : 이웃이 눈으로 지워지는 달

3월 : 숨어버린 길이 돌아오는 달

4월 : 땅이 꿈틀거리며 움직이는 달

5월 : 모래가 서서 걸어오는 달

6월 : 갈색 언덕이 꽃으로 덮이는 달

7월 : 풀을 먹은 소가 흰 젖을 흘리는 달

8월 : 말 그림자에 누워 낮잠을 자는 달

9월 : 메뚜기 날갯소리가 들리는 달

10월 : 잠든 망아지 귀에 눈발이 쌓이는 달

11월 : 아르갈 연기에 눈물이 나는 달

12월 : 떠난 이들이 난롯가에 모이는 달

이른바 유목민 달력이다. 서툰 문자로 어떻게 그 초원의 삶을 담아낼 수 있으랴. 머리맡에 새끼 양을 두고 자는 유목민의 냄새가 조금이라도 느껴지길 바랄 뿐이다.

몽골의 겨울은 체로키족이 말한 '다른 세상의 달'이다. 김경주 시인의 시처럼 그것은 '이 세상에 없는 계절'이기도 하다. 모든 것을 없애고, 이 세상에 없는 것처럼 낯선 시간들이 초원을 뒤덮는다.

우리가 어디서 다시 만나랴

목동들은 모닥불을 피우고 양들과 밤을 보낸다.

초원에 누워서 바라보는 별들은 무수한 서사들을 일구어낸다. 하늘에도 초원이 있고, 양을 지키는 목동이 있을 것이다. 밤이 되면 모닥불을 피우고, 추워서 가죽을 덮을 것이다. 오래된 가죽은 해지고 좀이 먹어 여기저기 구멍이 뚫려 있을 것이다. 그 구멍으로 새어나온 모닥불 빛이 별이다.

몽골의 별은 순정하다. 인공의 불빛들이 없는데다 180도로 펼쳐진 반구의 별들은 질식할 지경이다. 여기저기 쏟아지는 별똥은 그야말로 천상의 화장실이다. 과장되게 말한다면, 평생에 볼 별들을 하룻밤에 다 만날 수도 있다. 그리하여 몽골을 찾는 이들은 그런 별을 꿈꾸며 짐을 꾸린다. 말하자면 그들이 생각하는 몽골은 별이라는 다이아몬드가 촘촘히 박힌 밤의 궁전이다. 몽골에 발을 딛기 전부터 별들은 머릿속에서 반짝인다.

김새는 이야기로 들릴지 몰라도 언제나 그런 별들을 만날 수 있는 것은 아니다. 우선 달이 없어야 한다. 몽골의 달은 유난히 크고 밝다. 별의 순례자라면 그믐을 끼고 길을 나서야 한다. 그것만으로 별을 만날 수 있는 것은 아니다. 날이 흐리거나 구름 한 장이라도 내걸린 밤이라면 별은 만나기 어렵다. 여행자들이 몽골을 찾는 여름은 우기에 해당한다. 오락가락하는 비에 씻겨 별들은 속절없이 사라진다.

적잖이 몽골을 드나들었지만 제대로 된 별을 만난 것은 손으로 꼽을 만하다. 검은 천공보다 더 많은 별들이 가득 메운 밤하늘은 압도적이다. 손가락을 벋어 헤아릴 엄두조차 내지 못할 지경이다. 그런 날의 별은 매직아이(stereogram)처럼 입체적으로 겹쳐지며, 3D 화면을 전개한다. 검은 천공보다 별들이 더 많다는 비밀이 거기에 있다.

엉기강가에서 만난 별들은 잊을 수가 없다. 그런 별들은 다시 만나지 못했다. 앞으로도 가능성이 없어 보인다. 그러나 단 한 번이라는 것은 얼마나 소중하게 빛나는 추억인가. 그것은 두 번, 세 번보다 더욱 아름답게 기억될 것이다.

설령 그런 별들이 뜬다 해도 누구나 보는 것은 아니다. 몽골의 별은 야심한 두세시경에 절정을 이룬다. 잠이 많거나, 술에 취하여 게르에 눌러앉은 이들은 만날 수가 없다. 세상일들이 거저 이루어지는 것이 없듯이, 몽골의 별들도 거저 보이지 않는다.

오늘 만난 별은 광속으로 몇 해를 걸려 찾아온 것이다. 별빛의 속도는 초당 18만 6천 마일이다. 가깝기로는 4광년이 걸리는 켄타우루스좌의 프록시마라는 별이 있다. 광속으로 수십어 년이 걸리는 별도 있다 하니, 그 먼길을 찾아온 만남은 장엄하다. 수백 광년이 걸려 찾아온 별이 게르 문을 두드릴 때 코를 골며 잠에 떨어졌다면 무례한 일이 아닐 수 없다.

가물거리는 별들에게도 감사해야 한다. 성근 별일지라도 우주를 건너온 인연의 빛은 아름답다. 몽골의 모든 별이 보석처럼 반짝이는 것은 아니다. 별들마다 제각각의 빛을 가지고 있다. 호롱불보다 세미하거나, 다른 별의 뒤에 숨어서 수줍게 빛나는 별들도 있다. 가물거리는 별일수록 그리움은 깊다. 멀어서 빛나는 것이 별의 운명이다.

너무 멀고 희미해서 이름이 없는 별도 있다. 그리움은 그 거리에 비례한다. 별자리를 공부하면서 별은 그 몽롱한 아름다움을 잃어버렸다. 아는 만큼 감동은 커질지 몰라도 그리움은 줄어든다. 때로 바람에 흔들리며 은고리처럼 쟁강거리는 별들은 멀어서 그립다. 그리운 것들은 그리움이라는 이름으로도 충분하다. 그리운 것들에겐 이름이 없다.

여름 밤하늘의 기준은 북두칠성이다. 유목민들은 '달론 보르항 오드(일곱 개의 별)'이라 부른다. 유목민들에게 전해오는 은하수와 북두칠성의 설화를 소개한다.

아주 오랜 옛날, 수없이 많은 사람과 군사들이 가축을 몰고 서쪽 정벌을 위해 대이동을 하다가 한 무리의 사람들이 천상으로 올라갔다고 한다. 많은 사람들과 가축이 간 길이 밤하늘에 명확히 보인다. 군사들과 함께 하늘로 올라간 허흐데 메르겡 왕은 원래 북쪽의 사냥감을 초원의 소똥, 말똥만큼이나 많이 사냥하고, 남쪽의 사냥감도 아주 많이 잡는 사냥꾼이었다. 세 마리 사슴을 추격하다가 가운데 있는 사슴을 관통하여 쏜 화살이 붉게 보인다. 노인들은 허흐데 메르겡 별, 세 마리 사슴 별, 아사르와 바사르라는 두 마리의 개 별을 가리키며, 세 마리 어미사슴을 따라 뛰어가는 세 마리 새끼 뒤에서 허흐데 메르겡이 아사르와 바사르라는 두 마리 개를 데리고 그들을 쫓아가는 것이라고 말한다. 북극성('황금 막대기'라는 의미)이라는 것은 허흐데 메르겡이 전쟁을 하러 가기 위해 탔던 황색 말 두 마리를 밧줄로 단단히 묶었던 꼬챙이였다고 한다. 또 북두칠성을 가리켜 밤에 일곱 노인이 두 마리 황색 말을 지키면서 그 말들을 따라 막대기 주위를 도는 것이라고 말한다. 먼 옛날 하늘에 올라가 천상 세계로 간 노인들을 후세 사람들은 신이라고 말하지 않던가? 몽골에는 죽은 사람을 신이 되었다고 말하는 습속이 있다.[5]

하늘은 별들의 고향이다. 하늘은 '영원한 푸른색'으로 상징된다. 서양 정주민에게 푸른색은 혐오와 경의의 양극에 놓였다. 『베르나르 베르베르의 상상력 사전』에 따르면, 고대 그리스인들은 파란색을 진정한 색이 아니라고 생각했으며, 로마인들은 눈이 파란 사람을 천하고 거칠다고 여겼다. 이집트인들만이 파란색을 피안의 색으로 여겼는데, 중세에 들어서며 자식을 잃은 성모와 연결되어 일약 신성과 고귀의 색감으로 변신한다. 당시의 화가들은 파란색과 검정색을 한 계열로

5 데 체렌소드놈 엮음, 『몽골의 설화』, 이안나 옮김, 문학과지성사, 2007, 54쪽.

보아 상복의 색으로 받아들였다 한다.

　청흑 일색이라는 관점은 몽골의 유목민도 다르지 않다. 밤이 되면 칠흑에 비유할 정도로 검어지지만, '하늘은 푸르다'고 믿는다. '뭉크 텡그리'라 불리는 하늘은 영원히 푸른 신이었다. 부랴트족의 게세르 신화에도 하늘은 '후에 문헤 텡그리(영원한 푸른 하늘)'로 등장한다. 푸르다는 것은 영원한 하늘의 빛이며, 신의 색감이다.

　유목민들은 밤하늘을 비추는 별을 조상이라 여긴다. 사람이 죽으면 하늘로 올라가 별이 된다고 믿는다. 고달픈 삶을 마치고 돌아갈 별이 있는 사람들은 행복하다. 아무렇게나 흩뿌려진 별들마다 성좌가 있으며, 그것들을 이어나가는 인연은 신비롭다. 우리가 어디서 무엇이 되어 다시 만나랴는 말이 아니 나올 수가 없다.

가난하고 외롭고 높고 쓸쓸한

몽골의 작가들을 만난 적이 있다. 울란바토르에서 벌어지는 문화 행사라는 것이 온갖 지체 높은 이들이 돌아가며 한 마디씩 하다보면 아무것도 하는 게 없다고 한다. 세상은 그런 행사를 위해 여러 가지의 이야기들을 준비해놓고 있었다. 축사부터 시작하여 치사, 격려사, 대회사, 선언문, 훈시가 있고, 가슴에 꽃을 꽂고 주로 배가 불룩하게 나온 이들이 번갈아 단상에 올라와 하는 인사말에 이르기까지 한마디할 건더기는 여기나 거기나 차고 넘쳤다.

그리하여 울란바토르를 벗어나 도른고비에서 한국과 몽골의 작가들이 만나는 모임을 갖게 되었다. 도른고비의 캠프에 도착하니, 며칠 전부터 각지에서 모인 몽골의 작가들이 기다리고 있었다. 말은 제대로 통하지 않았지만 작가들의 면면은 낯설지 않았다. 저명한 몽골의 시인은 군복 차림에(물론 그는 군인이 아니라 시인이다) 꺼칠한 표정이 50년대 명동의 은성주점에 모이던 문인들과 너무나 닮았다. 공식 프로그램이 끝나고, 뒤풀이 자리에서 만국의 시인들은 술로 하나가 되었다. 한창 분위기가 무르익을 무렵, 찬바람을 쏘이려 밖으로 나섰다. 밤하늘에 총총한 별을 보며 초원을 거니는데, 무언가 땅바닥에 시커먼 물체가 놓여 있었다. 몽골에서 가장 유명하다는 시인이 나무토막처럼 누워 있었다.

몽골의 문인들을 생각할 때마다 그가 생각났다. 시인은 거기에 누워 무엇을 보고 있었을까. 술에 취해 쓰러진 것은 아니었다. 어둠 속에서 빛나던 그의 눈은 맑고 깊었다. 몽골의 시인들은 침대보다 초원에 눕는 것이 어울리는지도 모른다. 그들은 백석의 '쌀랑쌀랑 소리도 나며 눈을 맞는 굳고 정한 갈매나무' 같은 존재인 셈이다.

몽골을 함께 여행한 시인들이 적지 않다. 시인들의 여행은 별나다. 온종일 게르에 누워 천창만 바라보기도 하고, 어디서 무엇이 되어 다시 만나는지 혼자 헤매고 다닌다. 그런 시인들이 귀국해선 시집을 한 권씩 쏟아냈다. J 시인도 그러하였다. 열나흘 동안 게르에 누워 천창만 보던 이가 무얼 보았다고 시를 뭉텅이로 지어냈을까. 그런 의문에 대해 시인이 말했다.

"갑자기 시가 쏟아져나오는 것이었소."

시가 찾아온 것이다. 그러니까 시인들이 몽골을 찾아간 것이 아니라, 몽골이 그들을 찾아온 것이다.

유목민의 언어는 시를 닮았다.

오르혼의 유목민 소녀는 도축을 앞두고 울부짖는 염소의 귀에다 대고 속삭였다. 신기하게도 죽음을 예감하고 버둥대던 염소는 소녀의 말에 평온을 찾았다. 유목민들은 낙타를 디기 전에 귀에다 사랑한나는 말을 속삭인다. 그들은 비와도 이야기하고, 도축하기 위해 누인 양이며, 길에 구르는 돌멩이와도 이야기한다. 그들은 구글 번역기보다 우수한 언어의 영감을 지니고 있었다. 문자로 표기할 수 없지만, 그들의 언어는 와이파이가 없어도 존재와 존재 사이를 오가는 주파수를 지녔다.

그런 점에서 몽골의 유목민들은 시인에 가깝다. 살아가는 방식도 그러하고, 시를 사랑하는 마음도 깊다. 시선으로 일컬어지는 이백도 돌궐계 유목민의 혈통이라고 한다.

몽골에는 지금도 시 낭송 대회라는 걸 티브이 중계까지 해가며 성대하게 연다. 시를 듣기 위해 멀리서 말을 타고 달려오는 유목민의 모습은 장엄하다. 유목민들은 전통적으로 문자보다는 노래에 친숙했다. 떠돌아다니는 이들이 문자를 배울 기회도 적었겠지만, 문자로 적는 책보다 가슴에 새기고 머리로 기억하는 노래가 어울렸다. 살벌한 전쟁에 나선 칭기즈칸의 병사들도 그러했다. 잭 웨더포드는 『칭기스 칸의 딸들, 제국을 경영하다』란 책에서 "칭기즈칸은 군사 정보의 서면 기록을 허용하지 않고 오로지 구두로 전달하라고 지시했다. 이 때문에 전령들은

'수사적으로 화려하게 장식된 운율이 있는 어휘와 은밀한 표현'을 통해 군사 지령을 암송했다. 가끔 그 지령을 받는 사람들이 내용을 이해하지 못하면, 전령이 해석해주었다. 이런 특별한 형태의 군사적 시가는 아주 전략적인 통신에만 사용되었고, 그 외의 일상적인 정부 사무에는 위구르 문자로 기록된 몽골어를 사용했다"고 소개하고 있다.

노래를 부르는 전령이 있는 전쟁은 어떠했을까.

초원의 서사는 게르 안의 화로나 초원의 모닥불 가에 둘러앉아 나누는 노래에서 태어났다. 유목민은 태생적으로 초원의 가객이었다. 몽골어는 하나의 어휘 속에 여러 가지 의미가 숨어 있다. 하나의 단어 속에 초원의 역사와 관습과 신앙이 겹쳐지며 메타포의 울림을 지닌다. 그건 거의 시어에 가깝다. 유목민들은 일물일어의 지시적 언어를 꺼렸다. 인간이 단정하고 예단하는 것을 회피하는 성정이 그들의 언어를 몽롱한 의미로 둘러싸게 한 듯하다.

그것은 몽골 역사의 기록에도 나타난다. 그들의 손으로 기록한 유일하다시피한 사서인 『몽골비사』는 시적이고 뒤죽박죽으로 기술되었다. 우선 책의 저자가 누구인지도 모호하다. 후엘룬이 주워다 기른 타타르의 고아가 기록했다는 설부터 작자를 알 수 없다는 설까지 몽롱하기만 하다. 그 책마저 밖으로 알려지는 것을 꺼려 금고 속에 깊이 감춰두었다.

토올치라는 유랑가객이 있었다. 초원을 돌아다니며 유목민들에게 '토올'이라는 시가를 들려준다. 토올치의 노래는 누구에게나 전해지지만 아무때나 들을 수는 없다. 점을 쳐서 날을 잡아 부른다. 〈더워 하르 부르〉라는 토올은 완창하려면 사흘이나 걸린다고 한다. 밥도 아니 먹고, 잠도 자지 아니하며, 줄을 튕기며 알타이 골짜기를 흐르는 개울처럼 이어지는 이야기는 신앙에 가깝다. 또한 토올은 흩어져 사는 몽골고원의 여러 부족들의 이야기를 담은 〈주르간 투멘 몽골〉처럼 유목 공동체의 일체감을 길러주기도 했다. 문학과 제의가 구별되지 않던 시절의 서사 시가는 글을 모르는 유목민들에게 그들의 역사와 신앙을 가르쳐주는 이동식

교실이기도 했다.

두 줄짜리 현악기의 단순한 반주에 맞추어 이어지는 토올을 들으며 유목민들은 "자!(좋구나!)" "오오해!(재미있다!)"라는 추임새를 넣는다. 우리의 소리꾼들이 이곳저곳을 떠돌며 판을 벌일 때, 구경꾼들이 토해내던 "얼씨구!" "잘헌다!"라는 추임새와 너무도 닮았다.

토올은 내용도 판소리와 흡사하다. 왕족이나 승려, 부자나 중국인을 풍자하는 대목은 가락만 붙이면 그대로 판소리의 바탕이 됨직하다. 유목민들의 입으로 전해오는 설화나 민담도 우리와 익숙한 것들이 적지 않다. 백조를 아내로 얻는 부랴트족의 기원 설화 '호리대 메르겡'은 우리의 '선녀와 나무꾼'과 뼈대가 같으며, 원숭이의 간을 빼앗는 '거북이와 원숭이'는 〈수궁가〉 〈별주부전〉의 몽골판이라 하겠다. 기지로 간을 지킨 토끼가 원숭이로 바뀐 점을 제외하면 이야기의 구조는 비슷하다. 이 설화는 고대 인도의 설화가 불교와 함께 중국 등지로 전해지며 악어가 용이나 자라로, 원숭이가 토끼 등으로 바뀌기도 했다. 가난한 유목민 젊은이가 공주를 아내로 얻어 금덩이 산으로 부자가 되는 '숫염소를 탄 장부' 설화는 가난한 서동이 선화공주를 얻어 금으로 부자가 된 〈서동요〉와 얼개가 거의 같다.

양을 기르지 않는 유목민을 생각할 수 있을까.

허허벌판에 외따로 게르 한 채 지어놓고, 마당에 찌그러진 솥 하나 걸고 살아가는 존재가 있다. 양도 없이, 처자도 없이 두 줄짜리 허름한 악기를 짊어지고 평생을 바람처럼 이리저리 떠돈다. 그리고 하룻밤 묵어가는 낯선 게르에 앉아 말꼬리털을 엮은 악기의 현을 튕기며 이야기를 들려준다. 그걸 노래라고 해야 할까, 시라고 해야 할까. 그것은 차라리 그의 몸을 빌려 들려주는 하늘의 소리다.

몽골에는 '가난한 사람은 이야기꾼이고 고아는 소리꾼'이라는 말이 있다. 양도 없이 가족도 없이 평생을 두 줄짜리 악기를 메고 떠돌아다니는 이 '가난하고 외롭고 높고 쓸쓸한' 존재야말로 시인이 아니고 무엇이겠는가. 몽골의 시인들은 샤먼에 가깝다. 실제로 오이라트족의 한 분파인 오리앙카이족은 서사시를 즐겨 암송하며, 이 부족의 버(샤먼)는 영력이 뛰어난 것으로 유명하다.

시인도 아니면서, 몽골을 헤매고 다니는 존재는 무엇인가. 나야 그렇다 치고, 감언이설에 꾀여 풍찬노숙의 길에 나선 이들은 또한 누구일까. 우스갯소리로 업이라고 둘러댔다. 전생에 고려에 쳐들어가 사람들을 끌고 온 업이고, 그걸 갚기 위해 모시고 다니는 것이라 눙치기도 했다. 업이든 보이든, 몽골을 함께 헤매게 된 여행자들을 '바람의 도반'이라 부른다. 그리고 백석의 시를 빌려 몽골이 들려주는 호명을 전한다.

하늘이 이 세상을 내일 적에 그가 가장 귀해하고 사랑하는 이들이여,
부디 가난하고 외롭고 높고 쓸쓸하시라.

버섯머리의 인간

바양자크의 벌판에서 외딴 게르를 만났다.

주변에는 아무런 가축도 없고, 살림살이도 추레하여 한눈에도 형편을 알 수 있었다. 주인은 청바지를 입은 젊은 사내였다. 게르 안에 놓인 무구들이 눈에 띄었다. 그는 '버'라 불리는 몽골의 샤먼이었다.

외국인 앞에서는 처음이라며 망설이던 버는 무복을 갈아입고 샤먼의 의식을 보여주었다. 몽골의 버는 '헹게렉'이라는 북을 쳐서 초혼의 과정을 거친다. 헹게렉은 육신을 벗어난 버의 영혼을 태우고 영계로 진입하는 수레의 역할을 한다. 김수정의 만화 〈아기공룡 둘리〉에 등장하는 도우너의 '타임 코스모스'[6]를 생각하면 된다. 입에다 대고 튕기는 '호르'도 중요한 무구다. 신령이 부는 호르 소리에 홀린 나무꾼이 백발이 되어서야 집으로 돌아온 설화가 있다. 투바족이나 알타이 변방의 유목민들은 호르를 '에켈'이라고 하는데, '돌아오라'라는 뜻이다.

버가 접신하면 몸을 떨며 목소리가 변하여 전혀 다른 사람이 된다. 대개는 '할아버지'라 불리는 조상신이 빙의하는데, 이때 접신한 버는 육신을 떠나 영계로 들어간다. '할아버지(옹고트)'는 직계 조상을 뜻하기도 하지만, 유목의 근원 서사인 게세르 신화의 하늘신과 이어진다. 게세르 신화에 등장하는 '에세겐 말라안 텡그리'는 하늘신 사이를 중개하는 신령한 신으로 샤먼들이 모시는 '현명한 하늘 할아버지'의 원형이다.

샤머니즘의 세계는 천상계와, 지상계, 지하계로 이루어지며, 이를 중개하는

---

6 깐따삐야 별로 가다 지구별로 불시착한 외계인 도우너가 타고다니는 바이얼린 모양의 소형 우주선.

존재가 샤먼이다. 천상의 절대적 존재가 '뭉케 텡그리(영원한 하늘)'라면, 지상의 존재는 사람이고, 하계는 벌레와 귀신을 다스리는 '염라대왕(에를렉칸)'이 있다. 유목민들은 이 삼계를 연결하는 것이 무지개라고 믿는다.

　　유목민의 몸을 빌려 찾아온 조상신은 당연히 오래전의 몽골어를 쓰기 때문에 요즘의 몽골인들도 알아듣지 못하는 경우가 많다. 버의 곁에는 '톨마쉬'라고 하는 보조 무당이 있는데, 접신하여 내어놓는 고대의 말들을 통역하는 역할을 맡는다. 우리의 굿판에도 '화랑이'라 불리는 보조 무당이 있지만, 톨마쉬는 좀더 중요한 역할을 한다. 육신을 떠나 영계로 들어선 버가 돌아오지 못하는 경우가 있는데, 그런 버를 다시 불러들이는 역할이 톨마쉬에게 있다.

　　사촌누이가 버인 볼로르마가 보조 무당 역을 해본 적이 있어, 청바지 입은 버가 내어놓는 말들을 통역해 전해주었다. 게 아요르잔의 장편소설 『샤먼의 전설』에는 톨마쉬가 자세히 언급되어 있다.

꿈의 세계의 소용돌이 속에 빠져 잠긴 무당을 영원히 잃지 않기 위해 그 손을 누군가가 잡아야 할 필요가 있다. 그 밖에 신이 내렸을 때 무당이 말한 것을 외워서 정신이 깨어난 뒤에 그에게 내용을 상기시켜주어야 한다. 무당을 옆에서 돕고, 신령에게 통역을 하는 그 조무를 '투세'라 하고, 톨래트 사람들은 '톨마쉬'라고 한다.

톨마쉬 자신은 신령과 만나지는 않지만 무당의 몸에 내려 이야기하고 있는 신령들의 말투나 성격을 잘 알아야 한다. 무당은 신령을 이 세상과 연결하고, 톨마쉬는 이 세상으로부터 정신이 떠나간 무당을 사람들과 연결하는 존재다. 러시아인들이 이 지역을 처음 지배할 때 이곳 원주민인 부랴트 사람들과의 의사소통을 돕는 사람을 '톨마치'라고 했다. 오래돼서 거의 잊혀진 이 러시아 말을 부랴트 방언으로 부른 것이 신령의 말을 일상적인 말에 가깝게 통역해 전달해주는 사람의 명칭이 되었다.

　　튀르크어 '버기'라는 말에서 비롯된 '버'는 바이칼 호수 일대에서 성행한 샤머니즘을 잇는 무당이다. 남자 무당을 '자이릉', 여자무당을 '오드강'으로 나눠 부르기도 한다.

버의 기원은 의외로 폭이 넓다. 툰드라 지역에서 수렵으로 살아가는 에벤키족과도 잇닿아 있으며, 홉스골이나 바이칼 호수에 군거하는 부랴트족이나 차탕족의 무당이 유명하다. 샤먼들이 홉스골이나 바이칼 같은 냉한대의 부족에 많은 이유에 대해 신현덕은 『몽골』이란 책에서 '극북 히스테리'로 설명하고 있다.

드르브드족에서 무당이 나오는 요인으로는 견디기 어려운 추위를 들 수 있다고 한다. 지독한 추위가 몰아닥치면 사람은 평상시와 같은 의식활동을 할 수 없게 된다. 자아를 상실하고 의식 밖의 일을 보고듣게 된다는데 이를 극북 히스테리아(주 : Arctic Hysteria. 극지방과 그 주변지역에서 일어나는 일종의 정신분열증, 옷을 찢는 등 과격한 반응을 보이며, 급격히 우울해지거나 정신을 잃기도 한다, 단조로운 기후와 고립된 환경에서 비롯된 스트레스성 질환으로 알려져 있나.) 즉, 이 지역의 추위는 극북 히스테리아를 유발할 만큼 강력하다는 것이다.

과학적 해석은 어떠하든, 더운 남쪽의 고비에도 버는 있었다.

버는 스탈린의 종교 박해 때 가장 먼저 핍박을 받았다. 샤머니즘이 강한 부랴트족의 어떤 마을은 학살로 사라져버린 일도 있다. 유물론에 입각한 스탈린의 종교 박해는 교활한 이간술로 진행되었다. 『샤먼의 전설』에는 그 과정이 잘 담겨 있다. 공산 정권은 몽골의 라마승을 이용해 버를 잔혹하게 탄압했다. 종교적 헤게모니를 장악하려던 라마불교의 입장에서는 민간에 끈질기게 이어져온 샤머니즘이 눈엣가시였을 것이다. 공산 정권의 힘을 등에 지고 라마승들은 버를 으슥한 산으로 데려가 몽둥이로 때려죽였다. 이때 죽어가던 버가 라마승들에게 "다음은 너희들 차례!"라고 경고한다. 버의 말대로 샤먼들을 말살한 공산 정권은 이어서 라마불교를 탄압했다. 몽골에 있던 800여 개의 사찰들이 파괴되고, 그곳에 기거하던 라마승들은 강제로 환속되고, 시베리아로 유형을 가야 했다. 이를 거부한 많은 승려들이 학살을 당하거나 스스로 목숨을 끊었다. 오르혼 가는 길에는 수많은 승려들이 뛰어내려 순교한 낭떠러지가 있다. 까마득한 낭떠러지로 몸을 던지며 승려들은 무슨 생각을 했을까.

　버는 버섯을 이용해 접신을 하기도 한다. 광대버섯의 종류로 짐작되는 버섯을 먹고 환각 상태에 이르는 모습은 암각화에도 등장한다. 바위에 그려진 버섯머리의 사람들이 그들이다. 버섯을 먹으면 마력을 발휘하는 슈퍼마리오 게임의 모티브도 이와 연관이 있지 않을까 하는 생각이 든다.

　샤먼은 부족에 따라 다르지만, 동물들의 이빨이나 새의 깃털 등으로 장식한 가죽옷을 입는데 북미 원주민인 인디언 샤먼과 크게 다르지 않다. 머리엔 가죽끈을 꼬아 만든 '사말가'라는 발로 육신의 눈을 가리고, 영적인 세계를 보는 '제3의 눈'이 그려진 쓰개를 쓴다. 가슴에는 놋쇠거울인 '명두(明斗, 明圖)'를 매달았는데, 이는 청동기 시대의 구리거울(銅鏡)과 닿아 있다. 구리거울은 제사장의 신물로 후대에 샤먼의 무구로 이어졌다. 완주 갈동 고분에서 발굴된 세문경이나 조문경에서 보이듯, 구리거울에는 해와 별이 그려져 있다. 몽골의 샤먼들이 가슴에 매단 명두는 황해도 일대의 무당들에게서도 발견된다.

　박차르간은 몽골의 유명한 화가이며 강신무이다. 차탕족인 그는 젊은 시절에 느닷없이 신이 내려 버가 되었다. 난데없이 산으로 뛰어나가며 무병에 시달린 그를 가족들은 정신질환을 일으킨 줄 알았다. 그의 기도는 신통하여, 대통령 선거나 나담의 씨름대회에 출전하는 몽골인들이 그를 찾는다고 한다. 화가로서도 그의 작업은 독특하다. 산중에 움막을 짓고 나뭇단에 물감을 칠하여 흩뿌리는 그림은 예술가의 본질이 샤먼임을 여실히 보여준다. 그의 작품은 울란바토르시 청사의 벽에 걸려 있다.

　박차르간의 여름 별장에서 하룻밤을 지냈다. 그에게 무복을 입고 사진을 한 장 찍자고 부탁했다. 그는 무복을 입으면 신이 찾아들어 자신이 어떻게 될지 모른다며 사양하였다. 사진을 찍기 위해 함부로 입는 옷이 아니라는 뜻이었다.

　통나무집의 마당에는 게르 한 채가 있었다. 내부가 온통 붉은 칠이 된 게르는 정갈하게 꾸며져 있었다. 그곳에서 하룻밤을 자고 나서 이상한 느낌에 빠졌다. 눈에 보이는 것만을 믿어온 시각주의자로서, 그것은 무어라 설명할 수 없는 느낌이었다. 모든 게 낯설어 보이고, 내가 나라는 느낌이 들지 않았다. 어디선가 나를 바라보고 있는 기분이었고, 거리의 풍경들이 전에 다녀온 인도와 겹쳐지며 혼란스러웠다. '내가 어디에 있지'라는 물음이 자꾸 들었다. 볼로르마에게 이야기했더니, 자신에게 나라는 것을 반복하여 깨우치라고 했다. 이상한 기분은 거리에서 사진을 찍고 울란바토르 시내를 돌아다니는 동안에도 이어지다가, 밤이 되어 호텔로 돌아와 사라졌다. 내가 나 같지 않고, 내가 나를 바라보고 있는 기분은 한 번도 겪어 보지 못한 낯선 경험이었다.

이런 이상한 경험은 다른 여행자들에게서도 종종 일어났다.

야영을 하며 모닥불을 피우면, 불속으로 뛰어들려는 사람들이 있었다. 숯불 위를 걷는 이들도 있었다. 대개는 술이 취한 중에 일어난 일인데, 깨이닌 뒤의 발바닥은 멀쩡했다. 불 위를 걷는 한국인들의 영력도 대단하다는 생각이 들었다. 몽골의 버는 신령한 버섯을 먹고 신과 만나는데, 한국인들은 보드카를 먹고 영계에 진입하는 점이 다를 뿐이었다.

바위집으로 돌아가다

초원을 지나다 돌무덤들을 만난다.

무덤 주변에 둥글게 늘어선 바위들은 그를 지키는 석인이거나, 생전에 죽인 적이기도 하다. 스키타이, 훈누, 돌궐, 위구르를 비롯한 유목제국의 것이라지만 유목민의 장례의식은 환경과 전통에 따라 다양하다. 나무에 매다는 수장(樹葬), 굴속에 넣어 두는 동굴장, 절벽 끝에 놓는 애장(崖葬)도 있지만 초원의 유목 부족에게 가장 성행한 것은 풍장(風葬)이다. 풍장은 대체로 늑대가 많은 산의 바위에 시신을 뉜다. 그 방식도 현지 여건과 부족에 따라 조금씩 차이가 난다.

할하족의 경우는 풍장이나 천장을 하였다. 마차에 싣고간 시신을 사람의 발길이 닿지 않는 산이나 높은 언덕의 바위에 뉜다. 이때 시신에게 흰 돌로 베개를 베어준다. 요즘은 법으로 풍장이 금지되어 화장을 하거나 공동묘지에 매장한다.

사산한 아이는 말에 싣고 가다가 길에 툭 떨어뜨리며, 이를 모른 척하여 아이를 잃어버린 것처럼 여기는 천장으로 치른다. 이는 수명을 다하지 못한 아이의 죽음을 인정하지 않음으로 전생하기를 바라는 바람이 담긴 풍습이다. 어린아이가 죽으면 봉분이나 비를 세우지 않고 평장하여 어미가 알지 못하게 하는 우리의 습속과 크게 다르지 않다.

산이 드문 초원에서는 천장을 취한다. 아무 곳에나 버리는 것처럼 보이지만, 거기에도 법식이 있다. 말 등에서 태어난 유목민답게 마지막 가는 길도 말에게 묻는다. 장룽의 『늑대토템』에는 올론초원의 천장 풍습이 소개되어 있다.

목축민이 죽으면 옷을 전부 벗긴 다음 펠트로 말아서 묶거나 아니면 입고 있던 옷 그대로 사체를 달구지에 싣고 묶는다. 새벽 인시가 되면 유족들 중 나이든 남자 두 명이 말을 타고 장지를 향해 달구지를 끄는데, 채찍을 가해 말이 점점 더 빨리 달리도록 한다. 그러다가 마구 흔들리는 달구지에서 죽은 이의 사체가 떨어지게 되면, 그곳이 바로 죽은 이의 영혼이 탱그리로 돌아가는 장지가 되는 것이다. 이것은 말 위에서 평생을 보낸 목축민들이 울퉁불퉁한 길처럼 험난했던 인생에 종지부를 찍는 것을 상징했다.

타이거 삼림지대에 사는 차탕족은 사람이 죽으면 산에 올라 나무를 휘어 양털로 싼 시신을 강을 향해 쏜다. 시신이 강 건너로 떨어지면 고인이 착하게 살아 탱그리의 보살핌으로 심판의 강을 무사히 건넜다고 믿는다. 강을 건너지 못하거나, 강물에 빠지면 생전의 죄업을 덜어내지 못한 흉조로 여긴다. 순록을 유목하는 에벤키족도 나무를 이용하여 장례를 치른다. 다만 나무에 시신을 매단다는 점이 다르다. 유목민에게 나무는 신성하게 섬겨진다. 위로 높이 자라는 나무가 하늘로 오르는 길이 된다고 믿는다.

중북부 초원의 돌무덤은 훈누족이나 키당(契丹)의 무덤으로 전해진다. 생몰 연대를 아는 무덤은 '샤리잇'이라 하고, 생몰연대를 알 수 없는 무덤은 '히르소륵'이라 한다. 적석묘 주변에는 원형이나 사각형으로 돌을 둘러싼다. 지표가 될 만한 게 없는 초원의 유목민에게 바위는 유일하며 영원한 존재로 인식되었다. 고대의 유목민들에게 게르가 살았을 때의 집이라면, 바위는 죽은 뒤의 집으로 받아들여졌다. 이런 믿음이 바위에 시신을 뉘거나, 뼈를 올려두는 암장으로 나타나기도 했다.

장례와 관련한 석물 가운데 유명한 것이 '사슴 돌'이다.
현존하는 700여 개의 사슴 돌 가운데 500여 개가 몽골고원에 남아 있다. 유목민들은 사슴을 죽은 사람의 영혼을 하늘나라로 실어다주는 존재로 여겼다. 샤먼의 무구 가운데 '헹게렉'이라는 북은 육신에서 빠져나간 샤먼의 영혼을 영계로 인도하는 도구로 여겼다. 북은 사슴이나 순록의 가죽으로 만들었으니, 죽어서도 영혼을 실어나르는 힘을 지닌다고 믿었다. 샤먼이 죽으면 초막을 짓고 헹게렉과 함께 3년을 두었다가 뼈를 추려 묻는 중장을 치렀다.

왕족의 경우는 매장을 했는데, 칸의 즉위와 동시에 무덤을 파기 시작하여 죽을 때까지 깊이 파서 묻는 심장(深葬)을 치렀다. 북쪽으로 머리를 두는 북두위신전장(北頭位伸展葬)의 장례 의식은 대체로 북방에서 이주한 몽골 보르지긴계의 매장 방식으로, 다싱안링(大興安嶺) 서쪽에서 발원한 아르군강 유역에서 시작되어 오논강 일대로 확산된다. 위구르족은 서쪽으로 머리를 두는 잉고다형(西頭位)을 썼으며 동쪽으로 머리를 두는 유목 부족도 없지 않았다.

티베트로부터 라마불교가 들어오면서 조장과 수장도 치러졌다. 공산 정권이 들어서면서 법적으로 금지되었지만, 일부 신심이 깊은 유목민들은 아직도 사원에서 조장이나 천장을 치른다고 한다. 초원의 유목민들이 새나 물고기를 즐겨 먹지 않는 것은 티베트불교의 영향으로 여겨진다. 티베트불교에서는 매장을 하면 환생을 못한다고 믿어 새에게 육신을 주는 조장을 치르거나 수장을 하여 물고기에게 나눠 주기 때문이다.

몽골고원의 카자흐족들은 회교의 장례 방식에 따라 돌을 쌓아 울타리를 둘러치고 석비도 남겨 제대로 된 음택을 마련한다. 이는 유목민이라 해도 반정주 생활을 하는 알타이 카자흐족의 생활과 관련된 의식으로 여겨진다.

장례의 형식은 달라도 유목민들에게 죽음은 정화의 과정이다.

길에 아무렇게나 시신을 버려 바람에 날아가게 하는 것이 야만적으로 보일 수도 있지만, 그것은 초원에서 태어나 초원으로 돌아가는 회귀의 방법이다. 유목민들이 관용적으로 죽음을 표현하는 '후뒤룰루흐'라는 말은 '초원으로 보낸다'라는 뜻을 지니고 있다. 초원에 뉜 시신은 늑대나 독수리의 먹이가 되고, 남은 유해는 거름이 되어 초원의 풀을 자라게 한다. 평생 가족처럼 기르던 가축들을 살육하며 살아야 하던 유목민들이 무거운 죄책감에서 풀려나는 순간이다. 죽음은 이생의 업장을 소멸하는 과정으로 인식된다.

시신을 아무데나 버리는 유목민의 풍장이 야만스러워 보일지 모르지만, 흙 속에 묻어 가두는 매장보다 훨씬 열려 있는 죽음이라 하겠다. 장자가 '열어구(列 禦寇)'에서 이른 '천지를 널로 삼고 해와 달을 한 쌍의 옥으로 삼으며 별을 진주로 삼고 만물을 순장품으로 삼는' 자연 귀의의 방도가 아니겠는가.

죽음은 엄숙하다. 그것은 인간의 세계를 떠나 신의 영역으로 들어가는 오래 된 통과의례다. 샤머니즘을 믿는 유목민의 죽음에는 금기가 많다. 그 가운데는 우 리와 비슷한 것도 적지 않다. 예를 들자면, 고인의 유체 곁에 고양이가 접근하지 못하게 한다든가, 바깥에서 죽은 시신을 집안으로 들이지 않는 금기는 크게 다르 지 않다. 몇 가지 특이한 점들을 소개하면, 죽은 사람의 이름을 부르면 그 영혼이 집으로 숨어든다 하여 금지한다. 나무 한 그루로 두 개의 관을 만들면 상을 덧입 게 되고, 시신을 싣고 간 말은 장지에서 돌아와 바로 다른 말들과 섞어 두지 않는 다. 또 유족들은 소리 내어 울지 않는데, 눈물을 흘리면 고인의 영혼이 저승의 강 에 빠져 건너지 못한다고 믿는다.

유목민들은 옷을 빨아 입지 않는다. 옷에 자신을 지키는 신령이 함께 한다고 믿기 때문이다. 더러워지거나 낡아서 해지면 새로 지어 입는다. 죽음은 유목민들 에게 옷을 갈아입는 행위로 여겨진다. 새 옷을 갈아입는 의례로 죽음을 바라보는 마음은 평안하다.

최성각의 산문집 『달려라 냇물아』에는 히말라야 몽골리안들의 평정심을 보 여주는 일화가 실려 있다. "한번은 산사태로 비탈 아래로 흘러내려 가는 사람이 소리쳐 외치기에 귀 기울여 보았더니, 이웃들의 이름을 일일이 부르면서 '나 먼저 가네, 잘 있게나' 하고 이승의 이웃들에게 작별인사를 하는 외침이었다고 한다."

유목민은 왜 돼지를 기르지 않을까

몽골에는 사람보다 가축이 더 많다. 몽골고원은 양이나 염소의 땅이다. 유목민이 기르는 가축은 다섯 주둥이(五畜)'라고 불리는 말과 소, 양과 염소, 낙타다. 물을 많이 먹는 소는 물과 풀이 풍부한 중부의 초원에서 주로 기른다. 가장 많이 기르는 가축은 양과 염소다.

양과 염소는 멀리서 보면 쉽게 구별하기 어려울 정도로 한데 어울려 지낸다. 그러나 둘은 성질이 다르다. 양은 풀의 윗부분에 달린 여린 순을 뜯어먹지만, 먹성이 좋은 염소는 닥치는 대로 먹는다. 바가가즈링 촐로의 민박집 염소는 사람들을 따라다니며 손에 든 휴지며, 주머니 속의 사탕까지 꺼내 먹었다. 여행자들이 바위에 걸터앉아 술을 마시다가 잠깐 내려놓은 술잔의 보드카까지 염소가 훔쳐 마셨다. 유목민들은 전통적으로 염소보다 양을 많이 길렀다. 뿌리까지 캐어 먹는 염소의 먹성을 고려해 2 대 8이나 3 대 7 정도의 비율을 유지했다.

염소에게도 미덕이 있다.

양들은 앞만 보고 직진하는 습성이 있다. 찬바람을 피하려 바람을 등지고 앞으로 나아가는 데서 생긴 습성이다. 찬송가에 자주 등장하는 '길 잃은 양'이 그냥 나온 것이 아니다. 앞만 보고 나아간 양들은 '멀리멀리 갔더니 외롭고도 처량'한 신세가 되기도 한다. 염소는 찬바람을 피하려고 양에게 들러붙는다. 앞만 보고 곧게 나아가던 양들은 자꾸 뿔로 들이받고, 몸으로 치대는 염소들을 피해 뱅글뱅글 도느라 멀리 직진하지 못한다.

또한 한여름에 갑자기 소나기가 내리면 체온이 떨어진 양들은 한데 뭉치는 습성이 있다. 심한 경우 밑에 깔린 양들이 무더기로 압사하기도 한다. 염소는 그런 양들이 저를 밀치거나 뭉개는 걸 용납하지 않고 뿔로 치받아 한데 뭉친 양떼를 흩어놓는다. 한국의 직장이나 조직에도 이런 '염소'를 의도적으로 집어넣어, 직원들이 한데 뭉쳐 대드는 걸 막기도 한다.

몽골의 캐시미어가 각광을 받으며 전통적으로 지켜오던 양과 염소의 비율이 전도되었다. 5 대 5나 4 대 6으로 염소를 많이 기르게 되었다. 캐시미어는 염소의 부드러운 가슴털로 만든다. 양털의 몇 곱이나 되는 염소 털의 가격으로 유목의 전통도 무너졌다. '염소는 힘이 세다'라는 김승옥의 소설 제목은 '자본은 염소보다 힘이 세다'로 바뀌어야 할 것 같다.

가축을 길러 고기를 먹고 사는 유목민이지만, 돼지는 즐겨 기르지 않는다. 고고학적 사료에 따르면, 돼지는 중국이나 만주 쪽에서 주로 길렀다. 중국의 허난 자후에서 발견된 9000년 전의 유적에서 집돼지의 흔적이 발견되었고, 8000년 전의 만주 신석기 문화권에 속하는 싱룽와 유적에서는 사람과 함께 묻힌 암수 돼지의 뼈가 발굴되었다. 돼지는 곡식이 넉넉한 농경문화권인 중국과 읍루, 부여와 같은 만주 지역에서 많이 길렀다.

유목민들은 왜 살집 좋은 돼지를 기르지 않았을까.

돼지는 세균이 많고 지저분한 동물이라고 여겼다. 이는 "돼지는 굽이 갈라지고 그 틈이 벌어져 있지만, 새김질을 하지 않으므로 너희에게 부정한 것이다. 너희는 이런 짐승의 고기를 먹어서도 안 되고, 그 주검에 몸이 닿아서도 안 된다. 그것들은 너희에게 부정한 것이다"라는 레위기의 계율과도 통한다. 중동의 유목민인 유대인과 아랍인들은 돼지를 부정한 동물로 여겨 먹지 않았다. 신약성서의 베드로후서에는 '돼지가 몸을 씻고 나서 다시 진창에 뒹군다'며 더러운 짐승이라 적었다. 그러나 진창에 뒹구는 걸로 말하자면, 매어놓은 낙타나 소도 마찬가지다. 말은 툭하면 흙바닥에 등을 비비며 뒹군다. 돼지로선 억울할 만하다. 양이나 말처럼 초원에 풀어 놓는다면 어느 돼지가 자신의 똥 위에 누워 뒹굴겠는가. 그보다는 한 해에도 여덟 차례나 이동을 하는 유목민들에게, 스스로 먼길을 걷지 못하는 돼지가 거추장스러웠을 것이다. 게다가 돼지는 초원의 풀을 먹지 않고, 사람 먹기도 귀한 곡식들을 축냈다. 중동이든 몽골고원이든 초원에서 사는 유목민에게 가축은 신선한 풀을 뜯어먹고 자라야 한다.

농경정주민인 중국인이 돼지를 즐겨 기르는 것은 먹이가 되는 곡식이 넉넉했고, 한곳에 머물러 살기 때문이다. 몽골과 인접한 만주 지역의 부족들이 돼지를 기르는 것은 산과 숲에서 사냥을 해온 사람들이기 때문이다. 일찌감치 사냥감이 되어온 멧돼지와 친숙해지며 자연스레 사육하게 된 것이다. 특히 산이 높고 추위가 심한 만주 일대의 수렵민들에게 지방이 많은 돼지고기는 추위를 견디고, 피부를 보호하는 데 요긴했다.

유목민들이 가축을 초원에 풀어놓는 데에도 규칙이 있다. 게르 근처에는 어린 새끼들을 매어두고, 좀 멀게는 양이나 염소를 풀어 먹였다. 그다음으로 소를 풀고, 가장 먼 곳에 말을 풀어 놓았다. 멀리 가더라도 말은 영리하여 집을 잃지 않는다. 평균 해발이 1,500미터인 몽골의 고원지대에서는 야크를 주로 기르고 짐을 나르는 데에도 쓴다. 소는 물이 넉넉하고 풀이 풍성한 중북부에서 주로 기른다. 소는 빠르지 못하고, 눈이 덮이면 스스로 먹이를 찾지 못해 많이 기르지는 않았다. 농경민에게 가장 귀한 대접을 받는 소가 유목민에게는 조금 다른 이유로 사랑을 받기도 한다. 장룽의 『늑대토템』에는 몽골 남자들이 이름을 '부흐(황소)'라고 즐겨 지었다는 내용이 나온다. 수많은 암컷을 거느리면서도 가족을 돌볼 책임을 지지 않는 황소를 부러워했기 때문이라 한다.

유목민들은 자신이 기르는 가축의 수를 알고 있을까.

모른다. 그런데 해가 저물어 우리로 돌아오는 가축 중에 한 마리만 비어도 금세 알아낸다. 일일이 수를 헤아리지 않아도 유목민들은 직감적으로 그걸 안다고 했다. 어떻게 아느냐고 물으니, 가족들 중에 누군가 없으면 금세 알 듯이 그냥 안다고 했다.

기르는 가축들은 낙인을 찍어 표시한다. 이를 '말 다막라크'라 하는데, 날을 잡아 마을 사람들이 함께 모여 작업을 한다. '생 어더르(сайн өдөр)'라고 불리는 길일은 음력으로 5, 12, 16, 24일이다. 유목민에게 길일은 무엇일까. 당연히 가축의 수가 풍성하게 늘어나는 것이다. 1, 3, 4, 7, 14, 15, 17, 30일은 꺼리며, 해당 가축의 날도 피한다. 양의 날에 양을 거세하거나 낙인으로 고통을 주면 되겠는가.

낙인은 쇠를 구부려 만드는데, 집안마다 독특한 문양으로 표시한다. 분가한 자식은 부모의 낙인을 그대로 쓰거나 새로 문양을 만들기도 한다. 불에 달궈진 낙인은 새끼들의 엉덩이에 찍는데, 이때 반드시 어미를 곁에 매어둔다. 그래야 새끼가 겁을 먹지 않는다. 낙인을 찍은 자리에 소젖을 뿌려 염증을 가라앉히고, 어미가 상처를 핥아주고 젖을 먹이게 한다.

낙인을 찍을 때 수컷들의 거세도 동시에 치러진다. 근친교배를 피하고, 성장이 빠르도록 고환을 제거한다. 칼로 생살을 찢는 게 고통스러워 보였지만 의외로 낙인보다 잘 견뎠다.

낙인은 소와 말, 낙타에게 찍고, 양이나 염소는 귀를 일정한 모양으로 잘라서 표시한다. 이를 '엠'이라고하는데, '에민(약)'이라는 말이 여기에서 비롯뇌었다 한다. 요즘 들어서는 양이나 염소의 등이나 뿔에 페인트칠을 하여 표시를 하기도 한다. 고통은 줄어도 등뒤에 붉고 푸른 칠을 하고 다니는 양이나 염소를 보면 포로나 죄수 생각이 났다.

유목민들은 소리를 달리하여 가축을 불렀다. 말을 부를 때는 '꼬리꼬리꼬리'라 부르고, 소는 '워워', 양이나 염소는 높은 소리로 '쪼쪼쪼'라고 불렀다. 낙타는 '토오토오토오'라 부르고, 다리를 꺾고 앉힐 때는 '서억서억'이라고 한다.

유목은 가축들이 알아서 살아가는 셈이다. 초원에서 풀을 뜯는 가축들을 보면 평화롭다는 느낌이 들지만, 실상은 처절하다. 온종일 풀을 뜯어야 겨우 살아갈 수 있는 가축들은 한겨울에도 새벽부터 눈을 맞으며 얼어붙은 풀을 뜯는다. 불모에 가까운 고비에서 사는 가축들은 고행의 수도자와 같다. 한 줌도 안 되는 가시덤불을 뜯느라 주둥이가 피투성이가 된다. 먹을 게 없어 날카로운 가시들이 박힌 덤불을 뜯는 그들의 삶은 경건함마저 느끼게 한다. 사는 게 허망하고 지루한 이들은 그 주둥이를 한나절쯤 들여다볼 필요가 있다.

늑대와 싸우는 개

유목민에게 개는 가축이 아니다.

개는 가족이다. 그래서 다른 가축과 달리 이름을 갖는다. 덩치가 큰 개는 '헐딕'이나 '방하르'라 부르는데, 재미있는 것은 강아지를 부를 때는 우리처럼 혀를 찬다. 몽골의 토종개는 정확히 밝혀지지 않고 있다. 게세르 신화에 등장하는 아사르와 바사르라는 개가 몽골 개의 원형이라 짐작될 뿐이다.

지금 몽골의 유목민들이 기르는 네눈박이 개들은 티베트에서 들어온 것으로 알려진다. 정식으로는 티베탄 마스티프라는 종인데, 진돗개나 제주개와 그 혈통이 멀지 않다고 한다. 유목민들은 개를 암수 한 쌍으로 기르는데, 이웃에서 얻어 올 때는 하닥을 바치고 어미 개에겐 음식을 푸짐히 준다.

'숲의 사람들'이라 불리던 동북 방면의 수렵 부족들은 개를 식용하기도 했지만, 몽골의 유목민들은 개를 먹는 행위에 경악한다. 기르던 개가 죽으면 꼬리를 잘라서 베개처럼 베어주고, 입에다 유제품을 물려주어, 다음 세상에 사람으로 태어나도록 기원하고 묻어준다.

유목민들의 개는 집이 없다. 여름에는 늑대처럼 땅굴을 파고 더위를 피하고, 겨울에는 게르에 붙어 추위를 피한다. 따로 먹이를 챙겨주지도 않는다. 빵이나 밥을 주면 냄새만 맡고 입을 대지 않는다. 유목민들의 개는 주인이 도축을 할 때, 슬그머니 곁에 앉아 기다린다. 주인이 내장을 던져주면 받아먹는다. 평소에는 쥐나 타르박, 토끼를 잡아먹는다.

타왕복드의 설산에 오를 때 개 두 마리가 따라왔다. 앞서가던 수컷이 걸음을 멈추고 코를 벌름거리더니 쏜살같이 달려가 타르박을 잡았다. 녀석은 수확물을 암컷에게 양보했다. 암컷은 앞발로 땅을 파고는 타르박을 묻었다. 그리고 돌아오는 길에 정확히 그곳을 찾아가 묻어둔 타르박을 꺼내 먹기 시작했다.

이런 늑대 같은 몽골 개들이 가축을 지키는 게 신기하다. 주인이 없을 때 어린 양을 한 마리쯤 꿀꺽할 만도 한데, 어쩌다 주인이 던져주는 양의 내장이나 뼈다귀만 주워먹고 견딜 수 있을까. 유목민들은 강아지가 생기면 가축 우리 속에 넣어 기른다. 양과 염소들은 새끼 늑대처럼 생긴 강아지를 뿔로 받으며 따돌린다. 그걸 막으려면 강아지의 온몸에 양의 똥을 발라 넣어줘야 한다. 양이나 염소 무리 속에서 자란 강아지는 그들을 어미나 형제처럼 여기게 된다. 야성이 살아나 가축을 해치는 개는 죽이거나 내쫓는다.

호주나 뉴질랜드의 목양견 보더콜리가 양떼를 모는 장면은 경이롭다. 눈빛만으로도 양들을 몰아가는 재주가 비상하다. 몽골의 유목민들은 왜 양몰이에 개를 쓰지 않는 것일까. 몽골의 양이나 염소는 굳이 눈을 째려가며 몰 필요가 없다. 풀어놓으면 알아서 출근하고, 해가 지면 알아서 집으로 돌아온다. 군집 생활을 하는 양이나 염소는 우두머리를 따라 움직인다. 이따금 말을 타고 나가 풀이 많은 쪽으로 우두머리만 몰아주면 알아서 따라간다.

개에 관한 재미있는 유목민의 설화를 소개한다. '인간이 벌거숭이가 되고, 개가 털을 가지게 된 이유'라는 이야기이다.

하느님이 인간을 만들고자 했다. 진흙으로 남자와 여자의 형상을 만들고, 그들에게 생명을 불어넣기 위해 영생수를 가지러 가게 되었다. 하느님은 자신이 간 뒤에 악마가 와서 인간들을 해칠지도 모른다고 생각하여, 개와 고양이에게 그 두 흙사람을 지키게 했다.
"너희는 이 두 사람을 잘 지키고 있어라! 내가 영생수를 가지고 올 때까지 어떤 동물도 가까이 접근하지 못하도록 하라! 이 두 사람은 너희의 주인이 되어, 너희를 보호해 주게 될 것이니 잘 지키고 있어야 하느니라."

하느님이 영생수를 구하러 간 뒤 악마가 신의 피조물을 해치려고 왔을 때, 개와 고양이는 그가 인간 가까이 접근하지 못하게 막았다. 그러자 악마는 고양이에게 우유를 주고, 개에게는 고기를 가져다주었다. 그들이 먹이를 먹는 사이에 악마는 두 흙사람 주위를 돌면서 오줌을 싸 더럽혀 놓고 가버렸다.

하느님이 영생수를 가지고 와서 두 사람에게 생명을 불어넣으려고 하자, 인간의 털이 더러워져 있었다. 하느님은 크게 진노하며 고양이에게 더러워진 사람의 털을 잘 핥아서 깨끗하게 해놓으라고 명령했다. 고양이가 사람의 털을 핥아 깨끗하게 될 때 머리털만은 악마의 더러운 오줌이 미치지 않았기 때문에 핥지 말고 남겨놓게 했다. 그리고 겨드랑이와 음부에는 고양이의 혀가 닿지 않았기 때문에 부분적으로 조금씩 더러운 털이 남게 되었다.

하느님은 악마가 오줌을 싸버린 그 더러운 털을 개에게 옮기기로 결정했다. 이렇게 해서 인간은 벌거숭이가 되었고, 개는 털을 가지게 되었다. 이런 이유로 사람들은 고양이의 혀와 개의 털이 더럽다고 말한다. 그리고 사람은 악마가 해쳐서 더러워졌기 때문에 하느님이 인간의 입에 영생수를 떨어뜨렸지만, 인간은 영원히 살지 못하고 도중에 죽게 되었다.[7]

그런가 하면, 인간이 개에게 신세를 진 것도 있다. 조현설의 『신화의 언어』에는 위구르족에 전해오는 개의 이야기가 실려 있다.

천국에서 아담이 추방될 때 밀도 함께 쫓겨났다. 그 당시의 밀은 뿌리부터 줄기까지 밀알이 다닥다닥 열려 사람들이 배를 주리는 일이 없었다. 밀이 흔해지자, 사람들은 그 귀한 것을 알지 못했다. 어떤 할멈이 기름을 둘러 밀가루로 전을 부치다가 그걸로 손자의 똥을 닦았다. 이 지경이 되자 밀은 알라에게 더이상 사람의 모욕을 견딜 수 없다며 천국으로 데려가 달라고 애걸한다. 알라가 보기에도 사람의 방자함이 지나쳐 천사를 보내 밀을 남김없이 꺾어 오게 했다. 밀을 꺾는 천사를 본 개가 알라에게 달려갔다. 밀이삭을 모두 꺾어가면 무얼 먹고 사느냐며 조금 남겨두어 달라고 사정했다. 개를 불쌍히 여긴 알라가 밀을 조금 남겨두게 했다. 그래서 세상에 밀이 남게 되었고, 사람들이 밀을 먹고 살 수 있었다.

7 데 체렌소드놈 엮음, 『몽골의 설화』, 65쪽.

춥고 물이 귀한 초원에서는 밀이 유일한 곡물이다. 지금도 유목민의 끼니마다 빠지지 않는 밀이 남게 된 사정이다. 개가 아니었다면 사람은 굶어죽을 판이었으니, 먹다 남은 찌꺼기를 선심 쓰듯 개에게 던져줄 입장이 아니다.

푸른 늑대의 전설

새벽에 산책을 다녀온 여행자가 누런 개를 보았다고 했다. 인근의 유목민들이 기르는 개는 검은데, 누렁이를 보았다고 하는 게 이상했다. 모두 세 마리라고 했다. 이쪽에는 관심도 없이 이리저리 흩어져 있는데다가 멀리 떨어져 있어 걱정을 않았다 했다. 그런데 딴전을 부리던 개들이 어느 결에 그녀를 삼면으로 둘러싸고 접근해오더라는 것이다. 행여 개들에게 물릴까 싶어 화급히 숙소로 돌아왔다고 했다. 얼마쯤 따라오는가 싶던 개들은 여행자 숙소가 가까워지자 사라졌다고 했다.

그녀는 늑대를 만난 듯했다. 민가에서 멀리 떨어진 여행자 숙소는 뒤에 바위산을 두고 있어 늑대가 살 만한 곳이었다. 그녀가 만난 개(?)들이 보인 행동은 전형적인 늑대의 사냥 방식이었다. 늑대는 사냥감이 보이면 흩어져서 딴전을 부린다. 멀리 뚝뚝 떨어져 접근하기 때문에 사냥감은 경계심을 푼다. 어느 정도 가까워지면 늑대들은 세 방향으로 포위하여 사냥감을 몰아간다. 민가 근처에 있는 가축을 사냥할 때, 디귿 자로 포위하는 이유는 터진 쪽으로 사냥감을 몰기 위해 일부러 한쪽을 열어두는 것이다. 당연히 그 터진 방향은 민가의 반대쪽이다. 어느 정도 민가와 거리가 멀어지면 포위망을 좁혀 사냥감을 둘러싸고 본색을 드러낸다.

차강노르에서 어린 늑대를 본 적이 있다. 개와 어울려 장난치는 모습은 영락없는 강아지였다. 그러나 피와 내장을 먹을 때는 야수의 모습이 나타났다. 날카로운 이를 드러내며 살기 어린 눈으로 으르렁거리자 조금 전까지도 서로 엉겨붙어

놀던 개들이 근처에 가지도 못했다.

　바양울기의 쳉겔에서 본 '보비'라는 새끼 늑대는 밤마다 하늘을 보고 우는 것만 빼면 강아지나 다름없었다. 목줄을 맨 채 주인과 산책하는 모습의 어디에도 야수의 기질이 보이지 않았다. 그러나 그런 어린 늑대도 3개월이 지나면 야성이 살아나 더 기를 수가 없다고 한다.

　종종 숫늑대와 암캐가 짝을 짓기도 한다. 이렇게 태어난 늑대개는 개의 성질을 반은 담고 있어 사람을 무서워하지 않으며, 동시에 양이나 가축을 늑대처럼 물어죽이기 때문에 유목민들은 늑대개를 발견하면 반드시 죽인다.

　이른봄이 되면 유목민들은 늑대 수를 줄이기 위해 사냥에 나선다. 굴속에 숨은 새끼 늑대들을 발견하면 한 마리는 반드시 살려두고 나머지를 죽인다. 모두 죽이지 않는 이유는 초원의 생태계에 늑대가 필요한 존재라는 걸 잘 알기 때문이다.

　늑대는 용맹스러울 뿐만 아니라 영리하다. 힌거울에 '젤'이라 불리는 몽골 가젤들을 낭떠러지로 몰아 눈구덩이 속으로 떨어뜨린다. 눈 속에 파묻혀 얼어죽은 젤들은 봄이 되어 녹을 때까지 야금야금 늑대들의 먹이가 된다. 장룽의 『늑대 토템』에는 유목민이 가장 바쁜 시기를 골라 새끼를 낳는 늑대 이야기가 나온다.

　늑대는 너무 영악해서 시기를 골라가며 새끼를 낳거든, 만 년 전에는 늑대와 개가 한 가족이었다고들 하는데, 실제로 늑대는 개와 비교할 수 없을 만큼 교활해. 개들은 매년 봄이 다 지나고도 보름쯤 후에야 새끼를 낳아. 하지만 늑대는 하필 봄이 시작할 때 낳는단 말이야. 그런데 마침 그때가 눈이 막 녹으면서 양 떼가 새끼를 낳기 시작할 무렵이거든. 봄에 양의 새끼를 받는 기간이 몽골에서는 일 년 중 가장 바쁘고 피곤하고 중요한 때라 모든 노동력을 양떼에 투입하는 거야. 너무 고단해서 밥도 먹기 싫을 정도인데, 새끼늑대를 꺼내러 갈 여유가 어디 있겠느냐고, 그렇게 새끼양을 다 받은 다음에 조금 한가해질 즈음이면 새끼늑대들은 벌써 다 커서 늑대 굴을 떠나버리지. 늑대들은 평소에는 굴에서 살지 않다가, 새끼를 낳을 때만 굴을 이용하거든. 어린 늑대들은 거의 한 달이면 눈을 뜨고, 다시 한 달여 뒤엔 어미 늑대와 마음껏 돌아다닐 수 있을 정도가 돼. 그래서 그때는 이미 늑대 굴이 텅텅 비어 있는 거지.

늑대는 겉보기에는 말의 상대가 되지 못한다. 덩치도 작을 뿐만 아니라, 바람처럼 달리는 말을 따라잡을 수가 없다. 그런데 늑대는 어떻게 말을 잡아먹을 수 있을까. 말들이 달리기 시작하면 늑대들은 번갈아가며 말을 추격한다. 속도는 떨어져도 늑대의 지구력은 만만치 않다. 어느 정도 말이 지치면 간격이 좁혀지지만, 키가 큰 말에게 달려들어 목을 물 수가 없다. 늑대는 달리면서 말의 가장 취약한 배를 공격한다. 날카로운 발톱을 그으면, 달리는 속력에 말은 배가 찢어져 내장을 흘리고 달리다가 쓰러진다.

몽골군이 전투에서 보인 잔혹성은 늑대에 비견된다. 20만의 군대로 그 몇 곱이 넘는 적들을 격파한 몽골군의 전술은 늑대에게 배웠다고 한다. 양떼 한가운데로 돌진하여 패를 나누고, 또다른 늑대가 이어서 또 패를 나누어 가장 뒤에 처진 양들을 둘러싸는 방식이다.

몽골군의 잔혹성은 초원에서 길러진 약육강식의 의식에서 생겨났다. 가축은 풀을 먹고, 사람은 고기를 먹는다는 인식이 쌀이나 야채를 먹고 사는 정주민을 가축처럼 여기게 한다. 늑대가 양을 잡아먹는 것이 비난의 대상이 되지 않듯이, 강한 자가 약한 자를 약탈하고 살육하는 것에 대한 죄의식이 정주민과는 달랐다.

몽골의 설화에는 꾀를 내어 남의 것을 빼앗거나, 훔치는 이야기가 많이 나온다. 낙타의 뿔을 훔쳐간 사슴의 이야기는 유명한데, 약탈은 사슴만의 것이 아니다. '닭이 새벽에 울게 된 이유'란 설화에는 닭의 아름다운 꼬리를 빼앗은 공작의 이야기가 나온다. 공작에게 멋진 깃털을 빼앗긴 닭은 새벽마다 소리를 질러 울어댄다고 한다. 이 밖에도 바이칼 호숫가에 내려앉은 백조들의 옷을 훔친 호리대 메르겡의 설화며, 꾀를 내어 왕이나 부자, 괴물의 보물이나 여자를 훔치는 이야기들과, 메르키트 신랑에게서 신부 후엘룬을 빼앗은 예수게이에 이르기까지 '약탈'이 일상사처럼 진술된다. 성실과 정직만으로는 살아남을 수 없는 열악한 초원의 삶에서 약탈은 선악의 윤리를 넘어 생존의 방편으로 받아들여진 듯하다.

몽골인은 그들이 늑대에게서 태어났다고 믿는다.

늑대를 몽골어로 '천'이라고 하지만 유목민들은 함부로 그 이름을 부르지 않는다. '초원의 짐승'이라고 돌려 말한다. 이는 호랑이를 '산주' '큰짐승'이라고 돌려 말하는 우리의 어법과 비슷하다.

설화에 따르면, 태초에 '부르트 친'이라는 최초의 남자가 있었다. 성경의 아담과 같은 존재다. 그가 외로워 '거마륵'이라고 하는 아름다운 사슴을 최초의 여자로 만들어 짝을 이루었다.

『몽골비사』의 첫머리에는 "지고하신 하늘의 축복으로 태어난 부르테 치노(잿빛 푸른 늑대)가 있었다. 그의 아내는 코아이 마랄(흰 암사슴)이었다. 그들이 텡기스를 건너와 오난강의 발원인 보르칸 성산에 터를 잡으면서 태어난 것이 바타치 칸이다"라고 적혀 있다.

몽골의 개조설화에 등장하는 늑대를 흔히 '푸른 늑대'라고 하지만, 기록에 남은 어의로는 푸른색이 아니라 회색인 '사랄(caapaл)' 늑대가 맞다. 그렇다면 왜 현실에도 없는 '푸른 늑대'라 했을까. 이는 몽골인들이 섬기는 '후에 문헤 텡그리(영원한 푸른 하늘)'에서 비롯된 듯하다. 그들은 이웃한 주변의 부족과 색으로 구별하여 말하기를 자신들을 '푸른 몽골(청몽골)'이라고 하였다.

'푸른 늑대'는 몽골만의 것은 아니다. 푸른 늑대는 전쟁에 나선 위구르의 오구즈 칸을 도와 승리로 이끌었으며, '터키의 아버지'라 불리는 무스타파 케말 아타튀르크를 지칭하기도 한다. 이처럼 푸른 늑대는 고대와 근대를 오르내리며 신성한 존재로 섬겨졌다.

검은 늑대도 등장한다. 푸위광의 『샤먼론』에는 만주족과 다우월족, 오로촌족, 에벤키족의 일부 샤먼들이 검은 늑대를 숭배했다고 전한다. 검은 늑대는 악을 미워하는 샤먼의 수호신이며, 악한 마귀를 물리치는 정의의 사도로 받아들여졌다.

검든 푸르든 늑대는 몽골계 유목민 이전에도 신성하게 여겨졌다. 튀르크계인 돌궐족과 위구르족도 늑대를 군기 속에 담아 그 위용을 섬겼다. 늑대는 키르기스족을 비롯한 여러 유목 부족의 영웅설화에도 등장한다. 기원전 2세기경 오손(烏孫)의 왕 곤막을 비롯해, 위기에 처할 때마다 늑대가 나타나 도와준 이야기는 유라시아의 초원에 폭넓게 퍼져 있다.

그런가 하면 『위서』에 실린 '연연흉노도하고차열전'에는 늑대와 인간의 혼례도 등장한다.

흉노 선우에게 두 딸이 있었는데, 하늘과 짝을 채우길 바라며 광야에 누대를 지어 살게 했다. 늑대가 찾아와 그 곁을 지키며 떠나지를 않았다. 작은딸이 이를 예사롭지 않게 여겨 늑대와 짝을 맺어 아들을 낳았다. 그 후손들은 목소리를 길게 빼어 노래하는 걸 좋아했는데, 그 소리가 늑대의 울음소리를 닮았다. 또한 『주서』의 '돌궐전'에 따르면 돌궐을 세운 아사나 가문도 암늑대와 짝을 지어 태어난 막내아들에서 시작되었다 한다. 아사나는 튀르크어로 '늑대'라는 뜻이다.

이처럼 늑대는 유목민에게 천적이자, 신성하게 여기는 동물이다. 저주와 경의가 함께 바쳐지는 짐승이다. 늑대는 운이 좋은 동물로 여겨져 보거나, 잡으면 길조로 여긴다. 위구르족이나 키르기스족을 비롯한 중앙아시아의 유목민들은 아이를 낳으면 늑대 가죽으로 덮어 기르고, 늑대의 이빨이나 뼈를 곁에 두는 풍습이 있다. 늑대가 지닌 지혜와 용맹한 기운을 얻으리라는 믿음 때문이다.

욜린암의 말

우문고비의 욜린암은 관광지로 유명하다.

여름에도 얼음이 남아 있을 만큼 깊은 협곡에는 '욜'이라는 맹금류가 산다. 학명으로는 수염수리라 불리는 욜은 부리 밑에 점잖게 수염을 매달고 있다. 욜은 독수리와 달리 뼈까지 먹는 걸로 유명하다. 삼키기 어려운 큰 뼈는 하늘로 높이 쥐고 올라가, 쇳덩이 같은 바위에 떨어뜨린다. 바위에 부딪쳐 깨진 뼈 안의 골수를 꺼내먹는 욜은 몽골에서도 두어 군데밖에 살지 않는다.

아무리 둘러보아도 이따금 구멍을 드나드는 조름이라는 설치류 외에는 보이는 것이 없다. 그러나 욜린암에는 사람의 눈을 피해 수많은 식생들이 살아가고 있다. 겨우내 얼어붙은 빙하가 움직이며 깎아낸 협곡에는 이르비스라 불리는 눈표범과 야생 염소인 아이벡스가 산다. 눈표범을 피해 아이벡스나 아즈갈리 양은 수직에 가까운 절벽에 붙어산다. 눈표범도 그에 맞춰 꼬리를 준비했다. 몸의 절반에 가깝도록 길고 굵은 눈표범의 꼬리는 줄타기를 하는 곡예사가 든 장대처럼 균형추 역할을 한다. 눈표범은 신령한 존재로 사람 눈에 띄지 않아 '유령 표범'이라고 불린다. '남산의 표범은 안개비가 내릴 때는 털빛이 상할까봐 산을 나와 가축을 먹지 않는다'는 표은(豹隱)이라는 말이 그저 나온 것이 아니다.

한여름에도 얼음을 볼 수 있다는 명성으로 욜린암은 관광객에 시달린다. 주차장은 차들로 붐비고, 온갖 장사꾼들이 포진해 있다. 욜린암의 돌멩이나 눈향나무를 깎아 만든 기념품 노점상부터, 욜린암 골짜기까지 오가는 말들이 손님들을 기다리고 있다.

이곳의 말들은 신경질이 많고 주인에게 대들 만큼 사납다. 땡볕에서 손님을 기다리는 동안에도 뒷발로 서로를 걷어차며 포악을 부린다. 그런 말들답게 종종 사고를 내기도 한다. 몇 해 전에도 중국 관광객이 말에서 떨어져 사망하는 사고가 발생했다. 그러나 이튿날에도 말들은 여전히 손님을 태우느라 북적였다. 관광객이 몰려들어 마부가 모자라면 걸음마를 겨우 떼었을 정도의 아이가 고삐를 잡기도 했다.

욜린암의 말들이 유난히 사나운 데는 이유가 있다. 관광객이 늘면서 말들은 온종일 사람을 태우고 같은 길을 오가야 했다. 짭짤한 재미를 본 마주들은 말이 지치거나, 신경이 날카로워지는 것은 아랑곳하지 않는다. 사람을 태우지 않으려고 발길질을 하는 말을 보고 주저하는 관광객에게 연신 '쥬게르!'(괜찮아)를 연발할 뿐이다. 발버둥치는 말을 손님이 보는 앞에서 매질하는 짓도 서슴지 않는다.

단체관광객이 몰려와 자신의 말이 모자라면 다른 집의 말까지 섞어 태운다. 말들 사이에도 서열이 있고, 친소 관계가 있다. 낯선 말이 곁에 오면 싸움을 벌이거나 갑자기 속력을 내어 달아나기도 한다. 머플러가 바람에 날리기만 해도, 카메라의 셔터음에도, 낯선 외국어에도 놀라는 말에게 이런 이질적인 대오를 짝짓는 건 사고를 유도하는 것이나 다름없다.

아무리 말을 못 하는 짐승이라 해도 날마다 같은 길을 쉴 틈 없이 오가게 하는 것은 고문이나 다름없다. 말에게도 희망이 필요하다. 마주가 휘두르는 채찍에 마지못해 손님을 태우고 허리가 휘도록 걷던 말도 종착점이 가까워지면 희망을 갖는다. 잠시 후면 지긋지긋한 사람을 내려놓고 쉴 수 있다는 희망으로 마지막 힘을 짜낸다. 그래서 출발할 때는 느릿느릿 가던 말들이 종착점이 가까워지면 갑자기 속도를 내어 내달린다. 서둘러 돌아가 쉬고 싶다는 바람 때문이다. 그런데 돌아오자마자 줄을 지어 기다리고 있는 손님을 태우고 다시 가라면 말 못하는 말이라도 어찌 할말이 없겠는가. 말의 말은 행동이다. 뒷발로 걷어차고, 입에 물린 재갈에 혀가 찢겨 피를 흘리면서도 사람을 태우지 않으려 버둥거리게 된다.

재갈이 주는 아픔에 어쩔 수 없이 사람을 태운 말은 어떻게든 사람을 떨어뜨리려 애쓴다. 일부러 가파른 바위 곁으로 가거나, 입간판에 접근하여 손님을 부딪치게 한다. 말은 예민하고 영리하다.

말에서 떨어지면 골절상을 입기 쉽다. 초보자들은 말에서 떨어질까 싶어 등자 깊숙이 발을 집어넣는다. 그러다가 말에서 떨어지면 등자에서 발이 빠지지 않아 전속력으로 달리는 말에게 끌려가며 큰 위험에 빠지게 된다. 유목민들은 말에서 떨어지는 법부터 배운다고 한다.

욜린암의 말들이 사나운 것은 희망이 없기 때문이다.

아무리 고된 일이라도 끝이 있다면 견딜 수 있다. 그러나 같은 길을 끝없이 오가야 하는 욜린암의 말들은 절망한다. 욜린암의 말들은 시시포스적이다. 거기에 실존적 삶이 있는지는 몰라도, 끝없는 괴로움이 젖은 솜처럼 매달릴 것은 확실하다.

사람은 어떻게 말을 탔을까

말만큼 말이 많은 가축이 없다.

유목민에게 말은 식용이며, 탈것이며, 온갖 살림살이의 재료이기도 하다. 말이 없었다면 유목이 가능했을까. 말이 없었다면 초원의 제국도 존립하지 못했을 것이다. 전쟁에 나선 몽골군이 하루에 300km를 이동하는 기동력도 말이 있어 가능한 일이었다. 식량이 떨어지면 몽골군은 말의 핏줄을 베어 그 피를 마시며 연명하였다니 말은 병참 역할까지 한 다목적 군수품인 셈이었다.

말은 하늘에서 내려온 신성한 동물로 전해온다. 바람을 일으키며 초원을 달리는 모습이 날개를 단 새처럼 여길 만하다. 말은 달리기에 최적화된 신체를 가졌다. 크고 늘씬한 다리에, 바람을 가르며 달리도록 털마저 없는 매끈한 피부, 탄력을 주어 가속을 낼 수 있는 둔부와 허벅지는 관능적이다.

최초로 말을 길들여 전쟁에 사용한 것은 스키타이족으로 알려져 있다. 흑해 북쪽의 초원에 살던 스키타이는 이란계 유목민이 주류였으나, 여느 유목 부족과 마찬가지로 주변의 부족과도 섞이며 무리를 이루었다. 최근에는 알타이 동쪽 투바공화국에서 발견된 무덤을 근거로 스키타이의 기원을 기원전 900년경의 시베리아로 보는 견해도 있다. 다만 그들이 최초로 기록에 등장한 것이 헤로도토스의 『역사』이기에 기원전 700년경의 흑해 부근을 근거지로 본다. 스키타이를 가리키는 그리스어 '스쿠타이(Scuthai)'는 인도유럽어족의 '슛(shoot, 쏘다)'이라는 단어에서 비롯되어 이들이 활을 쏘는 수렵 부족이었음을 암시한다.

유목민에게 말은 일생을 함께하는 존재다. 남자의 경우, 돌맞이에 선물 받은 말을 시작으로 평생을 말과 함께 살아간다. 스키타이 이래로 말은 주인을 따라 순장되어 무덤까지 함께 가며, 이는 몽골제국에도 이어진다. 이븐 바투타(Ibn Battutah)의 기록에 따르면, 말들은 칸의 무덤을 평평하게 다진 뒤에 나무 말뚝에 꿰여 함께 땅속에 묻혔다 한다. 땅에 묻힌 주인은 이 말을 타고 저승으로 간다고 한다.

말이란 것이 그저 잡아타면 될 것 같지만, 사람이 말을 타기까지 수많은 도구와 노력이 필요했다.

바양울기의 카자흐족 민가에 묵을 때였다. 날이 저물 무렵, 말을 길들이는 장면을 보게 되었다. 고삐와 안장을 처음 해보는 말은 제 등에 탄 사람을 무수히 떨어뜨렸다. 그걸로도 모자라 땅바닥에 제 몸을 팽개치기를 거듭했다. 결국 사람이 포기하고 게르 곁에 매어놓았다. 사람들이 떠난 뒤에도 줄에 매인 말은 혼자서 제 몸을 땅에다 내동댕이쳐댔다. 이튿날에도 말은 제 몸을 패대기치다가 바닥에 나동그라져 있다. 사람을 태울 바에는 쓰러져 눕겠다는 심산이었다. 말 고집이라는 말이 그냥 나온 게 아니었다.

그런 말을 타려면 여러 마구가 필요하다. 말을 길들이기 위해 가장 먼저 등장한 마구가 재갈이다. 기원전 3000년경에 등장한 재갈은 앞니와 어금니 사이가 비어 있는 말의 치아구조를 이용해 충격적인 자극으로 야성이 강한 말을 조종할 수 있었다. 나중에 등장한 고삐는 한 사람이 여러 말을 제어할 수 있게 했고, 수레나 전차에 말을 쓸 수 있게 했다.

말을 타는 데 긴요한 것으로 안장이 있다. 안장의 형태와 재료는 부족에 따라 차이가 있다. 몽골 유목민들은 옹이가 없는 나무를 깎아 안장을 짜맞춘다. 나무 안장의 틀에 가죽을 씌우는데 소가죽을 주로 쓰며 부자들은 부드러운 돼지가죽을 쓰기도 한다. 주인의 취향에 따라 은이나 금속 장식으로 화려하게 치장하기도 한다.

빠른 속력으로 달릴 때는 사람의 체중을 줄여주기 위해 안장에서 몸을 떼어선 자세로 탄다. 그럴 경우, 달리는 말의 요동이 사람의 몸에 전달되지 않고, 말도 무게를 덜어 빠르게 달릴 수 있다. 서서 타는 자세를 유지하기 위해 몽골 유목민의 안장은 앞을 높게 만든다. 이런 자세가 말 위에서 활을 쏘는 동작을 가능하게 했다. 말에게 안장을 얹고서 타지 않고 벗겨내는 것은 불길하게 여겨 꺼리며, 안장은 아무리 살림이 어렵더라도 팔지 않았다. 이는 안장이 바로 말 주인의 운명과 일체화된 상징물로 여기기 때문이다.

고대 스키타이의 유목민들은 안장 없이 말을 탄 걸로 알려진다. 그 가운데서도 왕의 호위무사인 '에나리스'는 직업적으로 말을 타는 상비군이었다. 여러 부족의 연합체였던 스키타이는 반란을 막기 위해 부족장들의 자식을 왕실로 들여 친위대를 만들었다. 특권을 부여했지만 일종의 볼모였다. 강인욱의 『유라시아 역사 기행』은 이들이 평시에는 일을 하지 않고 오로지 전쟁에 나가 싸우는 일만 담당했으며, 이들에겐 화려한 전리품이 주어졌다고 말한다. 실제로 이들이 묻힌 파지릭의 고분에서는 수많은 위신재(prestige goods, 소유한 사람의 신분이나 권력을 상징하는 물건)가 발굴되었다 한다.

이들은 왕을 호위하며, 전쟁에 나가 최전선에서 싸웠다. 이 때문에 이들은 여느 유목민보다 말을 많이 탄 집단이다. 이로 인해 성불구자가 많았다는 기록이 헤로도토스의 『역사』에 실려 있다.

"아스칼론의 신전을 유린한 스키타이인과 그 자손은 훗날까지 신벌을 받아 '여성병'[8]에 걸렸다. 스키타이인도 이들의 병은 위와 같은 원인에 의한 것이라고 하는데, 그들이 에나레에스[9]라고 부르는 이들의 실상은 스키타이에 오면 눈으로 직접 확인할 수 있다고 말한다."

로마 공화정 시대에 군사 지휘관을 수행했던 정예 집단 '코미타투스

---

8 이것이 정확히 무엇을 가리키는지에 대해서는 여러 가지 설이 많다. 성병, 남색, 음위 등이 그것이다. 이 병은 요컨대 남성적인 특징이 퇴화하고 심신이 모두 여성화하는 병이다. 성적 기능도 상실된다고 한다면 유전도 되지 않겠지만 그 정도는 아니고, 유전으로 이따금 나타나는 것인지도 모른다.(옮긴이 박현태 주, 동서문화사, 2016)

9 여기서는 에나레에스를 스키타이어라고 하지만, 그 말 자체가 이미 그리스어가 되었는지도 모른다. 헤로도토스는 제4권에서 다시 이에 대해 언급하고 있는데, 여기에서는 '남자와 같은 여자, 혹은 여자와 같은 남자'라고 의역하고 있다.(옮긴이 주, 같은 책)

(comitatus)'를 연상시키는 이 성불구의 친위대는 잔인하기로 유명했다. 전쟁에 나선 그들은 미녀와 재물도 관심 없이 무자비하게 살육하였다고 한다. '즐거움에는 관심이 없다'는 히포크라테스의 말이 반추되는 대목이다.

이들에 대한 그리스인들의 공포는 극에 달했다. 처음으로 말을 탄 유목민을 본 호메로스 시대의 그리스인들은 충격에 빠졌고, 그 충격의 상상력이 반인반마의 켄타우로스를 탄생시켰다 한다. 그것은 그리스인만이 아니라 남미 원주민들도 마찬가지였다.

인디언들의 눈에도 피사로나 에르난 코르테스의 기병대 병사들이 켄타우로스처럼 보였을 수 있다.
"말을 탄 사람들 중의 하나가 말에서 굴러떨어졌다. 지금까지 하나의 몸뚱이인줄 알았던 그 동물이 갑자기 두 토막으로 나뉘는 것을 보고, 인디언들은 비명을 지르면서 동료들에게 동물이 둘로 나뉜다고 소리치며 등을 돌리고 달아났다. 그것은 신비스러운 일이었다. 만일 이런 일이 없었다면, 그곳에 들어갔던 기독교인들은 모두 살해당했을 것이다." 이것은 프레스콧이 인용한 이야기이다. [10]

말은 제국의 정벌과 정복에 결정적인 역할로 등장한다.
아들을 미워하던 흉노의 두만선우는 평소 눈엣가시처럼 여긴 아들 묵돌을 월지에 볼모로 보내는데, 놀라운 지혜로 월지의 감시를 뚫고 탈출하는 데에도 말이 등장한다. 스스로 말치기를 자청한 묵돌은 눈여겨보았던 월지 왕의 애마를 훔쳐 타고 돌아와 아버지 두만선우를 죽이고 흉노를 초원의 강대한 제국으로 만든다.

남미 원주민들의 생각대로 유목민에게 말은 한몸이나 다름없다. 걸음마보다 먼저 말 등에 오르는 이들이다. 바양달라이의 나담 축제에 구경 온 어린아이는 말 인형을 배에 달고 있었다. 말을 타지 못하면 말 인형이라도 배에 붙이고 다니는 게 유목민들이었다.

10 호르헤 루이스 보르헤스, 『보르헤스의 상상 동물 이야기』, 남진희 옮김, 민음사, 2016, 88쪽.

전쟁터에서 돌아온 말

말은 몽골의 도처에 있다. 몽골 국영항공사인 MIAT의 로고도 말의 형상이다. 항공기 날개에 그려진 말을 보면, 말은 하늘의 존재라는 걸 실감하게 된다. 그리스신화에는 대지와 떨어지면 무력해지는 영웅 안타이오스가 등장한다. 용맹을 떨치던 몽골군도 말에서 내려서면 무력해졌을 것이다.

1243년 난데없이 유럽에 나타난 몽골군을 처음 본 독일과 헝가리의 연합군 병사들은 그들의 작은 말을 보고 '쥐를 타고 왔다'고 조롱했다. 서양 말에 비해 체구는 작고 다리도 짧지만 몽골의 말들은 야성이 강하며 지구력이 강하다.

프르제발스키 말이라고 불리는 '타키(takhi)'는 몽골 말의 조상으로 보호되고 있다. 몽골고원에 야생하던 타키는 1969년에 멸절하였으나, 유럽 등지의 동물원에 보내졌던 몽골 말들의 혈통을 복원하여 현재 호스타이 국립공원에서 야생 상태로 살아가고 있다.

유목민 아이는 세 살 때부터 말타기를 익힌다. 아무 말이나 타는 게 아니라 '춰드링 멀'이라고 불리는 순한 말을 탄다. '춰드링'이란 말이 멀리 가지 못하도록 다리에 채우는 족쇄다. 춰드링은 가죽끈으로 앞의 양발과 뒤의 왼쪽 발을 묶는다. 말은 천천히 움직일 수는 있지만, 멀리 뛰어갈 수는 없다. '춰드링 멀'은 어려서 어미를 잃은 망아지를 게르 안에서 우유를 먹여 기른 말이다. 말하자면 어려서부터 사람의 손에 길들여진 말을 뜻한다. 요즘으로 치자면 강아지나 고양이처럼 사람과 친근하게 지내는 반려동물인 셈이다.

말을 다루자면 다양한 마구들이 필요하다.

방향을 조종하는 고삐를 '졸로'라 하고, 말의 턱 아래로 이어진 끈을 '쉬르'라 하며 이 둘을 묶어서 '촐보르'라 한다. 말의 가슴 부분을 둘러맨 끈은 '사갈드락'이라 하는데, 말이 요동쳐도 쉽게 벗겨지지 않도록 한다. 야성이 강한 말을 제어하기 위해 입안에 채워진 재갈을 '암가이'라 한다. 앞니와 어금니 사이가 비어 있는 말의 치아 구조에 맞춰 에스 자의 쇠사슬 형태로 만들며, 고삐와 연결되도록 좌우에 원형 고리를 만든다. 이 모든 마구를 통틀어 '하마르'라고 부른다. 마구에 쓰이는 끈들은 질긴 소가죽을 쓴다. 말가죽도 질기지만, 죽은 말의 가죽으로 살아 있는 말을 묶는 것을 잔혹하게 여겨 쓰지 않았다.

말을 달리게 하기 위한 채찍은 '타쇼르'라 하는데, 길이가 어른 주먹 아홉 배 정도가 된다. 타쇼르는 유목민에게는 마구 이상의 신성한 도구로 취급된다. 타쇼르를 주우면 말이 크게 늘어나는 길조로 여기는데, 칭기즈칸이 '황금 채찍'으로 불리는 타쇼르를 주운 천진벌덕(Цонжин Болдог)엔 기념관을 지어 성역처럼 섬긴다.

타쇼르는 유사시에 무기로도 쓰인다. 말을 타고 가다 낯선 사람을 마주치면 등자에서 발을 빼어 공격의 의사가 없음을 표해야 한다. 만약 속력을 줄이지 않고 달린다면 적으로 간주하여 타쇼르로 공격을 받게 된다.

풀어놓은 말을 잡는 데에 쓰는 '오르가'도 무기로 쓰인다. 낭창거리는 긴 나무를 길게는 여덟 발까지 잇대어 만드는데, 부러지지 않도록 탄력이 좋고 질긴 버르가스나 호스나무를 쓴다. 말의 머리에 고리가 쉽게 들어가도록 직선이 아니라 구부러지게 만든다. 이를 위해 나무를 물에 담가 완만하게 휜다. 긴 나무를 구하기 어려워, 짧은 나무들의 끝을 삼각으로 잘라 아교를 발라 짜맞춘다. 완성된 오르가는 벌레와 습기를 막기 위해 소똥을 발라 윤을 내며, 땅에 뉘지 말고 늘 세워두어야 한다. 오르가는 벼락을 피하기 위해 게르에서 떨어진 곳에 세워 피뢰침 역할로도 쓴다. 또한 초원에서 사랑을 나누는 연인들의 표식으로도 쓰인다. 말 두 마리가 세워져 있고, 오르가가 꽂혀 있다면 접근하여 사랑을 방해하면 안 된다.

내몽골의 일부 지역에서는 말의 빛깔과 주인의 이름을 붙여 이름을 짓기도 한다. 장룽의 『늑대토템』에 실려 있는 내용을 소개한다.

"올론초원에서 말에게 이름을 지어주는 전통적인 방법은 말을 길들인 사람의 이름에 말의 색깔을 덧붙이는 것이 보통이었다. 예를 들면 빌게훙, 바투백, 람자브흑, 샤츠룽회, 상지예청, 도르시황, 장지엔갈, 양커황화, 천전청화 등등이다. 말의 이름이 한 번 정해지면 그 이름이 평생 그 말을 따라다녔다. 올론에서 말의 이름이 겹치는 경우는 매우 드물었다."

그러나 몽골의 유목민들은 대체로 말에게 이름을 지어주지 않는다. 말의 색깔에 따라 품종을 나누어 부를 뿐이다. 문양과 색에 따라 나눈 말의 명칭은 세분되어 있다. 몇 가지 예를 들면, 버리멀(흰색), 홍고르멀(모래색), 하르멀(검은색), 할타르멀(회색), 후렌멀(갈색), 할륭멀(주황색), 처허르멀(점박이), 알락멀(크게 다른색으로 나뉜 말), 할장멀(앞머리만 흰색), 사르태멀(앞머리에 흰점), 훌랑멀(고비의 연갈색 야생마), 초허르멀(흰색에 적은 점), 가리온멀(회색에 갈기와 등줄기에 검은 털)…… 세상의 모든 색보다 많은 말들이 있는 셈이다.

칭기즈칸은 어떤 말을 탔을까. 『몽골비사』에는 그가 탄 두 종류의 말이 언급되어 있다. 먼저 적이 쏜 화살을 목등뼈에 맞은 말의 이야기다. 전투를 끝낸 칭기즈칸은 사로잡힌 포로들에게 자신을 향해 활을 쏜 자를 찾는다. 그때, 지르고아다이라는 병사가 자신이 쏘았다고 나섰다. 칭기즈칸은 적대 행위를 감추지 않고 당당히 인정하고 나선 그의 패기를 높이 사 '동무할 만한 사람'이라고 중용한다. 그리고 자신의 화살이 되어 싸우라고 '제베(화살)'라는 이름을 지어준다. 그때, 화살을 맞은 말은 주둥이가 흰 '고라말'이라고 전해온다.

칭기즈칸이 마지막으로 탔던 말은 암차강홀이라 불리는 종류로 알려져 있다.

암차강홀은 주둥이가 희고, 황갈색의 몸통에 검은 줄이 등에 있는 말이다. 서하를 정벌하러 나선 칭기즈칸의 '조소토 보로'라는 말이 난데없이 나타난 야생마에 놀라 그를 떨어뜨렸다고 한다. 그리고 병석에 누운 그는 다시 일어나지 못했다. 버드러는 책으로만 전해오는 이 전설적인 암차강홀 말을 셀렝게의 수흐바타르에서 보았다고 우겼다. 다소 흥분한 목소리로 이야기하는 그는 거의 부활한 칭기즈칸을 만난 듯 감격한 얼굴이었다.

말은 유목민에게 살아 있는 분신이었다. 가축을 훔쳐가는 도적 가운데서도 말 도둑은 엄히 다스려졌다. 칭기즈칸 어록의 29조에는 "말을 훔친 자는 아홉 마리를 변상한다. 변상할 말이 없으면 아들을 내주어야 한다. 아들도 없으면 양처럼 본인이 도살될 것이다"라고 명시되었다.

말은 나담 축제의 가장 인기 있는 주인공이다. 4 ~ 7세의 아이들이 기수로 출전하는 말 경주는 유목민 집안의 조련술이 비교되는 행사다. 나담을 위해 몇 달 전부터 말은 먹이를 제한하고, 달리기와 특별한 조련을 받는다. 나담에서 우승한 말은 전국에 방송으로 중계되며 억대가 넘는 고가로 거래된다. 헨티의 말들이 잘 달리기로 유명하다.

실제로 나담의 말 경주는 기수보다 조련사에게 공이 돌아간다. 조련사는 말의 상태를 점검하고, 가슴이나 발목 부위를 베어 피를 흘려내어 폐의 기능을 좋게 하는 등 비전의 조련술로 말에 날개를 다는 마법사들이다.

초원의 말들은 늘 디근 자다. 한시도 쉬지 않고 머리를 숙여 풀을 뜯는다. 한낮에 풀을 안 뜯고 앞만 보고 달려가는 말은 집을 찾아가는 말이다. 종종 먼 곳으로 팔려간 말이 주인을 찾아온 이야기가 전해진다. 집으로 돌아온 말은 다시 돌려보내지 않는다 한다.

베트남전쟁에 공출되어 보내졌던 말이 몽골의 고향으로 돌아온 일화가 유명하다. 1961년 가을, 사회주의 국가였던 몽골은 전쟁중인 북베트남을 돕기 위해 500마리의 말을 보냈다. 몽골 군인 300여 명이 화물열차에 동승하여 말들을 호송

하고 7일 만에 베트남에 도착했다. 화물열차에서 말들을 내려 우리로 들이던 중에 흑밤색 종마 한 마리가 울타리를 뛰어넘어 달아났다. 군인들이 뒤를 쫓았지만 잡지 못했다. 1963년 온몸이 상처투성이가 된 흑밤색 종마가 몹시 지친 모습으로 몽골의 주인 게르 앞에서 크게 울어댔다. 이태 만에 그 먼 거리를 달려 집으로 돌아온 것이다.

말은 어느 가축보다 영리하다고 전해진다. 장룽의 『늑대토템』에는 근친교배를 피하려는 말의 지혜가 소개되어 있다. 숫말은 대략 열 마리 정도의 가족을 거느리는데, 암망아지가 성장하면 물어뜯듯이 화를 내며 무리에서 쫓아낸다고 한다. 어린 암말이 울면서 어미 곁을 빙빙 돌아도 매정하게 발길질로 쫓아낸다는 것이다. 이는 근친교배를 피하기 위한 아비 말의 냉정한 처방이라 한다.

일부 못된 사람을 가리켜 개만도 못하다는 표현은 앞으로 말보다 못하다로 바꿔야 할 것이다.

낙타는 왜 힘들게 사막에서 살까

바양달라이를 지나가다 낙타떼를 보았다.

얼마 전에 내린 비가 고였던 웅덩이는 말라붙어 쩍쩍 갈라져 있었다. 목이 마른 낙타들은 웅덩이 바닥을 발로 헤집어댔다. 먼지만 풀풀 날릴 뿐 웅덩이엔 축축한 물기조차 찾을 수가 없었다. 그때 부탄가스통을 목에 건 어린 낙타가 다가왔다. 어미의 젖을 빨지 못하도록 턱에다 가스통을 달아맨 것이다. 젖떼기를 하는 어린 낙타는 연신 어미의 젖을 찾아 엎드렸지만 헛수고였다. 마른 땅을 해집는 어미나, 빨 수 없는 젖을 간구하는 새끼나 애가 탈 만했다.

스벤 헤딘과 브루노 바우만 같은 탐험가들과 함께 사막을 건너다가 먼저 죽어간 것도 낙타였다. 낙타는 천성적으로 고초와 갈증을 등에 매단 존재라는 생각이 들었다. 낙타는 왜 살기 힘든 사막에 살까. 사막에 우두커니 서서 땡볕을 맞는 낙타를 보면 '운명'이라는 단어를 떼어낼 수가 없다.

몽골의 쌍봉낙타는 티메라 불린다.

몽골에서도 가장 살기 힘든 불모의 땅을 지키고 있는 이 거대한 동물에 대해 유목민은 수많은 서사를 만들어냈다. 서사 속의 낙타는 주로 순진한 피해자 역으로 등장한다. 덩치는 크지만 순해 보이는 낙타는 태생적으로 결핍의 짐승이다.

낙타에겐 멋진 뿔이 있었다. 어느 날, 물을 마시러 온 사슴이 홍대 클럽에 놀러간다며 낙타에게 뿔을 빌려달라고 했다. 뿔을 빌린 사슴은 클럽에서 인기를 한 몸에 받았다. 욕심이 난 사슴은 뿔을 가지고 잠수를 탔다. 순진한 낙타는 지금도 뿔을 가지고 돌아올 사슴을 기다리느라 땡볕 쬐는 사막에서 살고 있다. 그리고 물을 마실 때마다 사슴이 오나 싶어 고개를 들고 멀리 바라보곤 한다. 사슴은 무얼 하고 있을까. 제 것이 아닌 뿔이 떨어져 사슴은 해마다 수선을 해야 한다.

덩치가 산만한 낙타는 사슴에게만 당한 것이 아니다. 친하게 지내던 쥐에게도 새치기를 당해 '띠'가 없는 가축이 되었다. 쥐에게 당한 낙타는 지금도 재를 보면 그 속에 숨은 쥐를 잡으려고 미친듯이 나뒹군다.

신은 띠가 없는 낙타를 위로하려고 12띠 짐승의 특성을 골고루 나눠주었다. 쥐의 귀, 소의 배, 호랑이의 발바닥, 토끼의 입술, 용의 쌍봉, 뱀의 목, 말의 갈기, 양의 털, 원숭이의 몸, 닭의 볏, 개의 뒷다리, 돼지의 꼬리가 그것이다. 신이 만든 이종 합체 로봇이 낙타인 셈이다.

몽골의 쌍봉낙타는 비상용 혹을 두 개나 달고 있고, 모래에 빠지지 않는 발굽을 가지고 있으며, 눈 속에 바다를 담았다. 암컷을 잉이라고 부르고, 수컷을 아트라 부른다. 주로 잉은 젖과 새끼를 얻고, 아트는 짐이나 사람을 실어나르는 데 쓰인다. 낙타도 야성이 강하나, 말과 달리 치열이 촘촘해 재갈을 물리지 못하니 코를 뚫어 코뚜레를 끼운다.

낙타는 모성애가 강한 동물이다. 산기가 느껴지면 무리에서 벗어나 아무도 모르는 곳에 숨어 새끼를 낳는다. 산고가 너무 심하거나, 색이 다른 새끼가 태어나면 어미가 젖을 물리지 않는 경우가 있다. 유목민들은 이럴 때 어미 낙타의 마음을 돌리기 위해 마두금을 연주해준다. 바람이 연주하는 마두금 소리에 어미 낙타는 눈물을 흘리며 새끼에게 젖을 먹인다. '잉그스후스'라 불리는 유목민의 이 풍습을 소재로 2003년에 비암바수렌 다바아 감독이 〈낙타의 눈물(The Story of the Weeping Camel)〉이란 영화를 만들어 화제가 되었다.

인간들은 이런 낙타의 모성마저 이용했다. 전쟁터에서 전사한 장군을 가매장할 때, 어미가 보는 앞에서 새끼 낙타를 죽이고 장군의 시신과 함께 묻었다. 전쟁이 끝나고 돌아갈 때 어떤 지표도 없는 벌판에서도 어미 낙타는 새끼가 묻힌 곳을 결코 잊지 않았다고 한다.

이런 슬픔 때문인지 낙타의 눈은 늘 눈물에 젖어 있다. 유목민들은 이를 바다라고 표현했다. 낙타의 눈에는 바다가 보인다.

모성이 깊은 낙타의 젖은 사람의 모유와 가장 가깝다. 산모의 젖이 부족할 때 낙타 젖을 대용으로 쓴다. 사막에는 날카로운 가시를 지닌 낙타풀만이 군데군데 놓여 있다. 그것이 낙타의 주식이다. 날카로운 가시덤불을 뜯어먹고 사는 낙타에게 그런 젖이 나온다는 것이 신기하다.

니체의 『차라투스트라는 이렇게 말했다』에서 삶의 진정한 주인이 되기 위해 거쳐야 하는 정신의 첫 단계로 '낙타'를 꼽았다. 무거운 짐을 짊어지고 사막을 건너는 낙타의 걸음에 주목했겠지만, 입이 해지도록 가시덤불을 먹고 사는 인내야말로 초인의 첫번째 덕목이 아닐까 싶다.

바양자크의 테멘 사브로에 가면 바람이 깎아놓은 흙무더기의 쌍봉낙타가 서 있다. 해가 질 무렵이면 흙덩어리 낙타들이 우는 소리가 들린다. 낙타는 슬픔으로 지어진 결핍의 화석이다.

고비사막의 고래 낚시

오래전, 하늘에는 일곱 개의 해가 있었다. 사람들은 너무 뜨거워 고통을 겪었다. 메르켕(명궁)이 일곱 개의 해를 활로 쏘아 떨구겠다고 나섰다. 실패할 경우 활을 쥐는 엄지손가락을 자르고 평생 해가 없는 땅속에서 살겠다고 장담했다. 과연 메르켕은 여섯 개의 해를 활로 쏘아 떨어뜨리고 마지막 남은 해를 향해 활을 쏘았다. 날아가던 화살이 마침 지나가던 제비의 꼬리에 맞아 떨어지고 말았다. 메르켕은 화가 나서 말을 몰아 제비를 쫓았지만 날랜 제비는 그의 말보다 빨랐다. 메르켕은 자신의 약속대로 엄지를 자르고 땅속에 사는 타르박이 되었다.

지금도 타르박은 이따금 구멍에서 나와 두 발로 서서 해를 노려본다. 구사일생으로 살아남은 해는 그 후로 메르켕의 화살이 무서워 동쪽에서 서쪽으로 달아나기 시작했다.

'몽골 마멋'이라 불리는 타르박은 엄지가 없이 손가락이 네 개뿐이다. 고기 맛이 좋아 밀렵으로 씨가 마르자 몽골 정부에서 사냥을 금지시켰다. 그 정도로 맛있지만, 유목민들은 타르박이 사람이 변해서 된 동물이라 여겨 '사람 고기'라고 불리는 어깨 아랫살, 앞다리 위쪽과 신장 옆에 붙은 살점과 쇄골은 먹지 않고 발라버린다.

제비를 이기지 못한 말은 어떻게 되었을까. 쥐가 되는 벌을 받았다. '알락딱'이라고 불리는 사막 쥐는 희고 검은 털이 박힌 긴 꼬리를 가졌다. 알락딱은 지금도 사람을 보면 달아나지 않고 반갑게 달려온다. 주인인 줄 알고 반가워 달려왔다가 아닌 걸 알고 황망히 달아난다. 홍고린엘스의 사막에서 알락딱과 마주쳤다. 세상에서 쥐를 가장 무서워하는 나는 반갑게 달려드는 알락딱에 놀라 '얘가 왜 이래?'하며 달아나기 바빴다.

제비는 지금도 말을 탄 사람이 지나가면 그 앞을 이리저리 날며 '나를 잡아봐요'라고 놀린다. 메르켕의 화살을 맞아 제비는 지금도 꽁지깃이 둘로 잘려 있다.

사막에 사는 갯지렁이가 있다고 한다.

'몽골리안 데스웜'이라고 불리는 이 환형동물은 고비의 모래 속에 산다고 전해진다. 입에서 강력한 산성의 독액을 뿜어내 낙타나 말을 잡아먹는 이 괴물을 고비의 유목민들은 '올고이 호르호이(олгой-хорхой)'라고 부른다. 1800년대 초, 러시아의 탐험대에 처음 발견된 후로, 1927년에는 고비사막을 지나던 대상들이 이 괴물이 낙타를 잡아먹는 장면을 목격했다. 1990년 들어 내셔널 지오그래픽을 비롯하여 서구의 학자와 탐사대가 괴물의 정체를 찾기 위해 조사 활동을 벌였는데, 그 실체는 확인하지 못했지만 여러 목격담과 피해 사례를 통해 실존 가능성이 있다고 결론을 냈다. 1992년 이 괴물이 유목민 어린아이를 모래 속으로 끌고 들어간 목격담을 러시아 학자가 채록했다. 1990년에는 미국의 론 언더우드 감독이 이 흐물거리는 괴물을 소재로 〈불가사리(Tremors)〉라는 영화를 만들었다.

길이가 2미터에서 14미터에 이르는 이 괴물은 모래 속에 숨어 지내다가 지상에서 전해지는 진동을 따라 엄청나게 빠른 속도로 쫓아온다고 했다. 이 괴물은 고비의 지형이 융기하기 전인 고생대 해저에서 살던 갯지렁이가 원형이라는 설도 있다.

용린암 자연사 박물관에는 이 괴물의 모형이 전시되어 있었다. 70센티미터가량 되는 길이의 구부러진 나무 모형은 거대한 야생 낙타 박제 아래에 뉘어져 있었다. 누구도 그것을 유심히 보지 않았다. 올고이 호르호이에 관한 지식을 갖추지 못한 사람에게는 그건 구부러진 나뭇가지로 여겨졌다. 그렇게 박물관의 모랫바닥에 뉘어져 있던 올고이 호르호이는 어느 해인가 사라졌다. 아무도 관심을 주지 않아 치워버렸는지, 확인되지도 않은 상상의 괴물을 과학적 지식을 기반으로 세운 박물관에 모셔두는 것이 올바르냐는 항의에 치워졌는지는 모르겠다.

그러나 광활한 고비가 바다였다는 사실만큼이나 올고이 호르호이의 존재도 구전될 자격이 있다. 한때 거대한 물고기가 떼를 지어 헤엄치고, 상어가 지느러미로 물살을 가르며 유영하던 고비에 서서, 낚싯대를 드리우는 상상은 황홀하다. 사막 위로 떠오르는 흰 달에 걸터앉아 낚시를 드리우면, 모래바다 속에서 푸우 소리를 내며 거대한 고래가 불쑥 솟구쳐오른다. 오, 낚시에 걸린 흰수염고래여! 나는 스스로 작살에 꿰어 모래바다 깊숙이 잠겨 끝없이 떠다닐지니 ……

엄청나게 큰 비가 몇 해를 쉬지 않고 퍼부어, 고비가 다시 바다로 돌아간다면, 지금 내가 남긴 발자국과 버려진 폐자동차와 바람이 울어대던 저 사막의 황금 언덕도 전설이 될 것이다. 그것은 광활한 해저 초원에서 수많은 고래와 가다랑어와 인어에게 신비로운 이야기로 전해질 것이다.

바다에서 상륙한 전설은 고비의 도처에 패각처럼 남아 있다.

믿거나 말거나 그것은 선택의 자유이지만, 혹시도 모를 괴물과의 만남을 피하려면 가능한 한 사막에서 비명을 지르며 썰매를 타지 맙시다! 그리고 혹 사막에 혼자 서서 오색 찌가 달린 낚싯대를 드리운 사나이가 있더라도 놀리거나 비난하지 마시라!

몽골에는 사람을 잡아먹는 염소가 있다

『유토피아』의 저자 토머스 모어 경은 "양이 사람을 잡아먹었다!"고 외쳤다.

영국에서 양모산업이 발전하면서, 농사보다 양을 기르는 것이 이익이 된다고 생각한 지주들이 농토에 울타리를 쳐서 초지를 만들었다. 양에게 농지를 빼앗긴 농민들이 살길을 잃은 상황을 풍자한 말이다.

중세 봉건시대의 장원은 울타리가 없었다. 영주의 봉토에서 농민들은 울타리가 없이 공동으로 농사를 지었다. 양을 위한 초지가 필요해지자 울타리가 등장한다. 울타리 밖으로 쫓겨난 농민들이 살길을 찾아 도시로 몰려들며 산업혁명의 단초가 되는 공업화가 시작된다. 이를 두고 울타리 운동(Enclosure Movement)이라 하는 이유이다.

유목민에게 초원은 공유지다. 울타리를 치거나, 측량을 하여 등기하는 사유의 개념이 없었다. 그런 초원에 울타리가 등장한다. 1990년에 자본주의 헌법을 받아들인 몽골은 토지를 국가 소유로 두었다. 필요한 사람은 정부의 허가를 받아 땅을 빌려 사용할 수 있다. 30~50년간 빌릴 수 있으며 연장이 가능하니 사유나 다름없다. 다만 빌린 토지는 놀려둘 수가 없다. 집 지을 형편이 되지 않으면 울타리라도 쳐야 한다. 허허벌판의 초원에 울타리들이 들어서게 된 까닭이다.

몽골 정부가 광산업에 주력하면서 또다른 울타리가 초원을 가로지른다. 아스팔트 도로다. 광산에서 채굴한 자원들을 실어나르기 위해 엄청난 크기의 트럭들이 밤낮으로 달리는데, 도로는 초원을 사정없이 동강낸다. 도로변에는 차에 치여 죽은 짐승들의 사체가 널브러져 있다.

영국에 '식인 양'이 있다면 몽골의 초원에는 '식인 염소'가 있다. 캐시미어가 고가로 팔리면서 유목민들은 전통적인 비율을 깨뜨리고 염소를 많이 기르게 되었다. 풀뿌리까지 캐어 먹는 염소들이 늘면서 가뜩이나 사막이 늘어나는 고비를 더욱 황폐하게 한다.

염소에 치이고, 울타리에 갇히고, 도로에 초지를 잃은 유목민들은 16세기 영국의 농민들이 그러하였듯이, 일자리를 찾아 울란바토르로 몰려든다. 평생 말을 타고 양이나 기르던 유목민들이 도시에서 할일이 무엇이 있겠는가. 날품팔이도 얻을 수 없게 된 유목민들이 변두리의 허름한 게르에 갇혀 술로 시름을 달래다보니, 알콜중독이 사회문제로 대두되었다. 생활고와 술주정을 견디다 못한 안주인은 떠나고, 가정은 해체된다. 거리로 내몰린 아이들은 페트병을 주우며 혹독한 겨울을 맨홀 속에서 지낸다. 19세기 유럽의 상황을 배경으로 한 『성냥팔이 소녀』나 『올리버 트위스트』[11]와 같은 서사가 21세기의 몽골에서 재연되고 있다.

몰려드는 유목민들로 포화된 울란바토르가 매연과 소음과 교통체증과 범죄로 들끓게 되자, 몽골 정부는 몇 해 전부터 전입을 불허하는 정책을 폈다.

이 '신흥' 거지들은 이곳저곳을 떠돌아다니며 사회적인 문젯거리로 간주되었다. 고아나 노인처럼 전통적으로 보호해야 할 대상으로 여겨지던 부류와 달리 일할 능력이 있지만 일하지 않는 빈민들의 경우는 흔히 식량 폭동의 원인으로 간주되었기에 국가의 가혹한 대접이 뒤따랐다. 정부는 부랑자들이 사회를 불안하게 만드는 것을 원하지 않았기에 이들을 감금하려 했다. 영국의 엘리자베스 1세는 구빈법을 제정해서 빈민들의 부랑을 막고 자신의 고향에서만 보조를 받을 수 있도록 했다.[12]

---

11 영국 작가 찰스 디킨스가 1838년에 출간한 장편소설. 런던 뒷골목의 소매치기 아이를 통해 '신빈민구제법'의 허점을 비판한 작품.

12 임승휘, 『식인양의 탄생』, 함께읽는책, 2009, 224쪽.

1572년 영국의 엘리자베스 1세가 제정한 유랑자 처벌과 빈민구제에 관한 조례를 설명한 내용이다. 현재 몽골에서 벌어지는 일과 너무 닮지 않았는가.

루소는 『인간 불평등 기원론』에서 인류의 비극은 울타리로부터 시작되었다고 잘라 말했다. 누구의 것도 아닌 땅에 울타리를 치면서, 노예와 재앙이 태어났으며, 누군가 그 말뚝을 뽑아낸다면 세상의 범죄와 전쟁, 살인과 불행을 예방할 수 있다고 했다.

땅을 '에투겐'의 것으로 여기어 울타리를 치지 않고, 공유해온 유목의 삶을 돌아볼 필요가 있다.

손님은 길에서 잠들지 않는다

유목민에게 손님은 둘 중 하나다.

적이거나, 친구다. 손님을 환대하는 것이 유목민의 전통이라지만, 아무도 없는 외딴곳에서 갑자기 칼을 들이대는 도적을 만나면 속수무책이다.

유목민들은 게르를 찾아온 낯선 사람을 판별하는 법이 있다. 말을 타고 가다가 사람을 마주치면 말의 속도를 늦춰야 한다. 제대로 된 유목민이라면 말에서 내려 인사를 나눈다. 이때 고삐를 자신의 무릎에 끼고 다른 쪽 다리는 꺾고 앉아 공격의 의사가 없음을 보여준다.

남의 게르를 찾는 길손은 추립에 말을 매고, 걸어들어가야 한다. 허리에 찬 칼을 늘어뜨리며 총과 같은 무기는 지붕에 얹어두고 게르로 가지고 들어가지 않는다. 주인이 권하는 술을 사양해서는 안 된다. 술에 한껏 취하는 것은 자신의 무방비를 내보이는 것이며, 공격할 의사가 없다는 신호다. 술에 취해 곯아떨어지는 도적은 없지 않은가.

유목민은 서로에게 귀한 손님이다. 먼길을 찾아온 손님을 통해 다른 초원의 사정을 전해 듣는다. 어느 곳의 풀이 기름진지, 어디에 물이 많은지, 인근 지역에 일어난 변란이나 사건들을 듣고 이동할 시기와 장소를 결정한다.

그 때문에 유목민은 낯선 손님을 허투루 흘려보내는 경우가 없다. 낯선 사람이 보이면 일단 말을 달려 다가간다. 온종일 양만 바라보고 지내는 유목민에게 낯선 사람은 반가운 손님이며, 새로운 정보의 제공자다. 약간의 판별 절차를 거쳐 호의를 지닌 손님이라는 걸 알게 되면 그들은 처음 보는 사이라도 가족처럼 대한다. 손님도 손을 걷어붙이고 주인을 도와 음식을 만들기도 하고, 팔베개하고 옆으로 비스듬히 누워 정담을 나눈다. 이 자세는 유목민들의 기본자세다. 양반 자세로

꼿꼿이 앉아 손님을 응대하는 우리와는 다르다. 초원에서 우연히 유목민을 만나 이야기를 나누게 된다면 풀밭에 비스듬히 누워 한쪽 팔로 머리를 받친 자세로 이야기를 나눠보라. 서먹서먹하던 관계가 급속히 가까워질 것이다.

어른 앞에서 다리를 벋거나, 비스듬히 누우면 소가 된다고 야단맞던 문화와는 다른 친근감이 있다. 로마의 귀족이나 정객들이 목욕탕에서 논담을 주고받듯, 몽골의 유목민들은 풀 위에 비스듬히 누워 서로를 가깝게 한다.

손님을 뜻하는 몽골어 '주치'에 관한 몇 가지 이야깃거리가 있다.

우문고비의 또 다른 지명이 '줄친고비'다. 나그네의 도시라고나 할까. 고비알타이 산맥의 아름다운 풍경과 더위를 씻겨내는 고산의 바람이 열사의 황막을 지나온 나그네들에게는 천국이나 다름없다.

또다른 하나는 칭기즈칸의 불행한 가족사에 등장한다.

칭기즈칸의 아버지 예수게이는 메르키트족 신랑을 따라 초행길에 나선 신부 후엘룬을 빼앗아다 부인으로 삼는다. 약탈혼의 비극은 독이 든 술을 마셔 예수게이를 죽음에 이르게 할 뿐만이 아니라 후대로도 이어진다. 따지고 보면 약탈혼은 그보다 훨씬 윗대부터 시작된다. 바보로 알려진 보돈차르도 오리앙카이 여자를 빼앗아 아내로 삼았고, 그 여자의 다른 씨에서 태어난 후손인 자다란 씨족 가운데 칭기즈칸의 숙적인 자무카가 태어난다. 『몽골비사』에 소상히 적혀 있는 사실이다.

보돈차르가 앞장으로 약탈을 하다가 임신중인 여자를 붙잡아 "너는 어느 씨족의 여자냐?"하고 물었다. 그 여자는 "나는 자르치오드 아당칸의 오리앙카이 여자요" 하고 대답했다. 그 사람들을 형제 다섯이 함께 약탈하고 보니 속민에, 하인에, 살림에, 집까지 없는 것이 없었다.

그 임신한 여자가 보돈차르에게 와서 아들을 낳았다. "타성 사람의 아들이다" 해서 자지라다이라고 이름 지었다. 그가 자다란씨의 조상이 되었다. 그 자다라다이의 아들은 투구우데이며, 투구우데이의 아들은 부리 볼치로며, 부리 볼치로의 아들은 카라 카다안(검은 카다안)이다. 카라 카다안의 아들이 자모카다. 자다란씨는 그들이었다.

예수게이의 약탈혼에 앙심을 품은 메르키트족은 훗날 테무친의 처 버르테를 잡아간다. 토오릴칸(옹칸)과 자무카의 도움으로 테무친은 사랑하는 아내를 찾아온다. 그러나 육 개월 만에 돌아온 아내 버르테는 홀몸이 아니었다. 천하의 테무친도 인간적인 고뇌에 빠진다. 버르테의 뱃속에 든 생명이 원수 메르키트족의 씨일지도 몰랐다. 고민에 빠진 테무친을 어머니 후엘룬이 불러 타이른다. 테무친의 자식이며, 자식이어야 한다는 말에 테무친은 얼마 후 태어난 아들에게 이름을 지어준다. 이름을 지어준다는 것은 자신의 자식으로 인정하는 행위다. 상남자가 아닐 수 없다. 그런데 테무친이 첫아들에게 지어준 이름이 '주치'다. 손님이라는 뜻이다. 은근히 뒤끝이 있다.

뒤끝은 자식 대에 이르러 작열한다. '개가 짖어도 대상은 간다'는 실크로드의 교역로를 호라즘 샤가 가로막는다. 호라즘을 정벌하러 나선 칭기즈칸에게 신하들이 읍소한다. 전쟁중에 변고가 생긴다면 제국은 혼란에 빠질 것이니 만일을 대비하여 후사를 결정하고 가라는 조언이었다. 조언에 따라 칭기즈칸은 자식들을 모아놓고 누가 왕이 될 것인지 묻는다. 그때, 둘째인 차가타이가 맏형인 주치를 손가락으로 가리키며 "내가 왕이 되지 않아도 상관없지만, 저 더러운 메르키트족이 왕이 되어서는 안 된다"며 아버지의 면전에서 싸움을 벌인다.

아비 앞에서 싸우는 자식들을 보며 칭기즈칸은 무슨 생각을 했을까. 그의 고심은 마지막 전투인 서하에 출정했다가 말에서 떨어지는 사고를 당하여 드러난다. 자리에서 일어나지 못할 것을 직감한 칭기즈칸은 멀리 킵차크에 머물고 있던 맏아들 주치를 불러들인다. 그러나 주치는 병을 핑계로 부름에 응하지 않는다. 그는 위중한 상태의 아버지가 왜 자신을 부르는지를 직감했다. 기록에 남지는 않았지만, 칭기즈칸은 자신이 죽으면 자식들 사이에 벌어질 피비린내 나는 싸움을 알고 있었을 것이다. 거대한 제국이 골육상쟁으로 무너질 바에는 자신의 손으로 비극의 씨를 정리하겠다는 생각이 있지 않았을까. '손님'이라는 이름을 가진 킵차크의 슬픈 왕자는 끝내 몽골 초원으로 돌아오지 않은 채 세상을 떠났다.

예수게이의 약탈로부터 시작된 슬픈 가족사는 손자인 쿠빌라이 대에 이르러서도 골육 간의 갈등으로 이어진다. 그리고 화려했던 초원의 제국이 사분오열된 끝에 금장한국을 마지막으로 역사의 무대에서 사라지게 되는 비극의 씨앗이 되었다.

손님은 유목민에게 무엇일까.

바람처럼 떠도는 유목민들의 재회는 기약이 없다. 그래서 그들은 스쳐 지나가는 손님에게 정성을 다한다. 그 짧은 인연이 얼마나 소중한 것인가를 잘 알기 때문이다. 오만 가지 관계와 수다한 만남 속에서 살아가는 정주민들과는 다르다. 다시 볼 일이 없는 만남을 소홀히 여기는 정주민과 달리, 유목민들은 오히려 한 번뿐인 만남을 더욱 소중히 여긴다. 양떼를 보러 게르를 비울 때 행여 지나칠지도 모를 길손을 위해 문 앞에 차와 음식을 차려놓고 가는 사람들이다.

항가이산을 넘다가 길을 잃어 하룻밤 신세를 진 게르에는 을지마라는 소녀가 있었다. 다시 만나자고 약속을 했지만, 아직도 지키지 못하고 있다. 항가이산을 넘을 때마다 두리번거리고, 주변의 유목민들에게 물어보았지만 그 외딴 게르의 향방은 알 수가 없었다.

만나지 못한다고 잊히는 것은 아니다. 그럴수록 그것은 가물거리는 별처럼 영롱히 반짝였다. 화장품이란 걸 처음 발라보며 기뻐하던 볼강의 유목민 안주인, 조로아치(화가)를 꿈꾸던 바양달라이 솜의 유목민 소년이라는 별도 아련하다.

유목민들은 지나가는 손님일지라도 길에서 자는 걸 자신의 죄로 여긴다.

'또 만나요!'라며 손을 흔들고 떠나는 이국의 손님들에게 유목민들은 흰 젖을 뿌려주며 안녕을 빌어준다. 다시 만나기 어렵다는 것을 누구보다 잘 알고 있는 그들이지만, 그렇기에 그들은 그 스침을 소중히 여긴다. 사람이 없어야 사람이 소중하다는 것을 깨닫게 되는 것일까. 할 수만 있다면 한반도의 어딘가에 무원 불모의 게르를 한 채 지어두면 좋겠다.

너 는 어 떤 냄 새 를 지 녔 느 냐

사람에게 가장 오래 기억되는 감각이 후각이라고 한다.

몽골을 여행하는 사람들이 가장 어려워하는 것 중의 하나가 음식이다. 향신료와 야채가 부족한 유목민들의 음식에 빠짐없이 들어가는 고기는 초행자가 가까이하기 어려운 맛이다. 맛이라고 하지만 실상은 누린내라고 하는 가축 특유의 냄새 때문이다. 비위가 약한 여행자는 아예 식당 문을 넘어서려 하지도 않는다.

양이나 염소 특유의 냄새는 몽골의 어디에나 스며 있다. 수태차나 보온병에 넣어둔 물에서도 그 냄새가 난다. 양털 덮개를 두른 게르에서도 그 냄새는 지울 수 없다. 침낭에도 밴 냄새는 한국으로 돌아와서도 한동안 사라지지 않는다.

후각은 원초적인 본능에 가깝다. 냄새를 통해 맛을 느끼고, 기억을 되살려낸다. 같은 냄새라도 그것이 불러일으키는 느낌은 다르다. 한국을 방문한 볼로르마에게 갈비탕이나 순대국을 대접했다. 그녀는 '고기 냄새가 나지 않아 맛이 없다'고 했다.

느닷없이 들이닥친 몽골군을 처음 접한 유럽의 정주민들은 정체불명의 상대들을 무어라 불러야 할지 난감했다. 그때 본능적인 감각인 후각이 작동했다. 몽골군은 '냄새나는 자들'이라고 불렀다. 물이 귀한 유목민들은 옷을 빨지 않았다. 옷에는 신이 함께한다는 믿음으로 옷이 너덜거려 버릴 때까지 빨아 입지를 않았다. 그들에게서 풍기는 고약한 냄새가 이름이 되었다.

초원에는 역한 냄새만이 있는 것은 아니다. 양이나 염소로부터 자신을 지키기 위해 풀들은 특유의 강력한 향을 지니고 있다. 짐승들에게는 역할지 몰라도 사람에게는 세상의 어떤 향수보다 매혹적이다. 가냘픈 풀들을 흔드는 초원의 바람 속에는 오만 가지 향기가 배어 있다. 말을 타고 그 숲을 지나면 말발굽에서 향기가 묻어날 지경이다.

타왕복드의 설산에 올랐을 때 만난 해당화의 향기는 잊을 수가 없다. 바닷가에 피는 해당화가 어찌하여 설산 꼭대기의 바위틈에서 자라는지 사연은 알 수 없다. 그 연분홍 꽃에 코를 대는 순간, 천국에 간다면 이런 향기가 날 것 같다는 생각이 들었다. 그윽하면서도 달콤한 냄새가 코에 닿는 순간 스르르 눈이 감겼다. 한 송이를 따서 호주머니에 담았다. 여행을 다니는 동안 으깨지고 말라붙었지만 호주머니엔 오묘한 향기가 배어 있었다.

유목민 남자들은 처음 만나는 이에게 코담배를 건넨다. 코담배란 옥이나 은으로 만든 작은 병에 박하(아쪼이)와 같은 허브나 꽃가루를 담은 향료다. 남자들은 각자의 취향에 맞는 향을 만들어 처음 보는 이에게 건넨다. 코담배 병을 교환하여 향을 맡으며 상대가 어떤 사람인가를 인식한다. 코담배 병이 등장하게 된 데에는 우리와도 연관이 있다.

조선 인조 무렵에 소 전염병이 돌아 농사를 거들 소가 모자라게 되었다. 인조가 성익을 시켜 몽골에서 소를 구해 오게 했는데, 재화가 모자라 담배를 싣고 가 만병통치의 약초라며 바꾸어오게 했다. 당시엔 담배를 약초의 일종으로 여겼으니 순전한 사기는 아니다. 이수광의 『지봉유설』에는 남령초라고 불린 '담파고(淡婆姑)'가 가래와 습기를 제거하고, 기를 내리며 술을 깨게 하는 데 효험이 있다고 소개되어 있다. 몽골에 전해진 담배는 선풍적인 인기를 끌었다. 유목민들뿐만 아니라 승려 사이에도 유행되자 이를 금지시키고 그 대용으로 등장한 것이 코담배다.

최근 들어 미각과 후각이라는 본능적 감각이 대중적 화두가 되고 있다. 요리가 주요 관심사가 되고, '먹방'이라는 영상을 통해서 미각적 쾌감을 충족시키기도 한다. 그런가 하면 유럽을 다녀온 여행자들의 가방에는 이탈리아의 수도원 약방에서 파는 아로마 오일이나, 라벤다 농장의 허브 제품들이 담긴다. 사이토 다카시는 『세계사를 움직이는 다섯 가지 힘』이라는 책에서, 정보가 모든 걸 지배하는 현대사회에서 그 반작용으로 '신체로 느끼는 행복'을 추구하는 경향이 증가하고 있다고 했다. 에스테틱이나 아로마 테라피처럼 후각적 감각이 중시되는 것도 그 일례라 하였다.

유목민들은 일찌감치 후각을 중하게 여겼다.

『몽골비사』에는 후엘룬이 낯선 남자들의 습격을 받고 당황한 남편을 설득하는 대목이 나온다.

"살아만 있으면 앞방마다 수레마다 처녀들이 당신을 기다리고 있을 거예요. 당신은 다른 여자를 찾아 신부로 삼을 수 있고, 그 여자를 나 대신 후엘룬이라고 부르면 돼요." 후엘룬은 신랑에게 서둘러 달아나라고 다그쳤다. 그리곤 저고리를 벗어 그의 얼굴에 던져주며 말했다. "이것을 가져가요, 내 냄새를 맡으며 가요."

잭 웨더포드는 『칭기스 칸, 잠든 유럽을 깨우다』란 책에서 유목민들에게 냄새는 존재 그 자체였다고 설명한다.

초원 문화에서는 냄새가 매우 중요한 자리를 차지한다. 다른 문화에서는 만나거나 헤어질 때 끌어안거나 입을 맞추지만 초원의 유목민은 뺨에 입을 맞추는 것과 흡사한 동작으로 서로 냄새를 맡는다. 냄새 맡기에는 매우 깊은 감정적 의미가 담기는데, 여기에는 부모와 자식 사이에 이루어지는 가족간의 냄새 맡기에서부터 연인 사이의 성적인 냄새 맡기에 이르기까지 다양한 수준이 있다. 각 사람의 숨결과 독특한 체취는 그 사람의 영혼의 일부로 여겨진다. 따라서 후엘룬이 남편에게 던져준 저고리는 중요한 사랑의 정표였던 것이다.

개나 가축들이 코를 들이대고 서로 냄새를 맡듯이, 유목민들은 냄새로 사람을 지각하고 기억한다. 팔을 부둥켜안고 뺨을 마주대는 유목민의 인사법은 코나 입술을 마주하는 인사와 달리, 서로의 냄새를 교환하는 방식이다. 그리고 코담배병을 내밀어 자신을 각인시킨다.

코담배 병은 문명 세계의 정주민들이 초면의 상대에게 내미는 명함보다 진솔하다. 작은 종이에 적힌 이름과 직함은 껍데기에 불과하다. 문자를 넘어 냄새로 서로를 인지하는 유목민의 교제는 원시적인 본성이 담겨 있다. 긴말 필요없이 '너는 어떤 냄새를 지녔느냐?'고 묻는 만남은 순정하다. 향기로 시작되는 만남이야말로 종잇조각에 적힌 기호에 의지하는 교제보다 아름답지 않은가.

칭기즈칸이라는 사람은 있었을까

울란바토르의 중심에 자리잡은 수흐바타르 광장에는 칭기즈칸이 앉아 있다.

1990년 수흐바타르 광장에 모여 시민들이 이뤄낸 혁명으로 한동안 러시아의 그늘에 묻혀 있던 제국의 영웅은 부활하였다.

몽골에서 잘 모르면 '칭기즈칸' 이름이 붙은 걸 고르라는 말이 있다. 그의 이름은 39도의 보드카부터 호텔에 이르기까지 최고의 영예로 불린다. 몽골어로 왕은 '칸'으로 불린다. 그러나 칭기즈칸을 부를 때는 '카안' 이라고 불러 구별한다. 입을 크게 벌리고 '카안'이라고 늘여 부를 때의 몽골인들의 표정은 비장하다.

소비에트 연방이 붕괴되기 전까지만 해도 '칭기즈칸'은 몽골에서 금기어에 속했다. 몽골 공산당 서열 3위의 인물이 칭기즈칸의 탄생 800주년을 기념하여 동상을 세웠다는 이유만으로 실각하고 끝내 죽임을 당했다.

러시아인은 우표에 영기를 그린 것이 민족주의가 다시 나타나는 조짐이며, 이것이 호전적인 행동으로 변할 가능성이 있다고 판단했다. 소련은 위성국가가 독립적인 길을 걸을지도 모른다는, 나아가 예전에는 동맹자였지만 이제는 소련의 적이 된 몽골의 다른 이웃인 중국 편을 들지도 모른다는 공포를 느끼자 화를 내며 비합리적으로 대응했다. 몽골 공산주의자들은 우표의 발매를 금지하고 학자들을 탄압했다. 당 간부들은 투무르 오치르가 "칭기스 칸의 역할을 이상화하는 경향"을 드러내는 반역적 범죄를 저질렀다는 이유로 그를 공직에서 쫓아내고 외딴 곳으로 추방했다. 그것으로도 모자라 끝내는 도끼로 찍어 죽였다. 공산주의자들은 자신의 정당(공식 명칭은 인민혁명당이다) 내부 인사들을 숙청한 뒤 몽골 학자들의 작업으로 관심을 돌렸다. 당은 그들에게 "반당분자,

중국의 첩자, 방해공작을 벌인 자들, 해충" 등의 낙인을 찍었다. 그 뒤의 반민족주의 캠페인 과정에서 당국은 고고학자 페를레를 감옥에 보냈다. 페를레는 투무르 오치르의 스승이라는 이유, 몰래 몽골제국의 역사를 연구했다는 이유만으로 엄혹한 조건에서 수감생활을 해야 했다. [13]

칭기즈칸이 없는 몽골은 생각할 수가 없다. 그는 몽골의 전설이다. 그러나 세상의 모든 전설이 그러하듯, 그는 의문의 안개 속에 가려져 있다. 그의 생애에 관한 가장 신뢰할 수 있는 책은 『몽골비사』다. 『알탄 뎁테르(金冊)』라는 공식적인 사서가 있었다고 하지만 전해지지 않고 있다. 페르시아인 라시드웃딘이 쓴 『집사』와 다른 책에 기술된 바도 있지만 몽골인의 손에 의해 기록된 사서로서는 『몽골비사』가 가장 신뢰할만한 텍스트이다.

율조를 지닌 서사시의 형식으로 기록된 그 책에는 몇 가지 풀리지 않는 논쟁들이 담겨 있다. 신처럼 섬겨지는 칭기즈칸은 탄생부터가 논란이 되고 있다. 돼지해인 1155년이나 1167년에 태어났다는 설도 있고, 검은 말의 해인 1162년에 태어났다는 설도 있다.

왜 그는 형제를 죽였는가

테무친은 어려서 이복형제인 벡테르를 활로 쏘아 살해한다. 벡테르가 그의 형인지, 동생인지가 명확하지 않다. 다만 『몽골비사』에 테무친의 혼인에 대한 이야기가 먼저 나오는 걸로 보아, 나이는 칭기즈칸보다 적은 것으로 여겨진다. 그런데도 적지 않은 기록에서 벡테르는 형으로 소개된다. 추정컨대 이런 혼란은 예수게이가 후엘룬을 약탈하여 아내로 삼기에 앞서 정혼한 부인이 있었으며, 그녀가 낳은 아들이 벡테르로 보인다. 테무친보다 나이는 적으나 적장자인 벡테르가 형 노릇을 한 셈이다. 아무리 나이가 어린 테무친이라 해도, 사냥감을 가로채어 혼자 먹는다는 이유로 형제를 살해했다는 것은 쉽게 받아들이기 어렵다. 그보다는 나

---

13 잭 웨더포드, 『칭기스 칸, 잠든 유럽을 깨우다』, 정영목 옮김, 사계절, 2005, 28쪽.

이가 자신보다 적은 벡테르가 가장 노릇을 하게 될 것에 대한 불만에, 평소 오만한 행동에 대한 반감이 겹쳐 일어난 일이라고 보는 게 설득력이 있다. 결정적으로 테무친을 분격시킨 것은 자신의 편이라 믿었던 생모 후엘룬이 오히려 벡테르를 편들며 가장 대우를 하라고 야단친 점이다. 1246년경 몽골을 다녀간 카르피니의 기록에 따르면, 유목민의 관습상 아버지가 죽으면 적장자가 그 첩을 아내로 삼아 가장이 된다는 설이 있다. 후엘룬이 죽은 예수게이를 대신해 적장자인 벡테르를 가장으로 대우한 것인지, 그를 넘어 당시의 유목 관습에 따라 과부인 후엘룬이 벡테르를 남편으로 삼으려 했는지는 알 수 없다.

유목민들은 한 가족의 중심이, 자식을 낳고 기르는 '우르그(자궁)'인 어머니라 믿었다. 아버지의 계보는 '야스(아버지의 뼈)'라 불리며 단순히 가정을 유지하는 뼈대로 여겼다. 이런 인식은 유목민들에게 아버지보다는 어머니의 존재를 중하게 여기게 했다. 칭기즈칸의 가계를 돌아보아도, 씨 모를 세 아이를 낳은 알랑고아부터, 메르키트족의 신랑에게서 뺏어온 후엘룬, 그리고 메르키트족에 잡혀갔다가 출산한 버르테에 이르기까지 유목민은 '아버지의 뼈'보다는 '어머니의 자궁'을 통해 자손을 잇고, 가족을 형성했다. 몽골 보르지긴계의 어머니인 알랑고아는 남편 없이 자식을 낳았다. 『몽골비사』에는 남들이 수군거리는 이야기에 불평하는 자식들에게 그녀가 이른 말이 적혀 있다.

> "밤마다 밝은 노란색 사람이 게르의 천창이나 문의 위 틈새로 빛으로 들어와 내 배를 문지르고, 그의 빛은 내 배로 스며드는 것이었다. 달이 지고 해가 뜰 새벽 무렵에 나갈 때는 노란 개처럼 기어나가는 것이었다."

유목민에게 아버지란 "새벽 무렵에 기어나가는 개"쯤으로 받아들여졌다. 이런 인식이 과객혼이나 근친혼, 형사취수혼, 약탈혼 등의 관습을 허용하게 했다. 이런 점에서 예수게이가 죽은 뒤, 생모가 아닌 후엘룬을 벡테르가 아내로 삼는 것이 그다지 놀랍거나 실현 불가한 일은 아니었다. 그것은 테무친이 나이가 적은 이복형제를 아버지로 섬겨야 한다는 것을 의미했다.

테무친이라는 이름

테무친이라는 이름은 아버지 예수게이가 타타르족의 적장을 죽인 날 태어난 아들에게 그 적장의 이름을 붙였다는 게 정설이다. 문제는 테무게, 테물룬 등 그의 동생들도 '테무'라는 돌림자를 썼다는 점이다. 김호동은『몽골제국과 세계사의 탄생』란 책에서 '테무'란 말이 유목사회에서 중시되던 '쇠'와 연관되어 있음을 지적하고 있다.

이 설화는 몽골인들이 에르구네 쿤, 즉 아르군 유역에서 몽골리아로 이주했던 역사적 기억을 응축하여 반영하고 있지만, 동시에 우리는 그들이 일찍부터 야철(冶鐵) 기술을 알고 있었음을 확인할 수 있다. 칭기스 칸의 본명인 '테무진'은 바로 '대장장이'라는 뜻을 지니고 있다. 14세기 전반의 대여행가 이븐 바투타도 그의 여행기에서 "틴기즈 칸은 하타(북중국) 지방의 대장장이"였다고 하였다. 물론 '몽골비사'에는 칭기스 칸의 아버지 이수게이가 타타르족의 수령 테무진 우게를 붙잡았을 때 그가 태어났기 때문에 그것을 기념하기 위해 '테무진'이라는 이름을 붙여 주었다고 하였다. 그러나 테무진의 막내 동생이 '테무게', 여동생이 '테물룬'으로서 모두 '쇠'를 뜻하는 '테무르(temur)'라는 말을 포함하고 있다는 사실은, 그런 사건과의 관련성을 넘어서 당시 유목민 사회에서 '쇠'가 매우 중요했음을 반영하는 것이라고 할 수 있다.

고대에 쇠를 다루는 대장장이는 부족의 지도자격인 샤먼을 뜻했다. 이는 동서양을 아우르는 고대 신화의 주요한 모티브이기도 하다. 시나이 사막의 카인족이 야금술에 능했으며, 그들의 대장간에서 쇠를 녹이던 풀무가 내는 소리를 본떠 '야훼'라는 신의 이름이 지어졌다고 김호동은 앞서의 책에서 전한다.

제정일치의 체제에서 샤먼은 부족의 지도적 인물이었다. 보르지긴 '오보크(씨족)'인 테무친이 사고무친의 처지에서도 부족을 모아 제국을 이룩하는 데에는 대대로 이어온 가문의 후광이 있었으리라는 게 현실성이 있는 추측이다.

실제로 증조부인 카불칸부터 부친 예수게이로 이어지는 가계는 부족의 지도적인 가문을 암시한다. 따라서 그와 그의 동생들에게 붙여진 '테무르(쇠)'와 관련된 이름은 타타르인 적장과 관계없이 그의 가문과 관련된 명명이었는지도 모른다. 군소 부족이었던 보르지긴 씨족이 초원으로 진입할 무렵에 70마리의 소와 말을 잡아 그 가죽으로 70개의 풀무를 만들어 철산을 불로 녹여 길을 내었다는 '철산용해(鐵山鎔解)'의 전설도 그의 집안이 쇠를 다루는 일과 관련되었음을 암시하고 있다.

존재하나 존재하지 않는

몽골인에게 칭기즈칸은 살아 있는 전설이다.

전설이란 신비의 구름에 둘러싸인 용과 같은 존재다. 존재의 가장 강력한 증거인 탄생과 무덤조차 확인되지 않은 인물은 초원에 무수한 서사를 남기고 있다. 심지어 그가 실존한 인물이 아니거나, 여러 영웅담이 뒤섞여 만들어낸 허구의 인물이라는 주장까지 등장한다. 그의 죽음을 둘러싸고도 많은 설이 분분하다.

『몽골비사』는 칭기즈칸이 개해인 1226년 가을에 서하로 출정했는데, 아르보카에 이르러 들말을 사냥하다가 타고 있던 말이 놀라는 바람에 떨어져 몹시 아파서 초오르카드에 머물렀다고 기록하고 있다.

그러나 마르코 폴로의 『동방견문록』에는 출정중에 적이 쏜 화살에 무릎을 맞아 그 상처로 죽었다는 이야기가 실려 있고, 서하의 전설적인 흑장군과 일전을 벌이다가 치명적인 부상을 입고 사망했다는 설도 있다. 그런가 하면 유럽인 사절인 카르피니는 칭기즈칸이 번개에 맞아 죽었다고 기록을 남겼고, 심지어 사로잡힌 탕구트 왕비가 질에 숨긴 장치 때문에 동침했던 칭기즈칸이 성기가 찢어져 죽었다는 황당한 이야기도 있다. 그런가 하면, 그가 육십을 넘겨 살 만큼 살다가 수명이 다하여 죽었다는 설에 이르기까지 분분하다.

그는 어디에 묻혔을까. 그의 무덤은 죽음의 경위만큼 분분한 설에 둘러싸여 아직도 발견되지 않고 있다. 『집사』에는 사냥을 나갔던 칭기즈칸이 보르항 할둔에서 발원한 강의 하류에 이르러 그곳의 큰 나무를 보고, 그 아래에 자신과 후손들을 묻으라고 했다 한다. 그런가 하면 『몽골인들의 연대기 역사』란 책에는 치난후(Chi-nan-hu) 사원에 매장되었다고 기록되어 있다. 대륙에 대한 근원적인 로망이 있는 일본은 방송사와 학자들을 동원해 칭기즈칸의 무덤을 찾으러 애썼지만 무위로 끝났다.

이처럼 칭기즈칸은 탄생부터 죽음에 이르기까지 전설의 안개 속에 덮여 있다. 영웅담의 요건을 두루 갖춘 셈이다. 그러나 칭기즈칸에 관한 인간적인 면모가 파편적으로 전해오기도 한다.

몽골의 『황금사』에는 13세기 당시에 아름다운 나라로 알려진 고려를 방문하고자 했던 칭기즈칸의 발자취에 대한 기록이 보인다. 내용은 다음과 같다. 칭기즈칸의 네 번째 부인은 고려 여인이었으며, 이름은 "흘랑"이었다. 칭기즈칸은 다른 부인보다 이 고려 여인을 사랑하였는데, 이 고려 여인을 데리고 고려를 방문하고자 하였다. 몽골 본토에서 고려를 향하던 중 지금의 압록강 상류에 위치하고 있었던 잘라이르 아이막에 이르자 그 지방에 홍수가 일어 약 2개월간 압록강이 범람하자 칭기즈칸 일행은 배를 띄울 수가 없었다. 이때 몽골 본토에서는 칭기즈칸의 부재로 통치의 공백이 드러남에 칭기즈칸이 환도할 것을 수차례 요청하게 된다. 결국 마지막 방책으로 칭기즈칸이 가장 아끼던 아리그승이라고 하는 마두금 악사를 압록강으로 보내 회심시키는데 성공했다는 이야기이다.[14]

전설은 모호할수록 빛이 난다. 그러나 살아 있는 칭기즈칸의 체취는 빛나지 않은 이야기의 도막에서 만져질 수 있다. 마두금이라는 악기의 신묘한 힘과 함께 고려의 여인 흘랑에게 홀랑 빠져버린 인간 칭기즈칸의 일면이 조금은 체온을 느끼게 한다. 신비하고 장엄한 영웅담보다 그의 이런 인간적 면모야말로 전설의 박제에 생기를 불어넣는 요소가 아닐까 싶다. 이야기야말로 가장 강력한 존재의 확인이다.

---

14   김기선, 『한·몽 문화교류사』, 민속원, 2008, 36쪽.

알타이에는 말하는 짐승이 있다

바양울기의 설산에 머물 때의 일이다. 마침 나담 축제의 말달리기 예선경기가 열렸다. 묵고 있던 카자흐 민가의 말이 출전하여 우승을 했다. 기념 사진을 찍어주는데 주인의 안색이 그리 밝지 못하다. 우승자의 자긍심과 함께 무언가 아쉬운 그늘이 엿보였다. 그 곁에는 두 딸이 연신 아빠의 안색을 살피었다. 나중에 알게 되었지만 그에게는 아들이 없었다. 훌륭한 말에 남의 집 아들을 태워 출전한 것이다. 원래 나담의 말 경주에 여자들은 출전하지 못했다. 공산혁명 후 여자도 참가할 수 있게 했지만 일타이 산속의 카자흐족은 여진히 오랜 습속을 따르고 있었다.

그날 저녁에 우승마의 주인이 만취하여 돌아왔다. 술 취한 주인은 야생마보다 더 드센 안주인에게 쫓겨나 게르로 술을 얻으러 왔다. 술은 있었지만 이미 인사불성이 된 사람에게 줄 수 없었다. 없다고 해도 막무가내로 술을 달라고 졸랐다. 볼로르마가 와서 작은 야생마처럼 소리쳐 그를 내쫓았다. 행여 그가 다시 올까 싶어 게르 문고리에 부젓가락을 꽂아두었다. 얼마쯤 후에 그가, 아니 그의 손이 다시 찾아왔다. 게르의 덮개 사이로 쑥 들어온 손은 조금의 더듬거림도 없이 안으로 걸린 부젓가락을 뽑았다. 마치 게르 안을 들여다보는 투시력을 지닌 듯했다.

그가 안쓰러워 꿍쳐둔 술을 주려 했지만 볼로르마가 펄펄 뛰며 가로막았다.

"술 취한 유목민들은 사람이 아니에요. 말하는 짐승이에요."

안팎의 여자들에게 쫓겨난 '말하는 짐승'은 밤늦도록 소리를 질러대며 어둠 속을 돌아다녔다. 그 소리가 어찌나 애절한지 자리에서 일어나 한잔 아니 마실 수가 없었다. 아들 없는 짐승의 슬픔을 애도하며!

술은 초원의 제국에서 빠질 수 없는 음식이다. 말젖을 발효시켜 만든 아이락은 약간의 알코올을 함유하여 음료에 가깝다. 제대로 된 술로는 아랍의 증류주

아라크가 실크로드를 따라 몽골에 전해진 아르히가 있다. 소주의 기원은 기원전 3000년경, 메소포타미아의 수메르까지 올라간다. 이 맑고 순도 높은 술은 이라크를 정벌하러 들어간 몽골군에게 전해져 초원에 들어온다. 말젖이나 낙타젖을 증류시켜 만든 아르히는 맑고 순해 보여도 도수가 높다. 소주를 고는 일은 여간 정성이 들어가는 일이 아니기 때문에 귀히 여겨 은잔으로 마신다. 이수광의 『지봉유설』이나 허준의 『동의보감』에 따르면, 이 아르히가 전해져 소주가 되었다. 왜국을 정벌하러 나선 몽골군이 안동에 머물며 전해진 것이 지금의 '안동 소주'다. 지금도 일부 지역에서는 소주 내리는 걸 '아락 내린다'라고 한다. 이는 '땀'을 어원으로 하는 아랍의 소주 '아라크'란 말이 몽골의 '아르히'를 거쳐 '아라기' '아락'으로 변한 것이다.

한때 우리 식탁에 빠지지 않고 올라오던 '몽고 간장'도 이와 연결되어 있다. 실제로 몽고 간장은 몽골과 무관하다. 고려 말, 마산 합포에 주둔하던 몽골군이 식수를 쓰던 몽고정이라는 우물이 있었는데, 1905년경 그곳에 들어선 간장 공장이 그 우물물로 간장을 담가 '몽고 간장'이라 불렀다.

어찌하였든 유목민들의 성정은 음주가무를 즐기는 면에서 우리와 멀지 않다. 유목 부족들의 우두머리들이 쿠릴타이를 열 때는 엄청난 크기의 잔으로 밤새도록 아이락을 마시며 취하는 것이 습속이었다. 만장일치를 원칙으로 하는 쿠릴타이는 의견이 모아질 때까지 그리 술을 마시며 설득을 했다 한다.

술은 제국의 역사도 바꾸었다.

칭기즈칸의 아들들은 여러모로 그 아버지에 미치지 못하였는데, 한 가지 아비를 넘어선 것이 주량이었다. 칭기즈칸이 후계를 정하기 위해 불러모은 자식들이 아비의 면전에서 싸움을 벌였다. 성미 급한 차가타이가 "우리가 어떻게 이 메르키트 잡놈한테 통치를 받겠습니까?"라며 형인 주치를 비난하자, 주치는 "네가 어떻게 나를 차별하느냐? 네가 무슨 재주로 나보다 나으냐? 너는 단지 괴팍스러움만 나보다 더할 뿐이다"라며 멱살잡이를 벌인다. 차가타이는 자신도 왕좌를 포기하겠지만, 근본을 모르는 주치도 왕이 되어서는 안 된다고 물귀신 작전을 펴며 내어놓은 대안이 오고타이였다. 잘하는 것이라고는 술을 마시는 것밖에 없던 오고타이는 바로 그 재주 때문에 엉겁결에 왕좌를 차지하게 되었다. 유일하게 형제 가운데서 술을 멀리한 것은 둘째 차가타이였지만, 칭기즈칸은 그의 깐깐하고 격한 성질을 마뜩잖게 여겼다. 자고로 바른 소리로 깐깐한 사람보다는 술을 좋아하며 흐물흐물한 사람이 호인 소리를 듣는 건 지금과 크게 다르지 않았나 보다.

그렇게 술로 왕좌에 오른 오고타이는 술로 망했다. 동생의 술을 걱정한 차가타이가 '샤흐나'라는 감독관까지 두어 하루에 마시는 술잔을 제한하자, 그는 엄청나게 큰 술잔을 만들어 딱 한 잔씩 마시다 요절했다. 막내 툴루이도 술에 중독되어 살았다. 그는 물려받은 땅과 나라를 아내인 소르칵타니에게 맡기고 술에 젖어 지내다가 43세의 나이로 게르 앞에서 한바탕 주정을 늘어놓다가 쓰러져 죽었다.

술로 망한 것은 오고타이만이 아니다. 현대의 몽골도 술이 많은 문제를 일으키고 있다. 늘어나는 알코올 중독을 막기 위해 지방마다 술을 팔지 않는 날을 정해 두었지만 요원한 일이다.

유목민들에게 술은 삶의 생명수와 같았다. 몽골의 전설적인 승려이며 작가인 '단잔라브자'가 보인 이적 가운데 물을 술로 바꾸는 능력이 들어 있다. 신약성서에는 광야에서 돌아온 예수가 물로 포도주를 만드는 이적이 기록되어 있다. 돌멩이로 금으로 만드는 연금술보다, 물을 술로 바꾸는 주조술이 초원의 유목민들에게는 더 황홀한 기적이었던 듯하다. 외롭고 단조로운 초원 생활에서 술이 천상의 즐거움을 주었기 때문일지도 모른다.

허리 잘린 한반도에 갇혀 지내는 정주민의 심정도 다르지 않다. 세계 최고의 술 소비량을 자랑하는 이들에게도 소주는 국민 주종이다. 아무도 없는 초원에서 지내는 유목민에게 황금과 소주 가운데 하나를 고르라면 무엇을 선택할까. 묻지 않아도 자명한 일이다.

한국의 어느 여행자가 가사를 바꿔 부른 〈바다가 육지라면〉이라는 가요가 그걸 대신 말해 줄 것이다.

바다가 소주라면, 바다가 소주라면
배 떠난 부두에서 울고 있지 않을 것을······

하늘을 보고 누이다

유목민들이 고기만 먹고 산다고 생각하는 사람들이 많다.

유목민에게 가축은 유일한 재산이며, 자신과 가족을 먹여 살리는 최후의 먹을거리다. 몽골의 유제품은 오축의 젖을 모두 이용한다. 그 농도에 따라 다양한 유제품을 만든다. 기름기가 많아 가장 위에 엉긴 '어름', 발효가 된 타락, 타락을 무명주머니로 걸러내어 '아르지'를 만들고, 아르지에 소금을 넣어 말려 '아롤'을 만든다. 어름을 끓여서 '처즈기'가 되고, 처즈기를 말린 '에츠기', 비지 같은 '에뎀'이 있고, 에뎀을 눌러 만드는 '뱌슬락' 등 십여 가지가 넘는다. 그 가운데서 쌀과 타락을 섞어 끓인 타락죽(駝酪粥)은 한국과 비슷하다. 유제품은 틀에 넣어 다양한 문양으로 찍어 만들기도 하는데, 이는 고려에서 전해진 떡살에서 시작된 고려풍의 한 예다.

유목민들은 고기보다 주로 이런 유제품을 먹고 지내는데, 이를 '차강 이데(흰 음식)'라 한다. '차강'이라는 말은 희다는 뜻이다. 몽골어의 특징 가운데 하나가 한 단어가 여러 가지의 관용적 의미로 사용된다는 점이다. 차강은 '흰색'을 나타낼 뿐만 아니라, '좋다' '아름답다' '착하다' 등의 의미로 쓰인다. 백색은 청색, 황색과 더불어 신의 색으로 상징된다. 유목민들은 흰색의 옷을 꺼리는데, 아무래도 때가 타기 쉽다는 실용적 이유도 있겠지만, 그것이 신의 색이기 때문인지도 모른다.

흰색은 젖의 색이다. 아침에 눈을 뜨면 어머니가 가장 먼저 끓이는 것이 수태 차다. 잠을 깬 가족들은 흰 젖의 차를 마시고 하루를 시작한다. 젖은 유목민의 양식이며, 어린아이를 키우는 생명식이다. 그래서 가족이 먼길을 떠나면 어머니는 흰 젖을 뿌려 무사안녕을 빈다. 설날인 차강사르에는 해가 뜨는 동쪽 하늘을 향해

차르찰이라는 주걱으로 흰 젖을 세 번 뿌려 액을 막고 한 해의 안녕을 기원한다. 요즘도 여행을 떠나는 푸르공의 바퀴에 우유를 뿌린다.

'울란 이데'라 불리는 붉은 음식은 가축들의 고기로, 유제품을 먹지 못할 경우에 먹게 된다. 가축의 젖이 마르거나, 새끼를 낳아 젖을 뺏을 수가 없는 시기를 '젖 고개'라 하여 말린 고기를 먹는다.

도축을 하려면 가축을 하늘을 보게 눕힌다. 이는 다음 생에 좋은 존재로 태어나라는 기원의 의미다. 말을 도축할 때는, 춰드링으로 다리를 묶고 목 울대나 뒷목을 칼로 찔러 피를 흘려 죽게 한다. 말은 너무 오래 살면 흉하다고 믿어 대개 열두 살이 되기 전에 도축한다. 기르던 말이 죽으면 머리뼈를 오워에 바친다. 라마불교의 승려가 점지하면 말을 주인과 함께 순장하는 경우도 있다. 초원에 풀어놓고 기르는 말들도 이따금 고삐를 매어 탄다. 약한 말을 튼튼하게 조련하는 목적도 있고, 오래 풀어놓으면 야생마가 되기 때문이다.

주로 도축은 가축들이 여름풀을 먹고 살이 찐 10월이나 12월경에 한다. 가을에 도축한 고기를 '이디시'라 하는데, 말려서 이듬해 7월까지 먹는다. 말은 열이 많은 짐승이라 더운 여름에는 먹지 않는다. 체열을 높여 혈압을 높인다고 한다. 노인이나 환자의 경우에는 여름에 먹기도 한다. 소와 양, 염소 고기를 말린 것을 '보르츠'라 하는데 말고기는 육질상 건조가 어려워 서둘러 먹는다. 5인 가족이라면 대략 말 두 마리, 소 한 마리, 양이나 염소를 다섯 마리에서 열 마리 정도로 도축한다.

솥이 없는 야외에서 도축을 할 때의 조리법은 유목적이다. 가축을 잡아 벗겨낸 가죽을 깔개로 삼아 각을 뜬다. 위장이나 오줌보에 살점을 잘라 넣고 불에 끓인다. 땔감이 없으면 기름덩이가 붙은 뼈다귀를 태운다.

겨울이 길고 가혹한 유목민들은 가축의 지방을 소중히 여긴다. 기름 덩어리가 붙은 고기는 노인의 몫이다. 추위를 견디려면 열량이 높은 지방을 몸에 축적

해야 한다. 곰도 그렇고, 사람도 그러하다. 양고기 중에서 지방이 많은 부위를 '셈지'라 하는데, 아내를 걸고 내기를 할 정도로 맛있다 한다. 집 나간 며느리를 돌아오게 한다는 전어나, 아내를 내쫓고 혼자 먹는다는 아욱국, 며느리가 볼까봐 문을 걸어 잠그고 먹는다는 가을 아욱과 다름없는 음식이다. 이래저래 여성들이 분개할 일이다.

'허르헉'은 돌을 달구어 고기를 찌는 유목민의 전통 조리 방식이다. 옛날에는 모닥불을 피워 돌을 달군 뒤, 각을 뜬 고기를 넣고 흙으로 덮어 쪘다고 한다. 요즘에는 주로 주석 통에 잘게 썬 고기와 감자나 당근을 넣고, 불에 달군 차돌을 켜켜이 넣은 뒤, 약간의 물을 붓고 뚜껑을 닫아 찐다. 이때 맥주나 보드카를 넣어 누린내를 없애기도 한다. 허르헉에 사용하는 돌은 불에 강하며 주먹만한 크기의 차돌을 쓰는데, 신경통이나 혈액순환에 좋다 하여 달궈진 돌로 아픈 부위를 찜질한다.

'버덕'이라는 조리법은 허르헉과 조금 다르다. 타르박이나 산양, 야생 염소, 젤 등의 목을 잘라 내장과 살을 손으로 뜯어낸다. 뜯어낸 살점들을 불에 달군 돌멩이와 함께 몸안에 집어넣고 목을 졸라매 열기로 익힌다.

몽골 음식은 주로 밀가루와 말린 고기를 삶거나 찌는 것이 많으며, 야채나 향신료가 귀하여 대개는 소금으로 간을 해서 먹는 정도다. 고기를 구워먹는 건 드문데, 건강에 좋기 때문인지, 불을 피울 땔감이 귀한 탓인지 알 수는 없다.

게르는 집이 아니라 고향이다

한국의 어느 의원들이 몽골을 방문했는데, 초원을 둘러보는 일정이 있었다. 몽골 측에서는 귀한 의원님들을 여행자 숙소의 게르로 모셨다. 양 냄새 나는 움막에서 하룻밤을 지내게 된 의원들이 분개하여 항의하는 바람에 울란바토르 시내의 호텔로 부랴부랴 옮겼다 한다.

게르는 유목민의 전통적인 주택이다. 인류 역사상 가장 큰 제국을 이룬 칭기즈칸도 게르에서 지냈으며, 트럼프 대통령이라도 몽골의 초원을 여행하면 게르에서 묵을 수밖에 없다.

유라시아의 유목민들은 명칭은 달라도 게르라는 이동형 주택으로 통합된다. 칭기즈칸이 즐겨 칭한 '모전 벽의 사람들'이라는 말 속에는 그의 원대한 야망이 담겨 있었다. 인종과 부족으로 갈라진 유라시아의 유목민들을 하나로 통합하는 공통분모가 바로 양털로 벽을 두른 게르라는 집이었다. 정주민과 달리 후루루 말아서 떠날 수 있는 집을 가진 사람들을 한마디로 포획한 말이라 하겠다.

유목민에게 생존을 결정하는 요소들은 신격화된다. 범신론에 가까운 이런 믿음의 대상으로는 하늘, 땅, 물, 바람과 함께 화로나 돌, 오워, 게르 같은 물건들도 포함된다. 신격화된 대상들은 남성과 여성이라는 인격적 성징으로 나뉘는데, 게르는 여성화된다. 이는 가정의 주체인 어머니와 연결되며, 혈거시대의 동굴과 더불어 '자궁(우르그)'이라는 신화적 메타포를 지닌다. 유목민은 게르를 '어머니의 자궁'과 같은 가정의 근본 단위로 받아들인다. 칭기즈칸도 자신의 가계를 '알탄 우르그(황금의 자궁)'라 칭하였다.

여성화된 게르는 역사의 단편에도 등장한다. 칭기즈칸의 여덟 왕비들이 기거하던 게르는 사원으로 성역화하여 섬겼으며, 칭기즈칸이 죽고나서 탐욕스러운 아들들에 의해 딸들의 땅이 무참히 유린될 때에도 게르만큼은 건드리지 못했다. 게르에 그녀들의 혼이 배어 있다고 믿었기 때문이다.

게르는 아름다운 사랑을 묻은 무덤에도 이어진다.

칭기즈칸의 후손을 자처하는 바부르(1483~1530)는 인도에 무굴왕조를 세운다. 그의 손자인 샤자 한(1592~1666)은 세기의 아름다운 사랑으로 유명한 건축물을 남겼다. 그가 사랑한 왕비 뭄타즈 마할이 열네번째 아이를 낳다가 사망하자, 역사상 가장 아름다운 무덤인 타지마할을 지어 그녀를 안치한다. '궁중의 꽃'이라는 뜻의 타지마할은 유목민의 게르를 본떠 만들어졌다. 보르지긴 가문의 여인들과 결혼한 몽골의 구레겐(사위) 가문 출신이었던 샤자 한의 몸속에는 초원의 피가 흐르고 있었던 것이다.

게르는 겉보기에 초라한 원형의 움막이다.

그러나 이 단순해 보이는 움막이야 말로 영하 40도와 영상 40도를 오르내리는 몽골고원의 환경에 최적화된 주거 형식이다. 한 해에 4 ~ 8 차례에 걸쳐 이동하는 유목민에게 집은 쉽게 벗고, 입는 옷과 같아야 했다.

조립과 해체에 용이한 구조로 된 게르의 중심은 바간이라는 두 개의 기둥이다. 집을 이사하면 가장 먼저 세우는 게르의 축이다. 바간은 집의 안팎 주인을 상징하여 짝으로 세운다. 남녀의 성징을 지닌 우리의 장승과 비슷하다. 바간을 홀로 세운 게르가 있다면 홀아비의 집으로 인식된다. 부부를 상징하는 한 쌍의 바간은 몇 가지 금기를 지닌다. 바간 사이에 앉는 행위는 부부의 금슬을 깨뜨리는 행위로 받아들여진다. 바간 사이로 드나들거나, 물건을 주고받는 것도 무례한 일로 여겨진다.

바간은 하늘과 소통하는 원형의 토온을 떠받친다. 탄력이 좋은 나무를 반원형으로 깎아 만든 토온은 신(텡그리)이 드나드는 통로라 믿기 때문에 폭우가 아니면

덮지 않는다. 맑은 날에도 천창이 덮인 집은 초상이 났다는 표시다. 천창은 죽음과 더불어 탄생과도 연결되어 있다. 정수일의 『초원 실크로드를 가다』란 책에 따르면, "임신부가 진통을 시작하면 긴 실 한 타래를 화로 부근에서 기둥에 감아 천창 밖으로 내어 묶는다. 이것은 인간의 생명은 하늘이 내려준다는 신앙에 바탕한 관습이다"라고 되어 있다. 한마디로 천창은 한 생명이 오고 가는 통로인 셈이다.

토온은 낙타털을 꼬아 만든 줄로 이어져 무거운 바위를 매달아둔다. 말도 날려보낸다는 모래바람으로부터 게르를 지키는 추의 역할을 한다. 반개한 천창으로 찾아온 텡그리는 낙타털 줄을 타고 내려온다. 그 줄이 끊어지면 가운이 다하는 망조로 여긴다.

돈드고비에서 이사를 하는 유목민을 만났다. 마차에 실어온 짐은 모두 주변의 풀 위에 펼쳐 놓는다. 바람에 짐을 밀리려는 이유도 있지만, 살림살이들이 한눈에 들어와 정리에 용이해 보였다. 그리고 게르를 지었다. 가장 먼저 토온을 얹은 바간을 세워 집의 중심을 잡는다. 그리고 난로와 장롱을 들이고(게르 문이 좁아 나중에는 들이기가 어렵다) 벽체를 조립한다. 서까래 격인 온을 토온의 구멍에다 끼워 벽체를 고정시킨다. 뼈대가 완성되면 양털을 눌러 만든 펠트천을 덮는데, 벽체를 두르는 펠트천을 '에스기'라 하고, 지붕을 덮는 펠트천을 '데베르'라 한다. 그 위에 '하얀 천'이라는 뜻의 '차강 부레스'를 덮는다.

작은 게르는 한두 시간이면 짓는다. 초원에 집 한 채가 뚝딱 생기는 것이다. 집 한 채를 지으려면 엄청난 돈과 속 썩이는 업자와 몇 번씩 오가게 하는 관청과 산더미 같은 서류와 왜 찍는지도 모를 도장들과 쏜살같이 날아오는 각종 세금 고지서에 시달려…… 오죽하면 평생에 집을 세 채 이상 지으면 죽는다는 정주민은 생각할 수 없는 집이다. 유목민은 집과 살림을 마차 한 대에 얹고 다닌다. 꽃 속에서 잠을 자는 호랑나비처럼, 나뭇등걸에 제 깃털로 집을 짓는 딱새처럼, 넓은 바다에 누워 잠을 자는 물고기처럼 그들은 초원에 바람 같은 집을 짓고 산다.

게르는 타지마할이 그러하였듯이 정남향으로 문을 낸다. 그러나 산지가 많은 알타이 쪽의 유목민들은 산을 피해 방향과 관계없이 문을 내기도 한다. 고대의 게르는 문이 없이 가죽을 늘어뜨려 입구를 덮었다. 원형의 게르 안에서는 시계 방향으로 움직인다. 몽골인의 모든 움직임은 해를 기준으로 한다.

옹색해 보이지만, 게르 안의 위치는 중요한 의미를 갖는다. 칭기즈칸이 야망을 품고 케레이트족 옹칸의 가문과 자식들의 혼사를 제안했을 때, 이를 반대하는 셍굼이 아버지 옹칸을 설득할 때도 게르의 자리를 들고 있다.

> "만약 우리 씨족의 여자가 그들에게 간다면 그녀는 문 옆에 서서 게르의 북쪽을 바라다보게 될 것입니다. 만약 그들 씨족의 여자가 우리에게 온다면 그녀는 게르의 북쪽에 앉아 문 쪽과 화로를 바라다보게 될 터이고요." 이 말에 설득을 당한 옹칸은 결혼 제안을 거절했다.[15]

문에 들어서서 왼편이 사랑채다. 게르를 찾는 손님이라면 그곳에 앉아야 한다. 가운데는 그 집의 가장인 아버지의 자리다. 종교가 있는 유목민이라면 그곳에 작은 제단을 모시기도 한다. 가장 오른편이 안채다. 부녀자가 기거하는 공간이기 때문에 그곳에 찬장이나 주방 살림들이 놓인다. 난로의 화구 방향도 오른편으로 향한다. 요즘의 철판 뚜껑이 있는 '조흐'라는 난로도 이 원칙만큼은 지킨다. 조리 담당인 안주인의 손에 가까운 방향인데, 제대로 된 유목민이라면 게르 안에서 쓰는 가스레인지도 스위치를 오른편으로 놓게 한다.

게르의 좌측에는 바깥주인인 남자의 마구가 걸린다. 기둥을 사이로 그 안쪽으로 안주인인 부녀자의 마구가 걸린다. 아이락이 담긴 주머니는 문의 왼편에 매달아 둔다. 소 한 마리를 잡아 그 가죽을 반으로 접어 꿰맨 주머니에 담는 아이락은 많이 저을수록 잘 익는다. 드나들 때마다 저어주기 위해 문가에 매달아 두는데, 마실을 온 이웃이나 손님도 저어주는 게 미덕이다. 우리에게 고향을 떠올리는 청각적 심상이 어머니가 두드리는 다듬잇돌 소리라면, 유목민에게는 '아이락 젓는 소리'로 기억된다.

대체로 유목민들의 게르는 5킬로 정도의 거리를 두고 짓는다. 형제나 친족의

---

15   잭 웨더포드, 『칭기스 칸의 딸들, 제국을 경영하다』, 이종인 옮김, 책과함께, 2012, 39쪽.

경우에는 가까이 두기도 한다. 여름에는 바람이 시원하고 가축들을 한눈에 내려다볼 수 있는 언덕이나 산등성이에 짓는다. 겨울에는 북풍을 막을 수 있도록 산이나 언덕을 등지고 볕이 잘 드는 남향으로 짓는다. 밤이면 기온이 급강하기 때문에 돌이나 나무를 쌓아 우리를 짓고, 그 가까이 겨울 집을 짓는다.

게르 주변에는 말을 매어두는 '추립'이라는 기둥을 세워두는데, 남의 게르를 방문하면 그 기둥에 말을 매고 걸어서 가야 한다. 그 안으로 말을 타고 들어가는 것은 남의 집을 침범한 적으로 간주된다. 게르 문 앞에 붉은 천이 매달려 있으면 출산을 의미하여 함부로 드나들어서는 안 된다. 게르를 비울 때는 '실부르'라는 채찍을 문에 기대놓아 두었다.

대체로 추립을 경계로 그 안의 공간은 안마당이 된다. 안마당에는 가축의 새끼들을 풀어 풀을 뜯게 한다. 쓰레기나 용변은 안마당 밖에서 처리한다. 특히 난로의 재는 게르 앞쪽의 왼편에 버린다. 게르 뒤편에 버렸다가 겨울의 북서풍에 일어날 화재를 막기 위한 관례다.

게르는 친환경적인 주택이다.

모든 부품은 가축에게 얻는다. 기둥이나 벽체는 용도에 따라 자작나무나 버드나무를 쓰지만, 덮개는 양가죽이나 양털로 만든 에스기를 쓴다. 염소 털은 약하고 가늘어 옷을 만들 때만 쓴다.

게르를 지을 때는 어머니로 여기는 땅을 파거나 훼손하지 않는다. 유일하게 바간을 세울 때 옆으로 미끄러지지 않도록 약간의 흠을 판다. 그리고 추립을 세울 구멍을 파서 묻는다. 다른 곳으로 떠날 때는 흠이나 구멍들을 원래대로 묻는다. 유목민들은 풀과 물을 찾아 움직이는데 있던 자리로 돌아오는 데는 사오년이 걸린다. 초원의 풀들이 완전히 회복될 때를 기다리는 것이다.

울란바토르 시내에 벽돌집을 짓고 사는 몽골 사람들도 마당에 게르를 짓고 한여름을 그곳에서 지낸다. 게르는 유목민의 집이라기보다 고향과 같다. 중앙아시아 유목민들의 게르는 유르트라 불린다. 튀르크어인 유르트(yurta)의 어원은 '고향'이다.

푸른 늑대와 흰 사슴

몽골의 남성들은 기회가 있을 때마다 배를 내어놓는다. 여러 사람이 드나드는 가게 문 앞에서 불거진 배를 툭툭 두드리기도 한다. 아예 웃통을 벗고 다니는 남자들을 수시로 만난다. 체모가 드러나며 번질거리는 구릿빛 배는 거의 포식한 늑대를 방불한다. 집밖으로 한 발자국만 나가도 선크림을 바르고, 화장까지 하는 요즘의 한국 남성들과는 전혀 다른 냄새를 풍긴다.

몽골의 성징은 시조신화의 원형인 '푸른 늑대와 흰 암사슴'으로 대별된다.

몽골의 남성은 늑대처럼 용감하고 거칠며 강인하다. 그에 비해 여성은 암사슴처럼 섬세하고 고우며 민첩하다. 이러한 극단적인 성적 정체성은 유목문화를 이해하는 중요한 아이콘이 된다. 몽골인은 만곡도(彎曲刀)를 들고 말을 달려오는 포악한 야만인으로 비치지만, 그들의 가슴에는 암사슴처럼 섬세하고 고아한 서정도 숨어 있다. 이를 가장 잘 담아낸 것이 음악이다.

유목민의 전통음악은 대비되는 성징이 창법으로 뚜렷하게 구분된다. 저음의 탁성인 '할히라' 창법이 늑대가 웅얼거리는 듯하다면, 여성들이 부르는 '오르틴도'는 암사슴의 울음소리처럼 높고 청아하며 섬세하게 꺾인다.

옷에도 이러한 성징은 여실히 드러난다. 유목민의 전통 복식인 델에서 성징은 허리띠로 구별된다. 미혼의 경우에는 차이가 없으나, 혼인한 여성은 허리띠를 매지 않는 것이 고대의 전통이다. 결혼한 부인을 가리켜 '부스구이'라고 하는데, 이는 '허리띠가 없다'는 뜻이다.

유목민 여성의 일과는 고단하다. 새벽에 일어나 물을 길어다 수태차를 끓이고 음식을 조리한다. 아이를 돌보고 집안을 청소하고, 아르갈을 주워오는 것도 여성의 몫이다. 밤이 되면 옷을 깁고 신발을 짓는다. 허허벌판의 유목민에게 화장품이 있겠는가. 바람에 튼 피부에 양기름을 바르는 게 고작이다.

그러나 아름다워지려는 욕망은 여성의 본능이다. 유목민 여성의 치장은 화려하기 그지없다. 그 절정이 혼례에 나타난다. 연지와 곤지를 칠하고, 화려한 비단옷에 금은보화로 꾸민 화관을 얹는다. 잇꽃잎으로 이마와 뺨을 붉게 물들이는 화장술은 하늘에 대한 경의이며, 천지합일의 의례다. 연지라는 말의 어원은 여러 설이 있으나, 흉노족의 왕비를 지칭하는 '얀지(閼氏)', 신부가 보내는 패물함을 뜻하는 몽골어의 '인지' 등에서 비롯되었다고 본다. 『서하구사』라는 책에는 흉노가 한무제에게 연지산을 잃고서, 흉노의 여인들이 연지를 하지 못해 애통해했다는 기록이 실려 있다.

고려에 들어온 몽골의 유목문화는 족두리를 비롯하여, 머리장식까지 폭넓다. 큰머리로 알려진 가체는 티베트나 몽골 유목민 여성들의 머리장식과 유사하다. 위로 빗어 올린 유목 여성들의 머리형은 머릿니를 막기 위해 머리카락에 기름을 먹여 끌어올린 데서 시작되었다. 왕비나 신분이 높은 몽골 여성들은 머리카락을 버드나무 가지로 만든 관에 넣어 1미터 높이로 올린 '보크타'라는 머리장식을 했다. 우스꽝스러워 보이지만, 보크타는 중세 유럽의 귀부인들사이에 헤닌(hennin) 스타일이라는 머리 모양으로 유행되기도 했다. 어여머리라고 불리는 우리 왕실 여성의 머리장식도 이와 무관하지 않다.

검은 비단에 온갖 보석과 장식으로 꾸민 화관은 몽골의 황후와 귀부인들이 쓰던 '고고리'에서 전해진 것으로 알려진다. 화관과 가체가 성행하며 사치가 심해지자 1756년에 영조는 가체 금지령을 내렸으나, 반발이 심해 간소화한 족두리로 대체하는 선으로 물러서고 말았다. 지엄한 왕명도 아름다워지려는 여성들의 욕망을 이길 수가 없었다.

바지는 말을 타는 유목민 남성의 옷이었다. 이를 받아들인 게르만족은 '브라케(braccae)를 입는 야만인'이라며 놀림거리가 되기도 했다. 조나라의 무령왕은 남자들에게 말을 타기에 편리한 바지를 입게 했는데, 신하들은 야만의 오랑캐 옷이라 하여 반대했다.

아무리 장신구가 화려하다 해도 유목민의 아름다움은 실용성에 있다. 손과 발동작이 분방한 빌게춤은 육신의 실용성을 과시하는 동작으로 이뤄진다. 강한 것만이 살아남는 열악한 공간에서의 아름다움은 정주 여성의 비실용적인 미와는 본질이 다르다. 생머리를 질끈 묶은 유목민 소녀가 바람을 가르며 초원을 말 달리는 장면은, 바퀴벌레를 보고 누가 더 높은 비명을 지르는가로 판정되는 정주국의 여성미(?)와는 차원이 다르다.

전통적으로 유목민 여성의 아름다움은 건강미에 있었다. 민담이나 설화에는 일관되게 '붉은 얼굴'이라는 관용적 표현이 등장한다.

> 그는 옷자락에 있는 소똥을 가져오고 있는데, 앞에서 빛 같은 광채가 났다. 게르에는 아담하고 붉은 얼굴의 여인이 있었다. 그녀의 붉은 볼은 펠트를 뚫을 듯이 환한 빛을 발하고 있었으며, 볼록한 검은담비 모자를 기울여 쓰고 검고 긴 머리를 앞뒤로 늘어뜨린 세련된 미인이었다.[16]

그에 비해 남성의 아름다움은 '빛이 나는 얼굴과 불타는 눈'으로 기술된다. 장인의 마음을 사로잡은 어린 테무친도 그런 아름다움을 지녔다고 『몽골비사』에 기록되어 있는데, 이는 구전되는 설화에도 자주 등장하는 관용적 아름다움이다.

> 왕은 안심하고 궁으로 돌아왔다. 부셍툭그뎅이 5년이 걸리는 곳에 가서 초원에 있는 한 인가를 발견하고 집 안으로 들어가자, 집주인이 물었다.
> "얼굴에는 빛이 있고, 눈에는 불꽃이 있는 조그만 젊은이는 누구며 어딜 가는 거지?"[17]

---

16   데 체렌소드놈, '꿈쟁이 젊은이, 『몽골의 설화』, 299쪽.

17   데 체렌소드놈, '왕치그치 왕', 『몽골의 설화』, 310쪽.

'붉은 볼과 불타는 눈'으로 상징되는 아름다움은 거친 유목 환경에서 생존해 나갈 건강과 지혜로움의 요소라 하겠다. 한때 사춘기 소녀들이 좋아하는 선생님을 만나러 갈 때면 교무실 앞에서 자신의 볼을 꼬집어 발그레하게 만들던 시절의 풍습도 이와 멀지 않겠다.

몽골의 겨울은 혹독하다. 영하 50도까지 내려가는 한겨울의 날씨는 바람이 불면 체감온도가 더 떨어진다. 한국에서 두터운 방한복을 사 입고 갔지만 소용이 없었다. 덜덜 떠는 모습을 본 버드러가 자신의 델을 꺼내주었다. 놀랍게도 델을 입자 매섭게 부는 찬바람에도 몸에서 땀이 날 지경이었다. 여덟 마리의 양가죽으로 만들었다는 겨울용 델은 웬만한 체력이 아니면 움직이기가 어렵다. 그 무게만으로도 땀이 날 지경이다.

델은 솜이나 양털, 모피를 안에 대어 짓는데, 계절에 따라 명칭과 안감이 다르다. 델은 초원과 대비되는 강렬한 원색을 주로 써서 멀리서도 쉽게 알아볼 수 있게 했다. 흰색은 거의 쓰지 않는다. 그래서 몽골의 말들은 흰옷 입은 사람을 보면 놀란다고 한다.

홍고린엘스의 유목민 게르에 들렀을 때의 일이다. 15년 전만 해도 고비의 유목민들은 돈에 익숙하지 않았다. 하룻밤 신세를 지고 돈을 건네면 당황스러워했다. 언짢은 표정을 짓는 경우도 있었다. 돈보다는 밀가루나 당근 같은 식자재를 건네주면 웃음을 지으며 받았다. 오래전 실크로드를 오가던 대상들을 통해 얻은 물물교환의 풍습이 아직 남은 듯했다.

가져간 방한복에 흥미를 느낀 유목민 남자에게 입고 있던 델과 바꾸자고 했다. 남자는 흔쾌히 델을 벗어주며 기분 좋게 거래가 이뤄지는 듯했다. 그런데 그이가 차고 있던 허리띠를 가리키자, 남자는 정색을 하며 고개를 내저었다. 가죽에 금속 장식이 달린 허리띠는 다른 옷가지를 두어 가지 얹어도 바꿀 수가 없었다. 나중에야 허리띠가 그냥 옷을 여미는 장신구가 아니라는 걸 알게 되었다.

허리띠는 남성의 성징을 나타내는 물건이었다. 그것은 물건이라기보다 남자의 신분과 존재를 나타내는 인식표와 같았다. '부스'라고 불리는 남성의 허리띠는 영혼의 상징물로 인식되었다. 유목민들은 병이 나는 것을 영혼이 육신을 떠났다고 여긴다. 그럴 때 아픈 사람의 부스로 영혼을 불러들여 병을 낫게 한다. 허리띠를 빼앗기는 것은 영혼을 잃는 것으로 여겼다. 몰락해가는 몽골제국을 부활시키려고 고군분투하던 '황금 왕자' 바얀 뭉케가 고비에서 도둑들에게 죽임을 당하는 장면에도 그의 황금 허리띠가 벗겨졌다는 기록이 나온다. 이는 그의 명예와 삶이 파국을 맞이하였음을 의미한다.

유목민들은 한여름에도 긴 팔의 델을 입는다. 얼핏 더워 보이지만 찌르는 듯한 햇볕을 막으려면 델을 입어야 한다. 낮에는 뜨겁다가도 해가 지면 얼음이 얼만큼 일교차가 심한 초원에서 델은 최적화된 옷이다. 더우면 팔죽지 한쪽을 벗거나, 윗부분을 벗어 허리에 두르기도 한다. 델은 그냥 옷이 아니었다. 초원에서 밤을 새우기도 하는 목부나 병사들에게 델은 휴대용 이불이 되었다.

델과 더불어 유목민에게 모자는 중요하다. 여름의 볕을 가리고, 겨울에는 얼어붙는 머리를 보호한다. 한겨울에는 모자가 없으면 밖에 나가지를 못하여, 가난한 집에서는 모자를 번갈아 쓰고 나간다.

모자는 허리띠와 함께 신분을 나타내는 장신구였다. 신분이 높을수록 벗겨지기 쉬운 작은 모자를 썼는데, 그것은 고개를 숙이지 않는 권위를 과시하는 용도였다. 모자는 내리눌러 쓰는 물건이라서 윗사람에게는 선물하지 않으며, 게르에서도 늘 높은 곳에 두고, 함부로 타넘거나 쓰러뜨리면 안 된다.

철릭이라는 옷이 있다.
철릭은 '첩리(帖裏)' '천익(天翼)' '철익(綴翼)' 등으로 표기되었는데, 허리에 주름을 잡아 웃옷과 이어진 의상이다. 고려가요의 〈정석가〉에도 등장한다.

므쇠로 텰릭을 몰아 나는

므쇠로 텰릭을 물아 나는
텰스(鐵絲)로 주롬 바고이다
그 오시 다 헐어시아
그 오시 다 헐어시아
유덕(有德)ᄒ신 님 여희ᄋ와지이다

고대 튀르크어 'tärlik'에서 비롯된 몽골어 'terlig'이 어원인 철릭은 '땀'이라는 'Ter'와 연관되어 '땀 흘려 일하는 옷'이라는 의미를 지녔다. 철릭은 중앙아시아에 살던 유럽계 '정령(赤狄)'[18]의 의상으로 알려지는데, 이것이 우리에게 전해진 경로는 뚜렷이 밝혀지지 않고 있다. 『악학궤범』에도 소개된 철릭은 활동하기 편하여 무관들의 옷으로 쓰이다가 조선시대에 융복이라 불린다. 후에 포와 마고자나 두루마기로 변하며 우리 옷으로 자리잡았다.

지금은 '강남 스타일'로 세계에 한류를 전파하고 있지만, 고대부터 우리 안에 들어온 '유목 스타일'은 적지 않다. 〈쌍화점〉이라는 고려가요를 통해서도 그 일단을 엿볼 수 있다.

쌍화점에 쌍화 사라 가고신댄
회회아비 내 손모글 주여이다.
이 말싸미 이 졈밧긔 나명들명
죠고맛감 삿기 광대 네 마리라 호리라
긔 자리에 나도 자라 가리라
긔 잔 ᄃᆡ같이 덤거츠니 없다

이국적인 만두가 요즘의 햄버거나 케밥만큼 인기가 있었나 보다. 별당에 들어앉아 조신하게 바느질하던 고려의 규수들마저 만두를 사러 맥도날드 격인 회

---

18 정령(丁零) 또는 고거, 고차(高車), 철륵(鐵勒)이라 불리며 예니세이강 상류에 머문 동북아시아의 유목 부족이다.

족의 만두가게 '쌍화점'을 찾아간다. 눈썹이 길고 쌍꺼풀이 두터운 만두가게 주인(회회아비)이 만두를 건네주며 슬며시 고려 여인의 손목을 쥐었다.

여기에 등장하는, 느끼한 회회아비는 초원에서 들어온 위구르인이다. 요즘으로 말하자면 '양꼬치 굽는 냄새가 강렬한 자양동의 한 풍경'을 연상시키는 장면이다. '칭다오와 양꼬치'가 중국 음식으로 알려져 있지만, 이 이국적인 음식의 주인은 신장의 위구르족이다. 위구르족은 돌궐족에 이어 몽골고원에 위구르 제국을 건설한다. 탄저병으로 추정되는 역병과 내부 분열로 키르기스족에게 패망한 뒤, 이슬람교를 받아들여 회족으로 불리지만, 원래는 튀르크계 유목 부족이다.

어떤 이는 유목제국을 무너뜨린 것이 장신구와 같은 사치품이라고 한다.

막강한 흉노를 무너뜨리기 위해 중국이 한 일은 비단과 금은보석으로 꾸며진 화려한 장신구들을 엄청나게 바친 일이다.

> 1세기의 한나라 시대에는 이런 세 가지 조건을 널리 퍼뜨리기 위해 전략가들이 다섯 가지 유인책을 수립했는데, 이것을 1000년 뒤의 왕조인 명나라도 그대로 채택했다. 첫 번째 유인책은 야만인들의 눈을 타락시키기 위한 사치스러운 옷감이고, 두 번째는 그들의 입을 타락시키기 위한 최고급 요리이며, 세 번째는 그들의 귀를 타락시키기 위한 음악과 아름다운 여인이고, 네 번째는 그들의 탐욕을 부추기는 거대한 건물, 노예, 곡창이며, 마지막 다섯 번째는 야만인 지도자들의 마음을 타락시키기 위한 술과 연회였다.[19]

인류 최대의 영토를 거느린 몽골의 제국들도 아랍과 중국에서 들여오는 사치품에 빠져 안으로부터 무너지기 시작했다. 성을 오세트와 킵차크의 외인 근위대에게 맡긴 채 몽골인들은 사치와 향락에 젖어 제국의 기둥이 썩는 줄도 몰랐다.

이런 사치품에 매혹된 초원제국은 용기와 힘을 잃은 채 내분과 외침에 의해 무너지고 만다. 800년 전에 빌게칸은 "황금, 순은, 비단을 풍성하게 제공하고, 그

---

19 잭 웨더포드, 『칭기스 칸의 딸들, 제국을 경영하다』, 327쪽.

들의 말은 언제나 달콤하고 중국 사람들의 물건은 언제나 부드럽다. 하지만 너희들이 그들의 지역에 머무른다면 죽게 되리라!"라고 경고한 바 있다.

중국이라는 정주 대국을 곁에 둔 초원의 유목제국들은 하나같이 사치와 향락을 주의하라고 권면했다. 성을 짓지 말고 비단옷을 입지 말라는 유훈은 돌궐 제국이나 칭기즈칸의 제국이나 각별했다. 중국에서 태어나 정주 문화에 익숙해진 쿠빌라이는 그 할아버지가 무너뜨린 칸발리크에 성을 짓고 수도로 삼는다. 그리고 이어진 사치와 향락은 골육상쟁으로 서로를 죽이며, 탐욕으로 제국을 무너뜨리는 함정이 되었다.

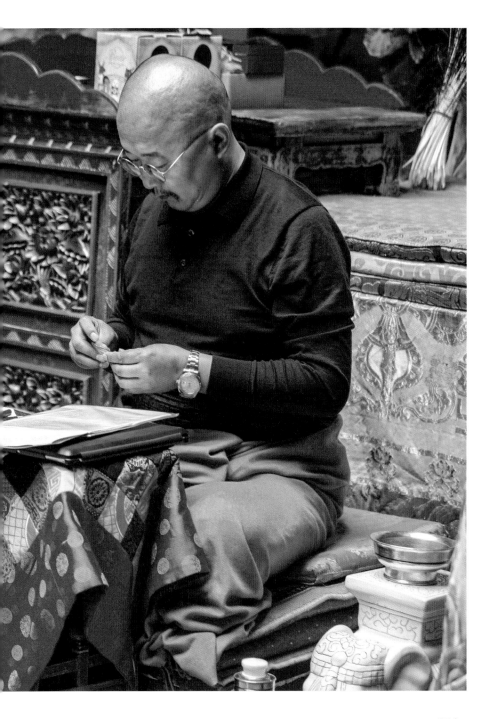

죽었다 살아온 사람을 만나다

티베트불교가 몽골에 들어오게 된 것은 오고타이칸 때의 일이다. 이후 쿠빌라이가 토번국을 복속하고 라마승 파스파를 중용하며 티베트불교는 교세를 넓혀 나가게 된다. 1578년, 알탄칸이 소남갸초를 바다라는 뜻의 '달라이'라 칭하며, 이후 '달라이라마'라는 칭호가 쓰이게 되었다. 소남갸초는 선왕인 다얀칸과 만두하이 왕비를 달라이라마로 추존하고, 알탄칸이 쿠빌라이의 현신이라며 그에게 '차크라와르 세첸 칸'(전륜성왕)이란 칭호를 준다. 그리고 자신이 알탄칸의 후손으로 환생한다고 예언하였다. 후에 알탄칸의 손자 욘텐갸초가 달라이라마 4세가 된다.

린포체는 티베트불교에서 살아 있는 부처로 섬겨진다. 활불, 생불이라고도 칭한다. 환생의 존재인 린포체는 티베트불교 내의 갈등에서 생겼다. 처자를 거느리는 싸카파와 달리 겔룩파는 독신으로 지냈다. 겔룩파의 게둔 둡이 죽고 나서 후계가 끊어지는 문제를 그들은 환생으로 응답했다.

덕망 높은 고승이 생을 마친 후에 다시 인간으로 전생한 존재이므로 부처와 대등한 대우로 섬긴다. 해탈한 승려가 윤회의 수레바퀴에서 벗어나지 않고, 고해의 세상으로 다시 돌아오는 까닭은 무엇인가. 부처는 스스로 존재하는 자가 아닌가. 티베트불교에 의하면, 린포체는 삼계고해(三界苦海)에서 허덕이는 중생들을 구제하기 위해 번뇌로 들끓는 세상으로 돌아오는 것이라 한다.

죽었던 사람이 살아 돌아온다는 걸 어떻게 확인할 수 있을까. 지상의 인간은 믿음보다 의심이 더 많은 존재다. 오죽하면 부활한 예수는 도마에게 손에 박힌 못 구멍을 보여주고, 창에 찔린 옆구리에 손가락을 넣어보라 했겠는가. 환생을 확인하는 전문적인 승려가 있다고 한다. 이들은 생전에 남긴 예언이나 집기, 개인사 등을 토대로 환생의 대상을 찾는다.

린포체와 이를 보살피는 승려의 감동적인 이야기를 담은 〈다시 태어나도 우리〉라는 다큐멘터리 영화에는 어린 앙뚜가 그를 보살피는 우르걏에게 티베트 캄에 있는 사원과 제자들이 훤히 보인다고 말하는 장면이 나온다. 이런 일화는 도처에 있다. 신상환의 『세계의 지붕 자전거 타고 3만리』에 실린 13대 달라이라마의 이야기를 소개한다.

1935년 7월 6일, 티베트 3개 성 중 암도의 한 마을, '포효하는 호랑이'라는 뜻을 지닌 탁세의 조그만 농가에서 한 사내아이가 태어났다. 일찍이 쿰붐 사원의 주지 환생으로 지목된 큰아들 노르부를 낳은 집안이었다.

대다수 위인들처럼 이 꼬마가 태어날 때 이적이 일어났다. 원인 모를 병마에 시달리던 아버지가 완쾌된 것이다. '시혜로 충만한 여신'이라는 뜻을 지닌 꼬마, 라모톤드업은 가장 먼 도시이자 수도인 라싸로 간다고 칭얼거렸다.

이 꼬마가 네 살이 되었을 때 한 평복을 입은 무리가 집 앞을 지나갔다. 꼬마는 집밖으로 뛰어나가며 그 무리의 한 명을 붙잡고 "쎄라 중, 쎄라 중!"하고 불렀다. 그들은 라싸에서 온 영동 조사단이었고 변복을 한 방문객은 쎄라 사원에서 온 승려였다. 집 안으로 초대된 영동 조사단과 라모 톤드업은 유창한 라싸어로 말했다. 우리식으로 하자면 전라도나 경상도에서 태어난 꼬마가 서울 표준말을 쓴 셈이다.

영동 증명을 위한 생전 물품 확인 작업이 뒤따랐고, 곧이어 13대 달라이 라마 툽텐 갸초의 환생 영동을 발견했다는 반가운 전문이 베이징을 거쳐 인도로, 인도에서 히말라야산맥 너머 라싸로 전해졌다.

몽골의 바가가즈링 촐로에서 5km쯤 떨어진 초원에는 델게링 초이링 사원이 있다. 그 사원에는 고승 자와담딩이 전생한 린포체 로브상 다르자가 몇 해 동안 머무르며 수행했다고 한다. 버드러에게 물으니, 로브상 다르자가 2011년에 수행을 마치고 지금은 울란바토르에 있다고 했다.

델게링 초이링 사원을 찾던 날은 아침부터 바람이 불고 비가 내렸다, 전에 대웅전으로 쓰던 대형 게르에는 아이들이 조르르 앉아 있었다. 불상 앞에는 처음 보는 승려가 앉아서 아이들의 과제를 점검하고 있었다. 방학을 맞은 인근의 유목민 아이들이 교리 학습을 받는 듯했다. 기독교로 말하자면, '여름 성경학교' 같은 것이었다. 그곳에는 금발의 서양 여성도 아이들의 공부를 거들고 있었다. 금테 안경을 쓴 승려는 지적으로 보였고, 법당으로 들어선 이국의 여행자들을 보고도 아무런 동요가 없었다. 얼마 지나지 않아 낯이 익은 승려가 들어왔다. 여행자들을 위해 몇 가지 질문에 답하던 그의 입을 통해 알게 되었다. 불상 앞에 앉아 있는 안경잡이 승려가 자신의 스승이며, 그가 자와담딩이 환생한 린포체라고 했다.

이럴 수가…… 불교 신도인 여행자들이 그를 친견했다. 린포체는 멀리서 온 참배객들의 머리를 손으로 쓰다듬고는 동승이 가져온 목걸이를 하나씩 걸어주었다. 붉은 실을 꼬아 만든 줄에 수정이 매달려 있었다.

상좌승의 말로는, 초이링 히드는 황모파에 속하는 사원으로 자와담딩의 불상을 모시고 있다고 했다. 황모파는 타락한 티베트불교를 쇄신한 총카파를 뜻하는데, 노란 모자를 쓰고 있어 그리 불린다. 역대 달라이라마를 배출한 티베트불교의 주류 종파다.

법당 앞에는 조그마한 1인 게르가 비에 젖고 있었다. 그곳에서 수년간 독거수행한 린포체를 눈앞에서 대하고 보니, 그 작고 초라한 게르가 화려한 단청을 두른 금당보다 장엄하게 느껴졌다. 그 안에 들어앉아 그가 외었을 기도문이 그윽하게 들려왔다.

"세상의 모든 기쁨과 평안은 당신에게, 괴로움과 슬픔은 내게로……"

몽골의 수많은 티베트불교 사원들은 부서진 토담만 남긴 채 폐허가 되었다. 몽골인들은 이를 칭기즈칸의 영기(슐테)를 지키지 못한 결과로 받아들이고 있다. 칭기즈칸의 후손인 자나바자르가 물려받은 검은 영기는 황모파 승려들의 손에 지커지다가 공산 정권이 들어서며 사원이 무너지고, 승려들이 죽임을 당하는 법난의 와중에 사라졌다.

공산혁명으로 세워진 몽골 정부는 종주국 러시아의 유물론에 입각하여 종교를 탄압한다. 외가가 몽골계였던 레닌은 '공포가 신을 만든다'며 사회과학적 각성으로 종교를 타파하자고 외쳤다. 스탈린은 이를 근거로 몽골의 샤머니즘과 불교에 대해 일대 숙청에 나섰다. 수천 개의 사원들이 파괴되고, 승려들은 강제로 환속하거나 유형지로 보내졌다. 신심을 지닌 몽골 공산당의 간부가 문화유적이라고 둘러대는 덕에 간당사원만이 살아남았다. 대부분의 사원들은 폐허가 되고, 부서진 토벽과 황량한 절터만 남아 있다.

하르호린의 에르덴조 사원에는 거대한 게르를 버티던 바간의 받침돌과 깨진 구리솥만 바람에 녹슬고 있다. 최근 들어 에르덴조의 사원에 예불 소리가 살아났다. 그곳에는 기도를 부탁하고 앞날을 묻는 유목민들에게 부적과 말씀을 전해주는 게르가 한 채 있다. 불심이 깊은 여행자가 승려들 앞에 늘어선 줄에 끼었다. 합장을 한 뒤, 승려에게 기도를 부탁했다. 이국인의 청을 들은 승려의 말은 진중했다.

"솔롱고스에는 솔롱고스의 훌륭한 승려들이 있으니, 그분들에게 부탁하시라."

돈만 된다면 개에게도 축복을 해줄 준비가 되어 있는 요즘의 일부 종교인들에 비추어 그 승려의 언행은 자못 묵직한 품격을 느끼게 했다.

유목민은 아내를 빌려주나

"몽골의 유목민들은 아내를 빌려준다던데……"

이런 질문을 심심찮게 받는다. 몽골에 거의 관심이 없는 이들이 어떤 경로로 이 지엽적인 일화를 알아내어 눈을 가느스름하게 뜨고 묻는지 신기했다.

'과객혼'이라 불리는 이 일화는 대개 실크로드를 통해 들어온 서역 상인을 상대로 이뤄졌다. 아무렇게나 행하는 것이 아니라, 부족장의 허락을 얻어야 했다. 여성이 자신의 이름을 알려주는 것으로 동침이 동의된다. 결정이 되면 남편은 말을 타고 멀리 나가 며칠 동안 집을 비우고, 안주인은 낯선 이방인과 동침한다. 때로는 지식이 높은 승려가 초야권을 갖는 부족도 있었다.

그것은 고립되어 살아가는 유목민의 처절하고 슬픈 생식 의례였다. 눈을 가느스름하게 뜨고 농담으로 물을 일이 아니다. 뭉치면 살고 흩어지면 죽는다는 농경 정주민의 습속과 달리, 유목민은 뭉치면 죽고 흩어져야 산다. 제한된 초지와 식수원을 확보하기 위해 멀리 흩어져서 살아가는 유목민들의 가장 큰 고민은 배우자를 찾는 일이었다. 지위가 높거나 부유한 사람은 다른 부족의 여자를 지참금을 주고 신부로 맞아들이지만, 가난한 유목민들은 혼기가 되어도 신부를 얻기가 어려웠다. 이럴 경우, 여자를 훔쳐 오거나(약탈혼), 가까운 곳의 여자를 배우자로 맞아들일 수밖에 없다. 인근의 유목민들은 따지고 보면 사촌의 오촌 격으로 근친인 경우가 많았다.

근친혼은 생물학적으로 심각한 폐해를 낳았다. 한때 스코틀랜드의 문필가 로버트 체임버스를 위시하여 서구의 의학계에서는 다운증후군을 근친혼에 의한 '몽골증후군'이라 부르기도 했다. 이런 폐해를 알게 된 유목민들은 외간 남자에게 아내를 내어주어 건강한 형질의 후손을 얻으려는 관습이 있었다.

『삼국유사』에 수록된 〈처용가〉를 이런 측면에서 들여다보는 것도 흥미롭다.

> 동경 밝은 달에 밤드리 노닐다가
> 들어와 자리 보니 다리가 넷이어라
> 둘은 내 것이런만 둘은 뉘 것인고
> 본디 내 것이다만 빼앗긴 걸 어찌하릿고.

유교문화의 토양에선 도저히 받아들이기 어려운 대목이다. 역신이 감동한 처용의 너그러움도 유목문화가 지닌 관용과 공생의 특질과 잇닿아 생각해 보게 된다.

한때 '초원'이 대중가요에 자주 등장한 적이 있었다. 전설적인 밴드 '히식스(He6)'가 70년대 초에 발표한 〈초원의 사랑〉과 〈초원의 빛〉이라는 노래가 있다. '뜨거운 그 입술, 흐느끼던 그 숨결, 안녕이라고 안녕이라고, 저 푸른 초원에, 못다 한 사랑이, 마지막 잎새 되어 흐느낍니다'라는 후렴구는 인상적이다. 그 뒤를 이어 초원은 다시 가요계에 호명된다. '저 푸른 초원 위에, 그림 같은 집을 짓고'로 시작되는 남진의 〈님과 함께〉는 지금도 노래방에서 즐겨 불린다.

초원이라고는 찾아볼 수 없는 나라에 살고 있지만, '초원'은 우리의 내면에 깃들어 있는 원초적 감성인지도 모른다. 푸른 초원에서 나누는 '뜨거운 입술'은 그런 감성을 자극하기에 충분했다. 조영남이 부른 〈불 꺼진 창〉이라는 가요가 '초저녁부터 왜 불을 끄냐'는 이유로 금지곡이 되던 시절에 어떻게 '있지도 않은 초원에서 흐느끼는 숨결'은 살려 두었는지 불가해한 일이다.

유목민의 사랑은 초원에서 이뤄진다.

마음에 드는 여인이 있으면 그의 게르 앞에 오르가 장대(투우마갈)를 세워둔다. 사랑의 여인을 포획하려는 표시일까. 상대가 마음에 들면 여인은 말을 타고 초원으로 나가 오르가를 세워 두고 사랑을 나눈다. 멀리 떨어져 사는 유목민들은 주로 나담이나 마유제 같은 축제에서 교제의 기회를 얻는다. 마음이 맞으면 두 집안이 나서서 정식으로 혼사를 진행한다.

혼례는 중매쟁이를 내세워 두 집안을 오가며 혼담을 주고받아 결정한다. 신부는 나이와 성격, 바느질 솜씨, 건강을 주로 살핀다. 약혼식은 신부의 집에서 치르는데, 양의 머리를 삶아 신랑에게 대접한다. 이는 남편에게 순종할 것을 상징하는 음식이다. 고대에는 신랑감이 처가로 들어가 데릴사위 노릇을 하였는데, 금품으로 대신하여 면하기도 하였다. 함진아비나, 신랑을 거꾸로 매다는 통과의례들은 우리의 혼례풍속과 비슷하다. 부족에 따라 신랑의 기지와 재치를 헤아리는 문답 의례가 있기도 하다. 이혼은 쉽게 하지 못하게 되어 있으며, 사회적 흠결로 여겨졌다. 이혼한 여성은 머리를 하나로 묶고, 친정으로 돌아와 지냈는데 주변의 구설에 오르내려야 했다.

고립된 초원에서 살아가는 유목민들의 삶은 모든 걸 알아서 해결해야 했다. 가장 큰 어려움은 질병이었다. 병원이나 의사가 없으며, 있다 해도 멀리 떨어진 유목민들은 민간요법에 의지할 수밖에 없었다.

갓난아이가 귀를 앓으면, 엄마의 소변을 아이의 귀에 조금씩 넣어 치료했다. 이가 아플 때는 낙타의 오줌을 바르면 앓던 이가 빠진다고 했다. 잠을 자던 아이가 갑자기 깨어 울거나 경련을 일으킬 때는 숟가락에 양초를 놓고, 난로 위를 돌려 녹은 촛농을 찬물에 떨구면 그 위로 원인이 되는 사람의 형상이 떠오른다. 이럴 경우, 난로에 소금 알갱이를 넣어 탁탁 튀는 소리가 날 때 아이를 안아들고 '호레! 호레! 호레!'라고 주문을 외며 난로 위로 세 바퀴를 돌리면 아이가 안정을 찾아 곤히 잠든다고 한다. 볼로르마의 막내딸을 처음 본 날, 아이가 자다가 놀라 깨어나 울었단다. 그래서 위에 소개한 방법을 썼더니, 물 위에 사자 갈기 같은 머리를 한 내 형상이 떠올랐다 한다. 믿지 않을까봐, 사진까지 찍어 보여주었다.

이런 민간 처방은 왕가에도 쓰였다. 정적들을 피해 유목민에게 맡겨진 '황금 왕자' 바얀 뭉케는 몹시 병약했다. 그를 살린 것이 '바리아치'라는 유목민들의 정골 치료술이었다.

병들을 악귀가 가져온다고 믿었던 유목민들은 게르 문 위에 이빨이 날카로운 '타이멘'이라는 물고기의 머리나, 고슴도치 껍데기를 매어두었다. 엄나무 가시를 문지방에 매어두던 우리의 풍속과 크게 다르지 않다. 귀신이 잘 잡아가는 아들은 딸처럼 머리를 길러 귀신의 눈을 속였다. 아들은 세 살이나 다섯 살이 되면, 사슴이 우는 가을에 머리를 깎아주고, 딸은 두 살이나 네 살이 되는 여름에 잘라준다. 이런 풍습을 '보가 오람다흐 차가르(буга урамдах цагаар)'라고 한다. 이때 자른 배냇머리는 잘 두었다가 아이가 병이 들면 머리맡에 두어 낫게 했다.

귀신을 속이는 이야기는 또 있다.

옛날에 아주 금슬이 좋은 부부가 아이를 낳아 행복하게 살고 있었다. 이를 시기한 귀신이 제 하인에게 일렀다.

"날이 어두워지면 부부가 싸우도록 만들겠다. 부인이 화가 나서 아이를 안고 나오면 기다렸다가 아이를 훔쳐 달아나라."

과연 그날 밤에 부부는 크게 싸우고, 귀신이 이른 대로 부인이 화가 나서 아이를 데리고 나가려 했다. 그런데 부인은 아이의 코에 검댕을 바르고 게르 밖으로 나갔다. 문밖에서 눈이 빠지게 기다리던 하인은 아이를 훔치지 못했다.

귀신이 화가 나서 야단치자, 하인이 이리 말했다.

"부인이 나오긴 했는데, 아이는 없고 토끼를 데리고 나왔어요."

이는 코가 까만 토끼에서 나온 민담인데, 몽골의 유목민들은 어두운 밤에 나다니는 걸 꺼린다. 지금도 밤에 아이를 데리고 나가려면 아이의 미간이나 코에 검댕을 바르고 나가 귀신을 속인다. 이를 '하르 할장 톨라이(Хар халзан туулай)'라 한다.

고립과 결핍 속에서 살아가는 유목민들이 경험으로 얻은 지혜가 엿보이는 풍습들이다.

캐러밴 스타일로 여행하다

현지 여행사와 다닌 몽골 여행은 편하지만 흡족하지 않았다. 멋진 곳에서 좀 더 머무르고 싶어도 다음의 일정에 끌려다니는 여행은 숨가쁘고 아쉬웠다. 밤늦게 도착하여 미명에 길을 떠나는 여행은 체력적으로도 힘이 들어 낮에는 차에서 자는 게 일이었다.

해가 저물 무렵, 한 서양 여행자가 자전거를 타고 바가가즈링 촐로의 평원을 유유히 지나는 걸 보았다. 몽골을 그렇게 만나고 싶었다. 바람 가는 대로 흘러다니는 여행을 하고 싶었다. 그런 여행을 해줄 수 있는 여행사를 알아보았다. 요구 조건은 두 가지였다. 정해진 일정을 벗어나 새로운 코스로 가자. 그리고 최대한 싸게 여행하자.

울란바토르의 여행사들은 난색을 표명했다. 정해진 길과 숙소를 오가는 게 그들에겐 편했다. 머리가 시원하게 벗겨진 한 여행사의 사장이 진지하게 들어주었다. 한참 동안 내 이야기를 듣던 사장이 고개를 끄덕이며 말했다.

"캐러밴 스타일!"

그게 뭔지는 모르지만, '캐러밴'이라는 말이 단숨에 마음을 사로잡았다. 사막을 걷는 대상들이 보이고, 낙타 목에 매달린 방울 소리가 들려왔다.

캐러밴 투어는 홉스골을 거쳐 오트곤 텡게르와 알타이에 이르는 15일의 여정으로 짜여졌다. 랜드크루저, 델리카, 스타렉스로 이뤄진 다국적연합 차량에 감자 자루와 생수와 과일과 밀가루와 빵 부대를 잔뜩 실을 때만 해도 거의 '돌아올 수 없는 타클라마칸'으로 떠나는 기분이었다.

갓 스물을 넘은 몽골 가이드가 해주는 첫 음식은 스파게티였다. 양과 염소들이 날파리에 덮여 풀을 뜯는 강가에서 가이드는 작고 빨간 식탁을 차렸다. '어린 왕자'의 별에 있을 의자가 초원에 놓이고, 식탁에 홍당무와 감자를 썰 때만 해도 목가적이었다. 그런데 그녀는 감자를 붙들고 자로 재듯이 심혈을 기울여 썰었다. 신중하다못해 경건함마저 느끼게 했다. 절간에서 부처께 드리는 공양 음식을 준비해도 그보다는 날렵했을 것이다. 새로운 가축(?)을 발견한 날파리들은 사정없이 달려들고, 흙탕물 흐르는 강이 지루해지기 시작했다. 한 시간이 지나고, 두 시간이 지나도 스파게티는 식탁에 오르지 않았다.

제국을 이루어낸 몽골군의 기동성과는 전혀 무관한 동작이었다. 보다못한 한국의 아녀자들이 나섰다. 가이드의 손에서 뺏어 든 칼로 전광석화처럼 썰고, 지지고, 볶아서 뚝딱 한 끼를 해결했다. 그 후로 식사 준비는 한국 여행자들의 몫이 되었다.

호르고 울의 비탈진 산길에 핀 여름꽃들은 아름다웠다. 아름다움과 그 꽃들 속에서 누워 자는 하룻밤은 전혀 달랐다. 얇은 텐트 안은 몸이 떨릴 정도로 춥고, 꽃이 어우러진 산비탈에선 잠이 들 만하면 자꾸 아래로 미끄러져내렸다.

미리 숙소를 예약하고 다니는 여행과 달리, 가다가 유목민 게르에 들러 유숙하거나 그마저 없으면 천막을 치고 모닥불에 밥을 지어 먹는 여행이 '캐러밴 스타일'이라는 걸 깨닫기까진 그리 오래 걸리지 않았다. 나담 축제로 여행객들이 몰려든 무릉에서는 잘 데가 없어 남의 집 마당에 친 게르에서 온갖 국적의 외국인들 틈에 끼어 자야 했다. 코 고는 소리도 언어만큼이나 다양했다. 온수 샤워는 꿈도 못 꾸었다. 지나가다가 맑아 보이는 물이라도 흐르면 세수를 하기 바빴다. 개울물에 몸을 씻으면 사형이라는 말에 조심스레 주변을 살피며, 손에 물을 적셔 고양이 세수를 했다. 개울에 차를 들여놓고 세차를 하던 몽골 운전사들이 이상한 눈으로 쳐다보았다.

고생스러운 여행에 항의를 하려다가도 너무도 천진한 눈으로 바라보는 몽골 가이드가 당장 '캐러밴 스타일!'이라고 외칠 것 같아 입을 다물었다.

세 대의 차들은 쉴새없이 문제를 일으켰다. 우선 다양한 차종이 차별을 못 견디는 나라의 여행자들 사이에 소음을 일으켰다. 그 가운데서도 일제 델리카라는 차가 유난히 말썽을 부렸다. 툭하면 멈추고, 손잡이가 날아가고, 경적마저 고장이 나서 오위를 지날 때에도 울리지를 못했다. 차가 고장이 날 때마다 웃통을 벗은 운전사는 '쥬게르!'를 연발하며, 차 밑에 기어들어가 고치느라 지체되었다. 차강 노르의 호르고 울에 도착했을 때였다. 운전사가 앞바퀴를 빼고 나뭇가지를 깎고 있었다. 무얼 고치는가 보았더니, 브레이크 쪽의 고정쇠가 빠져 나무를 깎아 끼우려는 중이었다. 더이상 보아 넘길 수가 없었다. 항가이의 가파른 산길을 오르내릴 차의 제동장치에 나무를 깎아 끼우는 걸 지켜볼 수는 없었다. 인근 마을의 카센터에 들렀지만 고칠 수가 없다고 했다. 제동장치가 불완전한 차를 타고 갈 수는 없는 일이었다. 가이드가 운전사에게 더이상 함께 여행할 수가 없다고 통고를 했다. 그러면서 이미 지급한 돈을 돌려달라고 했지만, 운전사는 에어컨 가스를 주입하고 중간에 차를 고치느라 다 썼다고 버텼다. 옥신각신하는 중에 운전사는 길에 짐과 여행자들을 내려놓고 가버렸다.

사정을 전해 들은 사장은 미리 돈을 준 가이드와 길을 모르는 운전사에게 호통을 치며, '모두 죽는 줄 알라!'고 야단을 쳤다. 두 대의 차에 끼어 타면서도 불만을 할 수 없었다. 애써 일한 수당도 주지 않고 '죽는 줄 알라!'는 사장의 말에 울음을 터뜨린 가이드와 운전사들을 위로하기 바빴다.

울란바토르에서 새로 차를 보내주기로 했다. 700킬로미터를 하루에 달려온다는 게 믿어지지 않았다. 인근 게르에서 차를 기다릴 가이드와 짐들을 남겨두고, 여행은 계속되었다. 버리고, 남기고, 떠나는 게 캐러밴 스타일이었다.

이리저리 길을 헤맨 끝에 가까스로 오트곤 텡게르에 이르렀다. 저녁이 되어도 울란바토르에서 달려온 차를 타고 온다는 가이드가 도착하지 않았다. 당장 먹을거리와 돈, 여행 짐들을 실은 차가 오지 않으니 걱정이 되지 않을 수가 없었다.

다행히 유목민 게르가 있어 하룻밤 신세를 지기로 했다. 해발이 4021m인 오트곤텡게르산은 항가이산맥의 서측에서 가장 높은 산이다. 매년 산의 정상에서 하늘에 제사를 지낸다는 그 산은 몽골인에게 하늘과 통하는 영산으로 여겨졌다. 여성이 산에 오르면 좋지 않은 일이 일어난다며 운전사가 주의를 주었다. 그 말은 하지 않는 편이 나았다. 게르에서 쉬려던 솔롱고의 여성들은 그 말을 듣자마자 떨치고 일어나 산으로 올랐다.

가이드 버기는 날이 밝아도 감감무소식이다. 여행경비를 지닌 사람이 오지 않자 불평이 나왔다. 당장 밥 사 먹을 돈도 없고, 떨어져가는 자동차 기름도 걱정이었다. 더 기다릴 수가 없어 봄브고르 솜으로 이동하려는데, 놀랍게도 가이드 버기가 나타났다.

버기는 울란바토르에서 새로 보낸 스타렉스를 타고 지름길로 오다가 습지에 차가 빠져버렸다고 했다. 수렁에 빠진 차를 꺼내보려고 애쓰다가 인근 게르에 운전사는 남고, 자신은 눈 빠지게 기다릴 여행자들을 향해 밤새 걸어서 오는 길이라고 했다. 나이 어린 여대생 버기가 혼자서 늑대 우는 밤길을 걸었다는 말을 듣자니 코끝이 찡해졌다. 무섭지 않았느냐는 말에 '늑대가 나타나면 어쩌나' 걱정했다는 이 당찬 여대생은 꼬박 밤을 새워 걷다가 지나가는 오토바이를 얻어타고 온 것이다.

우리가 간다!
보무도 당당하게 출발한 차가 얼마 가지 않아 무릎밖에 오지 않는 개울에 빠져버렸다. 개울 바닥에 깔린 미끄러운 자갈들이 문제였다. 간신히 건져낸 승합차를 먼저 보내고, 파제로 지프로 차를 건지러 가기로 했다.

개울을 건너자 차 한 대가 간신히 빠져나갈 험한 바위산이 나타났다. 당장 짐승이 튀어나올 듯 험준한 바위산을 넘으며, 이 길을 여자 혼자서 밤새 걸었다고 생각하니 가슴이 찡해왔다.

한참을 달리자 외딴 게르가 나타났다. 새로 온 운전사와 게르의 젊은 주인이 삽을 들고 따라나섰다. 차가 빠진 곳은 게르에서도 꽤 멀었다. 스타렉스가 물이 질컥거리는 습지에 네 바퀴를 잠근 채 기다리고 있었다. 날은 흐릿하고 간간이 빗방울이 떨어졌다. 방한복을 입었어도 한기가 들었다. 스타렉스에 실려 있던 엄청난 여행 짐들을 죄다 끌어낸 뒤 차 밑에 엎드려 땅을 파고, 돌을 받치느라 온몸이 후줄근히 젖었다. 부들이며 떼로 덮인 땅은 스펀지처럼 푹신거릴 뿐 삽날을 받아들이지 않았다. 수렁에 엎드려 온몸이 물에 젖은 운전사는 필사적으로 삽으로 파내고 그 밑에 돌을 깐 뒤, 거기에다가 유압 인장기를 세웠다.

미끄러운 자갈돌에 세운 인장기는 자꾸 미끄러져 몇 번이고 허탕을 쳤지만 전혀 굴하지 않았다. 남자 가이드와 지프 운전사가 주변을 뒤져 큼지막한 통나무를 주워 왔다. 그걸 차축에 걸어 지레 삼아 들어올리자 차가 수렁에서 조금 떠올랐다. 그 사이에 바닥에 돌을 받치고 다시 인장기로 들어올리기를 반복했다. 이렇게 네 바퀴를 돌아가며 수렁 위로 끌어내자니 시간이 오래 걸릴 수밖에 없었다.

온몸을 적신 채, 과자 몇 개로 점심을 대신했다. 지나가던 차들은 예외 없이 멈추어 걱정을 해주었다. 어느 젊은 남자는 반짝거리는 구두를 신은 채 수렁에 들어가 거들었다. 오지 않는 아빠를 아이가 부르고, 아내가 경적을 울려대도 꿈쩍도 하지 않았다.

한밤중에 들이닥친 낯선 사람들을 재워준 게르 주인은 삽을 들고 따라와 온종일 수렁에 빠져 찬물을 뒤집어쓰고 있었다. 그들의 도움으로 드디어 스타렉스가 수렁 위로 올라섰다. 여섯 시간 만의 일이었다. 점심도 거른 채 온몸을 적신 몽골인들은 너털웃음을 웃으며 얼음 같은 개울물에 들어가 몸을 씻었다. 젊은 가이드는 머리까지 감았다.

그 뒤로도 차는 무수히 빠지고, 고장이 나고, 길을 잃었다. 마지막으로 머문 엘승타사르하이의 유목민 게르에는 난로가 없었다. 춥다고 했더니 주인 할아버지가 보드카를 마시라고 했다. 어이가 없지만 캐러밴 스타일이었다. 어느 걸에 내 입에서도 "쥬게르!"란 말이 흘러나왔다. 쥬게르는 괜찮다는 뜻의 몽골말이다.

유목민은 잔인할까

몽골을 자주 드나드는 것을 알고, 전화까지 걸어 만류한 동료 작가도 있었다. "사람 기름으로 비누까지 만들어 쓴 놈들이 뭐가 좋다고 자꾸 갑니까?"

대체로 서구인의 손에 의해 기록된 유목민은 잔인했다. 곡식 대신에 가축을 살육하여 사는 유목민의 생활과, 끝없는 약탈과 전쟁의 부정적인 면들이 그 잔인성을 확대했다. 스키타이가 그러했고, 훈족이 그러하고, 무수한 성을 함락시킨 칭기즈칸과 몽골군이 그러했다. 훈족의 아틸라를 '신의 채찍'에 비유하고, 바투의 몽골군 밑에서 시달리며 살아야 했던 러시아 공국의 루시들은 이를 '타타르의 멍에'에 비유했다. '타타르'의 어원은 지옥을 뜻하는 라틴어 '타르타르'에서 비롯되었다.

유목민에 대한 부정적인 시각은 뿌리가 깊다.

헤로도토스의 『역사』에 처음 등장하는 스키타이인은, 최초로 죽인 적의 피를 마시고 가죽을 벗겨 소금에 절여 수건이나 말안장으로 깔고 다닌다고 소개되어 있다. 나르본의 이보가 보르도의 대주교에게 전한 바에 따르면, 유목민들은 인육을 먹으며 여성의 유방을 별미로 우두머리에 바친다는 내용도 있다. 이게 사실이라면 유목민들은 식인귀에 가깝다.

그러나 유목민은 죽음을 부정하게 여겨 입에 올리는 것조차 꺼렸다. '죽었다'는 사실도 '하늘로 올라갔다' '돌아갔다'라고 돌려 말할 정도다. 아무리 굶어 죽게 된 유목민도 죽은 짐승의 고기는 입에 대지 않았다.

『몽골비사』에도 오만해진 탭 텡그리의 죽음을 "막내가 텝 텡게리를 끌고 나가자, 문기둥 사이에 앞서 대기시킨 세 명의 장사들이 텝 텡게리를 붙잡아 끌고 나가 그의 등 허리뼈를 분질러 왼편의 수레들 끝에 버렸다."라고만 기록하고 있으며, 테무친이 이복형제 벡테르를 살해한 장면도 "팔을 뒤로 붙들게 하고 활로 쏘았다"라고 되어 있다. 허리 꺾인 무당이 어떻게 죽었는지, 화살을 맞은 벡테르가 그 자리에서 바로 죽었는지, 죽음에 대해서는 어떤 구체적인 묘사나 언급도 없다.

자무카가 테무친에게 기세를 빼앗긴 배경에도 이러한 유목민의 심성이 스며 있다. 테무친의 편을 든 자신의 부하들을 자무카가 '솥에 넣어 삶아 죽인 일'로 민심이 급격히 기울어졌다. 아무리 배신한 부하라 해도 솥에 넣어 삶는 잔혹한 형벌이 그를 떠나 너그러운 테무친을 따르게 했다.

가족과 같은 가축을 잡아먹고 살아야 하는 유목민의 내면에는 죄의식 같은 것이 깔려 있다. 굶어 죽지 않으려면 죽여야 사는 삶 — 그들은 양이 풀을 뜯고, 늑대가 양을 먹듯이, 가축을 잡아먹는 운명을 받아들인다.

유목민들의 내면에 잠복한 죄의식은 티베트불교를 만나 위무된다. 생존을 위한 살생을 허용한 교리가 그들을 안정시킨다. 그리고 죽음이 끝이 아니라 다른 삶으로의 윤회이며, 자신의 손에 죽어간 가축들을 더 좋은 삶으로 보내는 일에 안도한다.

유목민은 의외로 죽음을 꺼린다. 늘 손에 피를 묻히면서도, 죽음을 입에 올리거나, 주검을 목도하는 걸 부정하게 여긴다.

『몽골비사』에는 상관의 목을 베어 들고 와 투항하는 적병에 격노하는 칭기즈 칸의 일화가 소개된다. 이는 배신에 대한 비난과 함께 부정한 주검과의 대면에 대한 그의 격분을 보여주는 장면이다. 몽골군을 맞아 속수무책으로 무너진 유럽의 기사들이 성자의 유골을 앞세우고 나오자 몽골군이 분노한 이유도 여기에 있다. 시신이나 유골을 대하는 걸 끔찍이 꺼리는 몽골군들은 기사뿐만이 아니라, 성직자들까지 죽이고 교회를 불살랐다.

잭 웨더포드가 쓴 『칭기스 칸, 잠든 유럽을 깨우다』라는 책은 이에 대해 새로운 관점을 제공한다.

칭기스 칸의 군대는 전례 없는 비율로 적을 죽였고, 살인을 거의 정책으로 내세웠다. 또 물론 공포를 자아내는 수단으로 학살을 이용하기도 했다. 그럼에도 그들은 놀랍게도 당대의 표준적인 관행에서 벗어나 있었다. 몽골군은 적을 고문하거나, 신체를 절단하거나, 불구로 만들지 않았다. 당시의 전쟁은 종종 공포의 심리전 양상으로 전개되었기 때문에 이 시대의 다른 통치자들은 공개적인 고문이나 잔혹한 절단을 통하여 사람들에게 공포를 주입하는 단순하고 야만적인 전술을 사용했다.

1228년 8월 술탄의 아들 잘랄 앗 딘과 싸우던 몽골군 400명이 포로가 되었다. 포로들은 자신들이 죽을 운명임을 잘 알았다. 승리한 무슬림은 몽골 전사들을 근처의 이스파한으로 데려가 말 뒤에 묶고 거리를 돌아다니며 주민을 즐겁게 해주었다. 몽골 포로들은 모두 이런 식으로 공개적인 장난감이 되어 죽음을 당했으며, 그런 다음 개의 먹이가 되었다.

이런 공개적인 고문 때문에 몽골군은 이 도시에 살던 문명인들을 결코 용서하지 않았으며, 결국 보복했다. 다른 전투에서 몽골군이 졌을 때 페르시아 승자들은 포로들의 머리 — 몽골인은 머리에 영혼이 있다고 믿었다 — 에 못을 박아 죽였다. 이와 비슷한 사건은 100년 뒤인 1305년에도 되풀이 되어, 델리의 술탄은 몽골 포로들의 죽음을 대중의 오락거리로 삼아, 코끼리를 불러 밟아 죽이게 했다. 그는 또 전투에서 죽음을 당하거나 포로가 된 몽골인의 머리를 잘라 탑을 쌓기도 했다.

유목민이나 몽골군을 옹호하려는 것이 아니라, 모든 전쟁은 잔인하다는 편이 좀더 사려 깊은 말이 될 것이다.

칭기즈칸은 용맹과 함께 지략이 능했다. 투항하는 적에겐 자치권을 인정하며 관용을 베풀었으나, 저항하는 적은 본보기 삼아 무자비하게 살육했다. 여기에서 '잔인한 전쟁광'이라는 평이 붙은 듯하다. 그는 모래성 같은 부족연합체를 사치품과 곡물로 결속시켜왔다. 이를 위해 알라카이를 비롯한 그의 딸들을 정략적으로 주변국들의 왕에게 시집 보내는 '쿠다(결혼 동맹)'를 이용하는 정략술을 발휘했다. 대다수의 약소 부족국들은 스스로 복속되었지만, 무력으로 교역로 주변의 국가들을 점령하는 것도 주저하지 않았다.

　실크로드를 거쳐 몽골제국을 오가던 아랍의 대상들이 호라즘에 가로막히는 일이 발생했다. 칭기즈칸은 호라즘에 전쟁을 선포하기 전에 사절을 보냈다. 사절은 죽임을 당하고 재물을 빼앗겼다. 칭기즈칸은 다시 사절을 보냈다. 그들은 수염이 깎인 채 돌아왔다. 수염을 깎이는 것은 유목민에게 씻을 수 없는 치욕이었다. 전쟁은 시작되었고, 한 해 만인 1220년에 호라즘 왕국은 세상에서 사라졌다.

　천산산맥과 파미르고원, 사막을 건너 칭기즈칸이 쳐들어오리라고는 생각지 못했던 오만이 그들을 멸망시킨 셈이다. 성이 함락되고, 호라즘의 신민들은 도륙이 되었지만 그것으로 전쟁이 끝난 것은 아니다. 정주민들의 전쟁은 성을 두고 싸우지만, 성이 없는 유목민들은 사람을 상대로 싸웠다. "네가 어디로 달아나도 끝까지 쫓을 것이다. 너를 숨겨주는 도시는 폐허가 될 것이다"며 칭기즈칸은 제베와 오리앙카이족의 명장 수부타이를 시켜 호라즘의 왕을 쫓았다. 왕을 잡아야 유목민의 전쟁은 끝이 나는 것이었다. 그런 점에서 성이 없는 유목민은 패할 수 없었다. 그들의 패배는 조상의 무덤을 잃는 것이었다. 이는 고대의 유목부족 스키타이 때부터 전해오는 관습이었다.

이에 대해서 스키타이왕은 다음과 같은 답을 보냈습니다.
"페르시아 왕이여, 나는 이제까지 누구를 두려워해서 도망쳐 본 적이 없노라. 그대에 대해서도 마찬가지다. 내가 지금까지 한 일은 평시에도 언제나 하고 있던 일로 무슨 특별한 행동이 아니라는 것을 알기 바란다. 내가 무엇 때문에 즉시 그대와 싸우지 않는지 이유를 설명해 주겠다. 우리 나라에는 점령당하거나 황폐화되는 것을 막기 위해 그대들과 서둘러 싸워야만 되는 도시나 과수원이 없다. 그러나 그대가 한시바삐 피를 흘리지 않으면 안 되는 상황이라면 우리를 싸움에 끌어들일 좋은 구실을 하나 가르쳐 주겠다. 그대가 우리 조상의 무덤을 찾아내서 섣부른 짓을 하면 그때는 우리가 이 무덤을 위해 어떻게 싸우는지를 알게 될 것이다. 내가 주군으로 받드는 분은 우리의 선조이신 파파이오스와 스키타이의 여왕 타비티(화덕의 여신) 두 분 밖에 없다. 땅과 물을 가지고 와서 알현하라는 그대에게 진정으로 상응하는 것을 곧 보내주겠다. 감히 그대가 내

주군이라고 한 망언의 대가가 어떤 것인지 몸소 겪어 보기 바란다."[20]

끈질긴 추격을 피해 카스피해의 작은 섬에 숨어 있던 호라즘의 왕 무아마드 샤는 굶주림과 병으로 죽는다. 칸의 명령을 온전히 수행하지 못한 제베와 수부타이는 꿩 대신 닭이라고 킵차크 일대를 쑥대밭을 만들어 엄청난 전리품을 챙겨온다.

칭기즈칸을 전쟁광이라고 규정하는 데도 그 이면을 살필 필요가 있다. 광활한 영토를 정벌한 뒤에 그는 그곳에 눌러앉지 않고 어김없이 초원으로 돌아와 공물과 교역에 만족했다. 이는 자신의 영토를 지니고도 더 많은 재화와 노예를 얻기 위해 아프리카와 아시아의 작은 나라들을 상대로 벌인 서구 제국의 전쟁과는 구별될 필요가 있다. 몽골의 유목민들이 보인 냉혹한 살육을 야만이라고 진저리를 치지만, 최근 들어 유럽의 한가운데서 일어난 보스니아 내전의 참상은 어떻게 설명해야 할까. 참혹한 전장을 종군한 피터 마스의 『네 이웃을 사랑하라』에 실린 한 장면을 읽어보자.

사태 전반에 대한 정확한 윤곽은 후에 국무부에 의해 작성됐다. 일개 기자보다 자료처가 훨씬 풍부한 국무부는 유엔 안전보장이사회에 보내는 일련의 보고서를 통해 이를 발표했다. 그 중 가장 소름끼치는 사례 중 하나는 1992년 10월 22일 '강제수용소에서의 민간인 학대'라는 제목으로 나온 보고서인데 오말스카에 수용돼 있던 한 죄수의 경험을 이렇게 요약해 놓고 있다.
"증인은 코자라크 출신으로 스즈키 오토바이를 소유하고 있던 한 젊은 무슬림 남자가 다른 죄수들 앞에서 고문 당했다고 진술했다. 경비들은 그의 전신을 심하게 구타하고 이빨이 다 빠질 정도로 두들겨 팼다. 그런 다음 경비들은 전선 한 끝을 그의 고환에 단단히 묶고 다른 한쪽은 그의 오토바이에 묶은 다음 경비 한 사람이 오토바이를 몰고 갔다."
에민 야쿠보비치라는 생존자는 기자들에게 오말스카 간수들로부터 죄수 세 사

---

20 김영종, 『반주류 실크로드사』, 사계절, 2004, 123쪽.

람을 거세하라는 명령을 받았다고 말했다. "그들은 나에게 고환을 맨 이빨로 물어뜯어 내도록 강제로 시켰고 그래서 시키는 대로 했습니다. 죄수들은 고통으로 비명을 질러댔습니다." 이게 있을 수 있는 일인가? 크로아티아의 한 난민 센터에서 나는 이 광경을 목격했다는 남자와 인터뷰를 가졌다.

전쟁은 누가 저지르든, 어느 때이든 참혹하다. 전쟁은 야만과 문명을 따질 바가 못 된다.

인류의 역사는 유목민과 농경정주민 사이의 끝없는 전쟁사다. 초원에 고립된 유목민들에게 정주민과의 교역은 필수적이다. 평화롭던 교역이 전쟁으로 치닫는 것은 어떠한 경우일까. 천재지변으로 거래할 물품이 부족하거나, 상대국과 교역이 가로막힌 경우다. 조드가 몰려오면 가축들이 떼죽음을 당하는 일이 비일비재한 유목민들에게 그런 재해는 '굶어 죽든지, 약탈하든지'를 선택하게 몰아세운다. 약탈에 골머리를 썩이던 중국은 교역을 그 수단으로 삼았다.

물산이 풍부한 중국은 굳이 외방과 교역을 할 필요가 없었다. 인접한 이적(夷狄)들을 '조공무역'으로 달래며 순종을 끌어내는 방편으로 삼았다. 공물의 형식으로 바쳐지는 물화에 비해 중국이 하사하는 답례품은 양적으로나 질적으로 월등했다. 그러나 국가조차 세우지 못한 유목민들을 다스리는 것은 쉬운 일이 아니었다. 툭하면 월경하여 약탈을 일삼는 자잘한 유목 부족을 일일이 상대하는 것은 곤비한 일이었다. 한군데에 모여 사는 성이 없으니 일기에 섬멸할 수도 없었다.

중국은 그 가운데 강성한 유목 부족의 지도자에게 벼슬을 내리고 회유하여 다른 군소 무리들을 통제하게 하였다. 이이제이(以夷制夷)의 전략이다. 한무제의 흉노 분열책을 비롯하여 금나라가 타타르족을 사주하여 다른 유목 부족을 학살한 것이며, 선대의 원한을 갚기 위해 타타르족을 토벌한 테무친에게 금나라가 벼슬을 내린 것도 그 예다.

문제는 중국에 조공을 바칠 필요가 없을 만큼 강해진 초원제국의 등장이다. 성을 무너뜨리고 정주국을 정복한 초원제국들의 전략은 유목적이다. 초원제국은 정주국을 멸살하지 않고 공물을 약속받고 물러섰다. 인류 최대의 영토를 차지하고도 칭기즈칸은 그 나라에 머물러 통치하지 않았다. 정복한 나라를 돌려주고, 그 나라의 '양'들이 무럭무럭 자라서 살이 찌도록 '유목'하였다. 그것은 대결보다는 공생 관계에 가까웠다.

데이비드 모건은 『몽골족의 역사』에서 유목민과 중국인들은 의도적으로 공생의 관계를 유지했다고 설명한다. 중국의 한족 정권이 위기에 빠졌을 때 유목제국이 이를 지원한 사례가 있으며, 유목제국은 중국이라는 정주국이 도탄에 빠져 교역과 공역의 기회를 잃는 것을 경계했다.

천규석의 『유목주의는 침략주의다』라는 책에서 제기된 것처럼 점령한 영토에 눌러앉지 않고 초원으로 돌아온 관용도 양을 길러 두고두고 잡아먹으려는 '수탈'로 보는 시각도 있다. 이는 수천만 명의 원주민을 학살하고 땅을 빼앗은 아메리카나, 왕을 신처럼 섬기는 잉카인들의 신심을 악용하여, 창고를 황금으로도 가득 채우고도 왕국을 멸절시킨 스페인, 커피라는 기호품과 목화 재배를 위해 아프리카의 흑인들을 잡아다가 쇠사슬을 채운 서구 제국들의 식민지 경영과 대규모의 플랜테이션과는 구별될 필요가 있다. 정주민과 유목민의 관계는 얼핏 대결로 보이는 늑대와 양이 초원을 유지해나가는 공생의 사슬인지도 모른다.

눈 덮인 다섯 왕을 만나다

챙겔 솜에서 북서쪽으로 130km가량 떨어진 타왕 복드 국립공원에는 '다섯 명의 왕'이라고 불리는 설산이 있다. 러시아, 중국의 국경에 걸쳐진 다섯 산군은 4374m의 호이텡산을 필두로 엇비슷한 높이의 나랑(태양), 부르게드(독수리), 나이람달(우정) 올스(산) 산들로 이어진다.

오리앙카이족의 일파인 투바족이 살고 있는 할트에는 청회색의 강이 흘렀다. 앞서 게르로 들어선 서양 여행자가 뒷걸음질로 물러나왔다. 그들은 얼마 지나지 않아 짐을 챙겨 철수했다. 이게 웬 떡이냐 싶어 게르 문을 연 여성 여행자들이 주춤 뒤로 물러선다. 게르 안은 아무것도 없는 초원이었다. 찌그러진 침대는커녕, 카자흐족의 게르에 깔려 있던 카펫도 없었다. 순수한 풀밭이었다.
이런 게르에서 사흘이나 지낼 생각이 암담했다. 궁리 끝에 게르 안에 텐트를 치기 시작했다. 집 속에 집을 짓는 장면을 보려고 인근의 투바족들이 몰려들었다. 옥상옥은 들어봤어도 옥중옥은 처음이었을 것이다. 안 되면 되게 하라는 구호를 듣고 살아온 민족이었다. 한 가지 좋은 점은 물이 가깝다는 사실이었다. 피부에 좋다는 말에 강에 손을 담그니 살결이 매끈매끈해졌다. 그런데 얼마 지나지 않아 매끈하던 손과 발은 횟가루가 묻어나며 오래된 나무껍질처럼 버석거렸다. 청회색의 강은 석회수나 다름없었다. 마시지 않은 것만으로도 다행이었다.

다섯 왕의 산을 만나기 위해 캐러밴을 조직했다. 문제는 거리와 소요시간에 대한 정보가 제각기 다르다는 사실이었다. 군복을 입은 국경 경비대원과 투바족 마부와 몽골족 가이드와 헬렌과 모린이라는 앵글로색슨족이 쓴 『론리 플래닛』의 정보는 오차 범위를 훨씬 넘었다. '내가 어디선가 봤는데'로 시작된 출처불명의 정보까지 합쳐지며, 게르 앞에선 열띤 국제 학술 세미나가 개최되었다. 다양한 인종들이 머리를 맞대며 서로 통하지도 않는 말로 우겨대는 포타니 빙하까지의 거리와 소요시간은 답이 없었다.

　나중에 실측한 결과 '어디선가 본' 정보가 가장 근사했다. 승자는 세계적인 여행정보서 『론리 플래닛』도 아니고, 현지에서 죽치고 지내는 국경 경비대도 아니고, 인터넷 강국을 선도하는 5G 왕국의 여행자였다.

　토론은 그걸로 끝나지 않았다. 털 난 짐승을 타지 않는다는 철학을 지닌 여행자와, 걷는 게 인생의 목적이라는 여행자가 말했다.

　"근데 거긴 왜 가요?"

　주변에도 만년설이 덮인 고산이 즐비한데, 무엇 하러 말까지 고생시키며 먼 길을 가려 하느냐는 말이었다. 생뚱맞은 물음이었지만 딱히 대답할 말이 없었다. '산이 거기 있어서 오른다'던 조지 맬러리의 심경을 이해할 만했다. 걸어서 가까운 설산을 다녀오겠다는 소요파와, '못 먹어도 고!'를 외치는 돌격파로 패가 나뉘었다. 돌격파에는 역사적 트레킹에 여성 대표로 꼭 참여해야 하겠다는 여성 여행자가 끼었다.

　이튿날, 다섯 마리의 말을 타고 포타니 빙하로 출발했다.

　말발굽이 푹푹 빠지는 수렁을 지나, 타왕복드의 설산이 조금씩 가까워졌다. 야영을 끝내고 하산하는 외국 여행자와 마주쳤다. 그녀는 엄청난 짐을 실은 낙타와 마부와 말을 탄 가이드를 대동하고 있었다. '근데 거긴 왜 갔어요?'라고 물으려다가 그만두었다. 야생 파가 지천으로 깔린 습지를 지나 네 시간 만에 포타니 빙하에 도착했다.

　다섯 왕으로 불리는 설산을 막상 눈앞에서 대하자 멀리서 바라보던 감흥이 절반은 사라졌다. 3,000미터가 약간 넘는 고도인데 숨쉬기가 어려웠다. 나무가 없어 산소량이 훨씬 희박한 탓이라 한다. 달 표면을 걷듯이 천천히 주변을 거닌다. 주변에는 천막이 두 채 놓여 있고, 자갈돌이 쌓인 얼음 틈에서 온갖 야생화들이 색색으로 피어 있다. 바람이 차가운 설산에 올라와 뿌리를 내린 꽃들이 애처롭지만, 그 아름다움은 배가 된다. 등반이 허용된 것은 가장 오른편의 '말치기'는 뜻을 지닌 멀칭산이었다. 가까워 보여도 아이젠이나 방한 장비가 없이 오르는 건 무모하다.

말들이 누워서 쉬는 동안 가지고 간 호쇼르로 점심식사를 했다. 기회가 된다면 그곳에 천막을 치고, 밤새 설산이 울어대는 소리를 듣고 싶었다. 이곳에 발을 디딘 사람들은 인류의 몇 퍼센트나 되겠느냐고 누군가 물었다. 그런 통계가 있을 리 없다. 세상의 어떤 통계에도 잡히지 않는 인연은 어디에서 시작된 것일까. 최고나 최초가 아니면 말도 꺼내지 못하게 된 세상에서 그런 인연의 수레바퀴를 연구하는 사람이 있을 턱이 없다.

해는 비스듬히 기울고, 돌아갈 길은 멀었다. 짐을 챙겨 일어서자 서 있던 말이 달아났다. 마부가 다가가자 더 멀리 달아났다. 마부는 허리를 굽혀 꽃을 보는 척했다. 그리고 지나가는 구름처럼 천천히 다가갔다. 고개를 좌우로 흔들며 뒤로 물러서던 말은 이내 마부의 손에 고삐를 내맡겼다.

다시 오게 될까. 얼음 속에서 여리고 고운 꽃잎을 찬바람에 나부끼는 포타니 빙하의 꽃들이 자꾸 눈에 밟힌다. 꽃들은 천국으로 들어가는 문에 그려진 문장(紋章)과도 같았다. 따뜻한 초원을 떠나 설산을 찾은 꽃들의 걸음도 묘연하다. 만년설에 덮인 여름이 그윽하고 아득하다.

멀어지는 설산은 본연의 신비함을 되찾았다. 산을 내려오면서 굳이 찾아갈 필요가 없었다는 생각이 들었다. '근데 거긴 왜 갔어요?' 누군가 묻고 있었다. 멀리서 바라보아야 하는 것은 별들만이 아니었다.

그날 밤, 잠자리에 누우니 허벅지가 뻐근했다. 온종일 말을 탄 탓이리라. 빙하를 향해 달아나려던 말이 생각났다. 그대로 달아났다면 말은 어떻게 될까. 만년설이 덮인 '말치기산' 꼭대기에 올라 갈기를 휘날리는 말이 보였다. 푸른 달빛에 두 발을 추켜올리며 다섯 개의 설산을 내달리는 장관은 생각만 해도 가슴이 설레었다. 다음에는 그 말이 탈주에 성공하기를 바랄 뿐이다. 꽃을 보는 척하는 주인에게 속지 않기를 기도한다.

떠도는 독수리의 부족

몽골 서단에 위치한 바양울기에는 카자흐족들이 살고 있다.

카자흐족이 역사에 등장한 것은 15세기 무렵이다. 아불 하일한이 투르키스탄으로 들어와 샤이바니 왕국을 세우자, 학정에 저항하여 떨어져나온 일파가 카자흐족이 되었다. 이들이 '도망자' '자유롭게 떠도는 자'란 뜻의 '카자흐'라 불리게 된 이유가 여기에 있다. 전설에 따르면, 카자흐족은 백조와 한 전사 사이에 태어난 후손이라 한다. '카자흐'는 백조라는 뜻도 지니고 있다.

카자흐족의 혈통은 여느 유목민과 마찬가지로 모호하다. 카자흐족은 주변의 몽골계와 튀르크계 유목민과 두루 섞여 공생했으며, 월지와 흉노 사이의 오손과도 잇닿은 걸로 추정된다. 이리강 유역에 머물던 오손족을 거쳐 튀르크계와 몽골계가 뒤섞인 카자흐족은 킵차크칸국에 속해 있었다.

카자흐족은 좋게 말해서 '자유민', 다르게 말하면 '방랑자'라고 불렸다. 그 가운데서도 몽골의 카자흐족은 디아스포라적인 성격이 강하다.

바양울기의 역사도 방랑하는 백조를 닮았다.

한때 몽골제국에 맞서던 오이라트족의 근거지이기도 했던 바양울기는 명나라 군대가 주둔하는 변경의 요새였고, 이후 청나라의 지배를 받다가 1911년 담비장창이라는 칼미크족 지도자가 격렬한 전투를 벌여 이곳에 머물던 청의 군대를 몰아낸다. 이곳에 카자흐족들이 자리잡은 사연도 기구하다.

카자흐스탄 일대에 머물러 살던 카자흐족은, 1864년부터 1883년 사이에 제정러시아와 청나라의 조약에 따라 영토의 상당수를 러시아에 잠식당했다. 초지를 잃은 일부 카자흐족이 알타이의 고산과 카자흐스탄 초원을 오가며 살았다. 1921

년, 몽골의 공산혁명으로 국경선이 그어지며 바양울기 일대에 머물러 살게 되었다. 1925년 카자흐 공화국이 세워지자 짐을 꾸려 찾아갔지만 환대를 받지 못한 채 되돌아와야 했다. '초원의 방랑자'라는 별명을 지닌 카자흐족의 운명이 그대로 나타난 듯하다.

　바양울기의 카자흐족은 대개 카자흐어를 써서 몽골 안에서도 통역이 필요하다. 높은 산에 둘러싸인 바양울기의 유목민들은 여름과 겨울로 나누어 산지를 수직으로 오르내리는 이목(移牧)을 한다. 일정한 지역에 머무르며 멀리 떠돌지 않기 때문에 반정주형의 생활을 한다. 이런 유목의 방식은 유르트라 불리는 이동식주택의 구조에도 나타난다. 정남향으로 문을 내는 몽골계 유목민의 게르와 달리 산의 위치에 따라 제각기 다른 방향으로 문을 내기도 한다. 유르트는 높고, 기둥이 없는 대신에 튼튼하게 구부러진 서까래로 지붕을 버틴다. 이동이 적다 보니, 아무래도 집안을 꾸미고 싶은 안주인의 마음이 실내장식에도 나타난다. '투시'라는 화려한 벽걸이와, 바닥에 까는 '코시마'라는 카펫의 화려한 문양이 그걸 말해준다. 카자흐인들의 독특한 여름 모자는 그들의 유르트 모양을 본떴다.
　카자흐족은 실크로드의 상단을 중개하는 상술에도 능하다고 한다. 어느 작가의 에세이를 보면, 딸을 내세워 손님을 맞이하는 장면을 좋지 않게 평한 글이 나오는데, 카자흐족은 반가운 손님이 오면 자신의 딸이 환대하도록 하는 전통이 있다.

　다얀 호수의 민박집 카자흐 주인은 자신이 소개된 내셔널 지오그래픽 잡지를 내보이며 사사건건 돈벌이에 집착했다. 두 채가 연결된 게르는 청소가 전혀 되어 있지 않아 먼지가 풀풀 나는데 하룻밤 묵는 값이 엄청나게 비쌌다. 비싼 맥주를 사 먹으라고 종용하고, 아이들을 시켜 조악한 기념품을 팔게 했다. 가축들의 젖 짜는 장면을 찍는 사진마저 돈을 내라고 손을 내밀었다. 떠나는 날, 그들은 누구도 나와보지 않았다.

초원을 오가는 대상들이 쉬어가는 오아시스에는 자연스럽게 도시가 형성되어 동서 교역의 중심이 되었다. 고창국의 옥과 중국의 비단, 아라비아의 양탄자, '숲의 사람'들의 담비 가죽이 모이는 중개무역로가 되었다. 이곳의 유목민들이 원래부터 장사꾼은 아니었다. 오아시스 왕국의 혈통은 복잡하다. 흉노에 밀려난 월지, 인도계 사카족을 포함하여 위구르, 돌궐, 소그드, 카자흐족들이 뒤섞여 작은 왕국들을 형성했다. 학자들의 표현에 따르면 '연기처럼 사라진 스키타이'도 그 안에 섞였을 것이다. 아무리 호전적인 유목민이라 해도 오아시스에 눌러앉아 장사로 보는 짭짤한 재미를 마다할 리가 없었을 것이다. 이들은 칭기즈칸을 포함한 초원제국들에게도 필요한 존재들이라 작은 왕국을 지켜나갈 수가 있었다.

그 가운데서도 소그드인의 상술은 유명하다.

아무다리야와 시르다리야 사이의 오아시스 지역에 사는 소그드인은 '불로 정화된'이란 어원처럼 불을 숭배하는 배화교를 섬겼다. 『신당서(新唐書)』 서역편에는 아이가 태어나면 입에 꿀을 바르고, 손에 아교를 쥐어준다는 소그드인들의 이야기가 실려 있다. 꿀처럼 달착지근한 언변으로 장사를 잘하고, 한번 들어온 돈은 손에 아교풀처럼 붙이라는 가르침이라 한다. 그들은 불로 달군 도자기처럼 계산이 매끈하고 바늘로 찔러도 피 한 방울 안 나올 정도로 빈틈이 없었다 하는데, 전해오는 그들의 계약서로도 능히 짐작할 수 있다.

신랑 우토테긴, 속칭 니단(전자는 튀르크 본명, 후자는 소그드 명)과 신부 다그트곤치, 속칭 챠트(전자는 소그드 본명, 후자는 튀르크 명)는 남편과 아내로서 서로 사랑하고 존경할 것을 서약한다. 만약 신랑 우토테긴이 앞으로 부인 챠트의 동의 없이 다른 여인을 얻는다면, 남편은 응당 아내에게 30드라훔을 지불해야 한다. 만약 신랑 우토데긴이 신부 챠트와 이혼하고자 하면, 신랑은 음식물 외에 결혼 생활을 하는 동안 신부에게 받은 물건과 돈을 모두 돌려준 후에 이혼할 수 있다. 반면 신부 챠트가 신랑 우토테긴을 더 이상 남편으로 받들지 않겠다면, 신부는 신랑에게 결혼 생활을 하는 동안 받은 의복과 패물을 모두 돌려주어야 한다.

　장사로 먹고살게 된 소그드인들은 각종 계약과 산술, 통계와 필경에 능통하였다. 칭기즈칸과 후대의 제국들에서도 그들은 왕실의 집사 노릇을 하며 요직에 등용되었다. 권력은 짧아도 돈은 오래간다는 말이 되새겨지는 대목이다.

　카자흐족을 상징하는 독수리도 이런 상술을 피해가지 못한다. 여행객들이 지나는 길가의 유목민 유르트에는 어김없이 독수리가 매여 있었다. 물론 그걸 사진 찍을 때는 돈을 지불해야 한다. 돈만 넉넉히 준다면 사냥하는 장면도 연출해준다.

　독수리는 알타이 파지리크 계열의 신화에서 그리핀이라는 환상의 동물로 등장한다. 헤로도토스의 『역사』에는 그리핀이 황금을 지킨다고 했다. 알타이의 황금과 카자흐족의 독수리가 얽히며 만들어낸 판타지 서사라 하겠다.

　카자흐족은 독수리 사냥으로 유명하다. 독수리는 말을 대신해 현악기의 머리를 장식하기도 한다. 이슬람교를 믿는 카자흐족은 독수리의 깃털에 코란의 경구를 닮은 문양이 새겨져 있다 하여 신성하게 여긴다. 코란의 경구는 때로 사람의 얼굴에도 새겨졌다.

　바양울기를 여행할 때의 일이다. 카자흐족 운전사는 레이밴 안경을 밤낮으로 쓰고 있으며 콧수염이 멋진 중년의 사내였다. 며칠을 지켜보니, 그는 한 손으로 운전하는 버릇이 있었다. 여행 경험이 많아 길이 익숙한 탓으로 여겼다. 그러던 어느 날, 가파른 고갯길을 오르는데 힘이 모자란 차의 엔진이 푸드득거리며 멈추기 일보 직전이다. 재빨리 저단의 기어를 바꾸어야 하는데 그는 여전히 한 손으로 핸들만 움켜쥐고 있었다. 조수석에 타고 있던 여자 가이드가 민첩하게 그를 대신해 변속기어를 넣었다. 천만다행이라 여기면서도 무언가 석연찮았다. 설산을 오를 때도 그는 두통이 심하다며 숙소에 머물렀다.

　여행이 거의 끝나갈 무렵이었다. 그의 얼굴이 한쪽으로 눈에 띄게 일그러졌

다. 여전히 선글라스를 쓰고 있었지만, 입꼬리가 처지고 한쪽으로 돌아갔다. 사정을 물으니 혈압이 높아져 얼굴이 일그러졌다는 것이다. 말하자면 어딘가 뇌혈관이 터지거나, 막혀서 안면근육이 마비된 증상이었다.

비로소 그가 한 손으로만 운전을 한 이유를 알게 되었다. 중풍 증세가 있는 운전사가 모는 차에 실려 가파르고 험한 산들을 오르내렸다는 걸 생각하자 아찔했다. 당장 병원으로 가보라고 했지만 그는 카자흐족의 전통적인 처방을 하겠다고 했다. 이튿날, 그가 한쪽 볼에 종이를 붙이고 나타났다. 코란 경전의 기도문을 적은 종이를 뺨에 붙인 그는 문제없다며 남은 여행을 강행했다. 다행히 일정이 얼마 남지 않은데다 평탄한 길이라 말릴 수가 없었다. 울기에 돌아가면 병원부터 가보라고 당부를 했다.

쳉겔 솜을 지나 언덕을 넘는데 푸르공의 소음기가 떨어졌다. 그는 아무렇지도 않은 듯이 차에서 내려 한 손으로 소음기를 떼어 차 뒤에 실었다. 요란한 소리를 내며 푸르공이 내달렸다. 얼마 가지 않아 갑자기 비가 쏟아지기 시작했다. 차창으로 마구 비가 들이쳤다. 운전사는 태연히 한 손으로 차 안을 주섬주섬 뒤졌다. 잠시 후 그가 꺼낸 것은 차창에 끼울 유리창이었다. 볼에 붙인 코란 기도문 덕인지 그는 모든 일정을 무사히 마치고 울기로 돌아왔다.

'황금 독수리'라 불리는 알타이의 독수리는 암컷을 '부르게드'라 하고, 수컷을 '사르샤'라 하는데, 덩치가 크고 사냥에 능한 부르게드를 주로 길들인다.

독수리가 알을 품으면 눈여겨보았다가 새끼가 솜털을 벗을 무렵에 데려온다. 야성이 강한 독수리를 길들이려면 자나깨나 독수리와 함께하며 엄청난 정성을 들여야 한다. 주인은 독수리에게 자신의 침을 먹여, 체취를 각인시킨다. 그리고 나무에 올려놓고 끊임없이 흔들어 사람에게 의지하게 한다. 주인을 알아볼 무렵이면 죽은 토끼를 말에 매어 끌면서 독수리가 이를 채도록 가르친다. 이 미끼를 '시르가스'라 한다.

사냥을 나가면 독수리를 전망이 좋은 산으로 데리고 올라가 '토마가'라 하는 눈가리개를 풀어준다. 사냥감이 나타나면 독수리는 쏜살같이 날아가 두 발로 움커쥔다. 독수리는 늑대도 사냥한다. 늑대의 이빨이 닿지 않는 등판을 날카로운 발톱으로 움켜쥐면 발버둥칠수록 예리한 발톱이 파고들어 죽고 만다. 한 마을을 먹여 살렸다는 말이 있을 정도로 독수리는 사냥에 능하다.

독수리는 신화 속에 불사의 존재로 등장한다. 40년을 산 독수리가 늙은 부리와 발톱을 스스로 뽑아내고 새 청춘을 누린다는 이야기가 전설처럼 전해온다. 솔개로도 등장하는 '환골탈태'의 근거는 유대인의 성서에도 등장한다. "네 청춘으로 독수리같이 새롭게 하시는도다"(시편 103:5), "여호와를 앙망하는 자는 새 힘을 얻으리니 독수리의 날개 치며 올라감 같을 것이라"(이사야 40:31)를 비롯해 성경에 33번이나 등장하는 독수리는 대체로 부활과 회춘의 비유로 쓰였다.

독수리 사냥꾼은 '바이톨다' 혹은 '베르구치'라 하는데, '자유'라는 뜻이다. 길들인 독수리는 7년을 데리고 있다가 풀어준다고 한다. 이따금 관광지에 발을 묶인 검독수리들이 여행자들의 기념촬영용으로 붙들려 있는 걸 보면 그 말을 믿기 어렵다. 독수리는 그냥 독수리로 내버려 두었으면 좋겠다. 수명대로 살다 가는 존재였으면 좋겠다. 제 발톱과 부리를 뽑아가며, 졸밥이나 얻어먹는 불멸은 잔인한 고문에 가깝다.

우리는 오랑캐인가

오랑캐라는 단어를 처음 들은 건 풍금이 울리는 음악 시간이었다.

"무찌르자 오랑캐 중공 오랑캐"

그 말에는 우리가 오랑캐가 아니라는 선언도 은연중에 담겨 있었다. 그런 믿음이 깨진 것은 국사 시간이었다. 동방의 해 뜨는 나라이며, 찬란한 문화와 반만 년의 역사를 지닌 배달의 민족이 '동쪽 오랑캐'라 불린 사실은 충격이었다. 그나마 야만스러움과 거침과 도적의 의미를 벗어나 활을 뜻하는 동이(東夷)란 호칭을 엉거주춤 받아들이며 오랑캐는 한동안 뇌리에서 잊혀 갔다.

요즘 들어 오랑캐가 되살아나고 있다. '일대일로'를 내세워 거대 제국을 꿈꾸는 중국에 대한 반감 탓인지, 그 주변부라 할 오랑캐에 대한 관심이 높아진 듯하다. 오랑캐라는 말처럼 아이러니하고 미스터리하며, 서스펜스하며, 스펙터클한 말도 없다. 우선 종족적으로도 논란이 많다. 오랑캐가 몽골고원의 한 부족인 오리앙카이를 뜻한다는 주장도 성급하다. 오리앙카이의 어원에 대한 설만도 자그마치 여섯이나 된다.

첫째, 예로부터 빈곤하고 궁핍하여 낡아 헤진, 너덜너덜한 옷을 입고 사는 사람들이라는 의미의 몽골어 −urankhai에서 유래했다고 보는 설이다.

둘째, 전쟁에 임함에 있어 결연한 의지로 상호간 단합이 잘 된다는 의미의 몽골어 −uria에서 파생됐다고 보는 설이다.

셋째, 거치른 바닷가에 일심동체로 노를 저어 항해를 하며 세파를 헤쳐나간다는 의미의 몽골 − uria(영광), −khai 두 감탄사가 합쳐져 Uriyankhai가 되었다고 보는 설(B. 체를, 1997, pp 166-178)이다.

넷째, 오손족의 한 지파에서 유래했다고 보는 설이다.

다섯째, 부리야트어의 uran 이전의, 즉 '옛 주민(원주민)'을 뜻하는 Uragxa에서 유래했다고 보는 설.

여섯째, 今西龍에 의해 간도지방에서 채취된 오리앙이라는 여신숭배와 개(khai) 토템의 오리앙하이씨족의 족조전승이다.[22]

『몽골비사』에 등장하는 오리앙카이족은 보르지긴계 할하족과 가까이 지낸 것으로 기록되어 있다. 오논강 일대에 살던 할하족이 위구르 제국이 무너진 틈을 이용해 초원 지역으로 진입할 때 오리앙카이족도 함께했다. 튀르크계였던 오리앙카이족은 할하족처럼 북부의 삼림지대에서 수렵으로 살던 부족으로 추정되는데, 기후가 한랭해지며 남하한 것으로 짐작된다.

중국의 정주민들에겐 한데 몰아 오랑캐 취급을 받았지만, 할하족은 허름한 옷을 입고 사는 가난한 오리앙카이족을 천대하였다. 철이 많은 산악지대에서 쇠를 캐고, 다루는 기술이 뛰어난 오리앙카이족은 형편이 어려워지면 자식을 종으로 보내 입을 줄일 정도로 빈한했다.

이들이 할하족과 함께하게 된 계기부터가 비극적이다. 칭기즈칸 가문의 직계 조상으로 알려진 보돈차르는 형제들 사이에 바보 취급을 당했다. 막내 바보는 따돌려져 혼자 살게 되었는데, 오리앙카이 유목민의 도움으로 생계를 이어나갔다. 바보도 재주는 있었는지 제 형제들에게 일러 이 유목민 게르를 습격하여 남편을 죽이고, 부인을 빼앗는다. 그녀는 임신한 상태였는데, 그때 태어난 아이의 이름을 자지라다이라고 지었다. '타성바지 자식'이라는 뜻이다. 그가 자다란 씨의 조상이 되고, 테무친과 안다였다가 숙적이 되어 죽임을 당하는 자무카가 바로 그 후손이다.

오리앙카이족은 수렵민답게 용감하고 싸움에 능했다. 천대를 받으면서도 칭기즈칸의 제국을 건설하는 데 큰 공을 세운다. 어린 테무친의 노예로 바쳐진 젤메는 후에 그를 보위하는 사준사구(四駿四狗)의 일원이 된다. 그의 동생인 수부타

---

22 김기선, 『한·몽 문화교류사』, 287쪽.

이는 전쟁터에서 맹위를 떨친 백전백승의 명장이었다. 오리앙카이족은 후에 오이라트족에 들어가 준가르제국을 세우기도 하지만, 몽골제국이 무너지며 볼가강 유역과 신장 지역으로 흩어지게 된다. 러시아의 영향권에 들어가면서 일부는 칼미크공화국이나 투바공화국을 세우나, 간섭을 싫어한 일단의 오리앙카이족은 몽골 알타이산맥으로 깊숙이 들어가 유목 생활을 이어가고 있다.

조선 시대의 기록에 따르면, 오랑캐는 두만강 주변에 살던 여진족을 일컬었다. 그들은 어진 왕의 살핌을 받지 못하여 늙은 부모를 가죽 부대에 담아 활로 쏘아 죽이는 야만족으로 여겨졌다. 동쪽 오랑캐인 동이가 피차 비슷한 입장의 유목 부족을 오랑캐라며 깔본 것은 유교를 국시로 삼은 조선조에 이르러 극심해진다. 중국의 정주 문화를 숭앙하며 '소중화'를 자처한 조선의 입장에서 보면 어떻게든 자신들을 오랑캐들과 구별 지을 필요가 있었을 것이다. 고려조까지도 원제국에 자신들을 색목인 등급으로 올려달라고 청한 기록이 있으니, 스스로 서융(西戎)에 준하는 오랑캐를 자원한 셈이다. 당시 고려인은 개와 같은 취급을 받던 중국의 한족보다는 한 등급 위로 대우받았다.

『존주휘편』에서는 명나라의 궁녀였던 굴씨가 청나라의 예친왕을 면전에서 조롱한 글을 호기롭게 전한다. 면사를 드리운 예친왕을 보고 "남자도 면사를 한단 말인가? 정말로 오랑캐로구나"라고 조롱한 일화야말로 오랑캐에게 망한 명나라에 대한 충성과 오랑캐인 청나라에 대한 멸시를 담고 있다. 오랑캐면서 오랑캐를 조롱하는 모순을 지적한 것이 연암이다. 『열하일기』에는 "의복이 명나라 것과 닮았다고 자랑하지만 그것은 상복이 아니냐? 머리를 깎지 않는다고 자랑하지만 상투는 남쪽 오랑캐 풍속과 같지 않느냐? 티끌만큼도 그들 청나라보다 낫지 못하면서 상투 하나 가지고 잘난 체하다니……"라며 당시의 사대부들을 통렬히 풍자하고 있다.

역사를 돌아보면 중국의 주인은 절반 이상이 오랑캐였다. 훈누와 돌궐, 위구르와 같은 유목제국의 영향력과 진나라, 당나라 개국 시조들의 혈통도 초원의 오랑캐와 떼어 생각할 수 없다. 거란족이 세운 요(916-1125), 여진족의 금(1115-1234), 몽골족의 원(1271-1368), 만주족의 청(1616-1912)으로 이어지는 중국은 오랑캐의 나라라고 할 만하다.

오랑캐의 입장에서 본다면 현실은 참으로 억울할 만하다. 만만한 게 홍어 무어라고, 욕되거나 좋지 않은 것은 죄다 오랑캐에게 돌리고 있으니 말이다. 그 가운데서도 오랑캐의 원조로 몰린 오리앙카이족은 '왜 나만 가지고 그러느냐'고 따질 만하다.

불세출의 영웅이라 칭송되는 칭기즈칸도 따지고 보면, 오랑캐가 아닌가. 이 전설적인 영웅이 토종 몽골계가 아니라는 설도 있다.『몽달비록』의 저자인 조홍은 칭기즈칸이 큰 키와 붉은 얼굴, 수염이 많아 몽골인들과 다른 외모를 지녔다고 했다. 라시드웃딘은 예수게이의 후손들이 눈이 회색빛을 띠고, 모발도 엷은 색이었는데, 검은색 머리카락을 지닌 쿠빌라이가 태어나서 칭기즈칸이 놀랐다는 말을 전하고 있다.

최근 들어 돌연 등장한 오랑캐에 대한 관심이 반갑기도 하지만, 자칫 그것이 성급한 선 긋기가 아니기를 바란다. 진정한 오랑캐의 세계는 선이 아니라 면적인 융합과 소통에서 얻어지는 것이기 때문이다.

지리적으로나, 역사적으로도 단일한 혈통을 유지할 수 없었던 우리 민족의 기원에 대해 경계해야 할 것은 오랑캐든, 소중화든 성급히 선을 그으려는 분별이 아닐까 싶다. 그것은 오래도록 지배계급이 심어온 백의민족 같은 순혈주의만큼 위험한 일이다. 최근 들어 오랑캐의 성지라 일컬어지는 바이칼이며, 싱안링이며 깃발을 앞세우고 찾는 걸음에도 사려가 있어야 할 것이다. 그것이 자칫 씨알과 젓갈과 방아나 고수, 고인돌과 같은 우리 안의 또 다른 남방 농경문화의 요소들을 배척하거나 무시하는 근거가 되어서는 곤란하다.

본토에도 없는 '짬뽕'이라는 창의적인 요리를 만들어내고, 여러 장르의 음악

264

을 한 곡에 담는 방탄소년단(BTS)의 음악이야말로 디지털 노마드 시대를 살아가는 우리 안의 유목 인자가 아닐까 싶다. 통섭과 융합, 그리고 속도와 응용의 능력이 유목적 기질을 살려내고 있다.

세계가 하루 거리로 좁혀진 글로벌 시대에 근본은 중요하지 않다. 근본 모를 오랑캐라는 말은 더이상 욕이 되지 않는 세상이 되었다. 다양성과 소통을 중시하는 다원화된 세계에서, 허리가 잘린 한반도 안에 갇혀 지내는 동안 체득된 '편가름과 선 긋기'야말로 경계해야 할 지점이다.

우리가 어디에서 왔는지를 찾기보다, 우리가 어떻게 살아야 할지를 생각하는 계기가 되어야 할 것이다. 편협한 성에 갇히지 않고, 말을 타고 바람처럼 돌아다니는 사고야말로 오랑캐의 근본이 아니겠는가.

이시백

이야기를 듣기 좋아하는 증조부와, 이야기하기를 즐거워하는 부친의 역사적 사명을 이어받아 어쩔 수 없이 이야기 보따리를 메고 떠돌아다니는 이야기 보부상. 공식적으로는 소설가이나 정신적으로는 유목민을 자처하는 이시백은 스스로 말하기를, 한번 걸리면 평생 몽골의 초원과 황막을 헤매게 되는 치유불가한 '몽골 바이러스'의 숙주라 밝히고 있다. 『유목의 전설』은 2014년에 펴낸 『당신에게 몽골』에 이어 몽골에 관한 두 번째 산문집이며, 요즘은 역병으로 발이 묶여, 초원으로 돌아가지 못하는 그리움을 유튜브 채널 <몽골가는길>로 풀고 있다.

그밖에 먼지가 되어 바람에 날릴 이야기책들이 몇 권 있다. 다만 그 바람 속에서 들려오는 목소리들을 믿으며, 아직도 여기저기 떠돌며 이런저런 쓸데없는 이야기들을 바랑에 주워 담고 있다.

유목의 전설 오래된 기억의 순례

초판 1쇄 발행 2020년 9월 25일

글. 사진 이시백
발행인 이준하 이경민
편집 이준하 여승주
디자인 이경민
홍보 및 마케팅 이준하

임프린트 문전
주소 서울시 중구 창경궁로 40-6 204호
이메일 safeandamenity@gmail.com

발행처 세이프앤어메니티
출판등록 제2020-000070호
인쇄 세걸음

ⓒ이시백 2020
ISBN 979-11-971761-0-4

이 책은 경기도, 경기문화재단 2020년도 문예진흥기금을 지원받아 발간되었습니다.